U0961158

“西南联大文库”编委会：

编委会主任：饶　卫　蒋永文

编委会常务副主任：闻黎明　何伟全　张　玮　安学斌　刘　坚

编委会副主任：殷国聪　崔汝贤

编委：杨顺清　杨　洪　何　斌　陈　新　郑勤红　张绍宗　尚　云　李永明　殷国聪　崔汝贤　李红英　胡　彦　邹建达　包云燕　张曼菱　李光荣　谢　泳　谢本书　杨绍军　戴美政　吴宝璋　余　斌　朱端强　余嘉华　陈朝慧　杨立德　于　坚　海　男　朱　曦　高建国

海男，女，中国当代著名诗人、作家。曾获1996年刘丽安诗歌奖、中国新时期十大女诗人殊荣奖、2005年《诗歌报》年度诗人奖、2008年《诗歌月刊》实力派诗人奖、2009年荣获第三届中国女性文学奖、2014年获第六届鲁迅文学奖（诗歌奖）。已出版《男人传》《女人传》等作品80余部。现为云南师范大学特聘教授。

海男文集·长篇小说卷

花 纹

海男 著

云南出版集团 云南人民出版社

图书在版编目（CIP）数据

花纹：长篇小说卷 / 海男著. -- 昆明：云南人民出版社, 2018.8

（海男文集）

ISBN 978-7-222-17319-4

Ⅰ.①花… Ⅱ.①海… Ⅲ.①长篇小说—中国—当代 Ⅳ.①I247.5

中国版本图书馆CIP数据核字(2018)第154156号

责任编辑：文艺蓓　刘焰　苏映华
创意设计：人合圖文
责任校对：陈春梅
责任印制：洪中丽

HUAWEN
花纹（长篇小说卷）
海男　著　　封面插图/海男　　海男肖像：陈婉清/绘

出　版　云南出版集团　云南人民出版社
发　行　云南人民出版社
社　址　昆明市环城西路609号
邮　编　650034
网　址　www.ynpph.com.cn
E-mail　ynrms@sina.com
开　本　787mm×1092mm　1/32
印　张　13.25
字　数　200千
版　次　2018年8月第1版第1次印刷
印　刷　云南出版印刷（集团）有限责任公司
　　　　云南新华印刷一厂
书　号　ISBN 978-7-222-17319-4
定　价　49.00元

如需购买图书、反馈意见，请与我社联系
总编室：0871-64109126　发行部：0871-64108507　审校部：0871-64164626　印制部：0871-64191534

版权所有　侵权必究　印装差错　负责调换

云南人民出版社微信公众号

目　录

上部：三个女孩

我被赋予了身体，我当何作为
面对这唯一属于我的身体
为了已有的呼吸和生活的
宁静欢乐，我该向谁表达感激
我是园丁，也是一朵花
在世界的牢狱中我并不孤单
永恒的窗玻璃上，留下了
我的气息，以及我体内的热能
那上面留下了一道花纹
在它变得模糊不清之前
但愿这凝聚中流逝的瞬间
不会抹去心爱的花纹

——曼德尔斯坦姆

第一章　迷　墙

萧雨第一次看见母亲的裸体是在一个春天的午后。只用了一个微不足道的瞬间，坚固的防盗门终于敞开了。这是春天的一个午后，萧雨回家取照相机，这是星期三的一个午后，这不是萧雨回家的时间，她每周六回家与母亲住一夜。自从母亲 10 年前与父亲离婚之后，她就一直与母亲住在一起。这个时间应该是母亲上班的时间。母亲是一名私营主，在与父亲离婚之前母亲就脱离开了她的工厂，在高速公路的旁边开了一家汽车修理站，那是母亲生活的地方。在这样的时刻萧雨是无法见到母亲的，所以她匆忙地用钥匙打开了防盗门，屋里好像有声音，是一种刺耳的声音。

声音好像来自每个地方，声音似乎穿墙而来，当然在这个世界上到处都是墙壁，影响我们耳朵的声音起初肯定是从墙壁之中传来的，声音正在刺耳地传来。萧雨恍恍惚惚地置身在客厅中央，母亲在五年前买下了这套两层楼的小洋房，这套房屋耗尽了母亲全部的积蓄。然而母亲对她说："我要让你父亲看看，没有他，我们母女俩会过得更好……"母亲说话的时候她们已经乔迁进了新居。那一年，萧雨还是一个高中生，母亲驱着一辆破旧的微型车带着萧雨去看郊外的小洋房。它们似乎是梦幻一般跃入她的眼帘，萧雨只在电影中看见过如此漂亮的小洋房，而且只在美国电影中看见过。母亲拉着她的手开始去看那些梦幻般的小洋房，萧雨的身体似乎飘动起来了，这不应该是她所梦幻的世界。然而母亲告诉她说："你知道吗？从你父亲背叛我们的那一刻……我就带着你在挣扎……这房子多漂亮呀，这才是我们的家……"母亲说话总是跳跃似的，这是母亲的风格。

过了几个月时间，母亲就带着萧雨乔迁到了那座新居。此刻，她置身在宽大的一楼客厅，现在，她似乎已经感觉到声音并不全是从墙壁中传来的，而是从楼梯上传来的，楼梯意味着什么呢？萧雨的眼睛仰起来慢慢地看着上升的楼梯，上面就是她和母亲的卧房，在更多的时间里是母亲独自居住。她已经在进屋时换了拖鞋，一双柔软的塑料拖鞋，几乎不会发出声音，这正是母亲和她需要的一种生活。母亲虽然是每天面对胶轮、油渍、车身的女人，然而，每到周末时，萧雨就会见到她的母亲身穿这座城市的女人最时髦的服装，而且每次萧雨周末回家时总会看见母亲穿着睡衣，一种柔软的丝绸睡衣在房间里走来走去。

声音既然是从墙和楼梯上发出的，它犹如风暴之中的阵阵呼啸声，好像是从电影上的画面中发出的声音，难道母亲忘记了关闭电视。母亲的卧房中有一台电视，母亲在周末的夜晚总是懒洋洋地靠在床枕上，看肥皂电视剧几乎成为母亲在夜里的全部生活。那些从电视剧里散发出来的泡沫湮没了母亲，所以，母亲与萧雨说话的腔调经常变换着。一个阶段她的声音像电视剧女主角的声音，她会用声音强调挣扎，在命运之中挣扎的力量。在另一个阶段里，她的声音又在强调着金钱、享受以及爱情。

沿着楼梯而上就能解出这声音的谜。从萧雨进门以后，所有声音包围着她，像风暴中的呼啸之声。她穿着拖鞋上楼了，午后的阳光从顶楼的透天玻璃之中射进楼梯上，仿佛是一团金黄色的光圈在移动。光圈在移动时，萧雨的脚和身体已经陷进了光圈之中，她上楼的脚步很慢。也许她是被楼梯上的那团金黄色的光圈迷惑了，因为她从未在这样的时间里上楼；也许是那些声音轰鸣着，仿佛是从遥远的风暴中呼啸而来，使她被迷惑着，她的脚仿佛套上了木枷。事实上，她的脚触到的是光圈，而她耳朵倾听到的才是呼啸而来的声音。

她并不害怕这声音，这不是夜晚。如果在夜里听见这声音，她也不会害怕，她好像并不害怕世上的一切声音。从她出生以后，世上最为复杂的声音都在等待着她的两只耳朵，小时候她的两只耳朵在摇曳着，仿佛两只风铃在摇曳。

仿佛只有倾听到了世界上最为单纯和最为复杂的声音以后，她的两只耳朵才具有功效，一种倾听的喜悦和哀愁开始不知不觉地伴随着她。此刻，她的身体终于游离开了那团金黄色光圈，她的身体似乎扑动了一下开始去捕捉那风暴中——呼啸过来的声音了。

她上完了最后一级楼梯，仿佛是一个陌生人环顾着四周，她的心开始跳动起来，声音是从母亲的卧房中传出来的。也许，正像她猜测的一样，母亲出门时忘记了关闭电视，那些声音一定是从电视机发出来的。她嘘了一口气朝着母亲的卧房走去，母亲的卧房在里面，门敞开着，不错，声音就是从母亲卧房之中传出来的。

声音越来越像风暴、像呼啸，它不顾一切地向着她席卷而来，萧雨并没有用整个身体扑向母亲的卧房门。因为快到门口时，她觉得这声音并不像是从电视机里传出的，夹裹着一个女人的声音还有另一个男人的声音。她开始迷惑，好像那个女人的声音是母亲的声音，所以她轻柔地探过头去，姿态完全是偷窥，一种陷入迷惑之中的偷窥——在这一刹那，她看见了母亲的身体，她的身体一丝不挂。

母亲的身体在宽大的床上扭动着，起初她并没有看见那个男人的裸体，因为她被母亲完全裸露的身体迷惑住了，在那身体扭动的时候她似乎看见了母亲身体中闪现出来的一根根线条，线条由浅而深，好像是呈现出的一只花瓶、一只陶罐。当母亲的双腿张开又蜷曲起来时，那个姿态就像她不久之前看见的一只陶罐，那是陈列在博物馆中的一只13世纪的陶罐。

当时她之所以被这只陶罐所吸引，完全是因为当她的身体前倾时，她看见了陶罐上呈现出来的一根根淡红色的花纹，那些花纹以从未有过的力量使她情不自禁地想到了什么。她没法想象十三世纪的手工艺人是如何在一只黑色的陶罐上刻上了红色的花纹，她也弄不清楚那个手工艺人在刻上花纹之前想到了什么。

在没有看见母亲的裸体之前，她都没有把一只普通陶罐上的花纹与母亲的身体联系在一起，花纹就是花纹，它只闪烁在那只十三世纪的陶罐上。花纹一圈又一圈地环绕着，它能说明什么呢，它只说明了那个手工艺人看见了线条并把线条镌刻下来，变成了花纹而已。

然而，母亲的裸体出现在她眼前，在迷惑之中萧雨在母亲扭动的身体上看见了一根根线条，就像看见了花纹一样。然而，一个男人裸露着的身体正覆盖在母亲的身体之上，她差点发出了一声惊叫。然而，她已经19岁了，她回到了现实之中，因为那个男人的裸体让她突然看不见花纹了，一只陶罐消失了。

她用手掌掩饰住了自己的惊叫，现在她明白了那些从楼梯上、从墙壁上呼啸而去的声音，那种类似风暴般的声音正是母亲和那个男人在床上扭动时发出的声音。她已经 19 岁了，这是她第一次在现实生活中看见性场景。除此之外，她已经在无以计数的教科书和电影、小说、戏剧中看见了性生活。此刻她感受到自己的阴户在跳动，就像心脏一样猛烈地跳动着。

从她感受到身体每个月有规则地流血时，她就开始注意到自己的阴户了。后来她在教科书上看见了绘在书上的阴户，那是不流动的阴户，她在夜里时，会情不自禁地伸出手去放在自己的阴户上，然后用手掌轻柔地覆盖它。在夜里，她的手掌就像一片绿色的树叶盖在了她小小的阴户上，然后，她一次又一次地进入了梦乡。她从来也没有梦见过自己的阴户，从来也没有在梦中看见过性场景。

直到刚才她才偷窥到了母亲和一个男人在床上扭动的场景，她并不愿意偷窥，她感到自己陷入了某种深渊。她屏住呼吸，奔往楼梯，她是迷惑的又是清醒的。她扔掉了拖鞋，她深知赤脚走路就不会发出任何声音了，她不愿意让母亲知道她看见了这一切，她不愿意。

她赤着脚穿越着楼梯，此刻，飘动在楼梯上的那一团团金黄色的光圈已经消失了，它们飘动到哪里去了。

于是，她赤着脚下了楼梯，她拎着鞋子，没有忘记带走照相机。她拉上了防盗门，赤着脚跑上了一条小径，在一片春天的浓荫深处，她才穿上了鞋子。一团从树枝上飘动而来的阳光滑落在她的脖颈深处，她回过头去，看不见自己的家了。她搭上了公交车，很长时间她都陷入了母亲和那个男人给她带来的一个深渊，这是一个性的深渊。然而，她试图忘记这一切。当然，忘记这一切的最好方式就是不回家。她给母亲打了电话，告诉母亲说她将好几个星期不能回家了。

为什么？母亲问道。她给母亲打电话时，母亲正在高速公路的修理站，她能够感受到汽车的穿越之声，她对声音的敏感使她想象着母亲所置身的空间。她去过那座修理站，它就在高速公路的加油站旁边。母亲曾告诉她说她之所以申请到了那座修理站，是因为关系。

母亲得意地说不是所有人都能申请到加油站旁边的修理站，母亲的眉高挑着，就像两条细长的柳叶在轻柔地拂动。自从母亲同父亲离异之后，那两条眉毛总是在轻柔地拂动，仿佛只有用这种方式才可以审视世界。萧雨当然弄不清楚母亲使用了什么关系，有一点她清楚，这个世界到处都充满了复杂的、千丝万缕般的关系。

她给母亲打电话时，她能够感受到母亲正戴着手套，那只洁白的手套上沾满了油渍，而母亲抓起电话时，她能够感受到一种从手套上弥漫出来的油渍味正通过电话到达她的嗅觉边。母亲问她周末为什么不回家，她说要复习功课。母亲说那你就待在学校吧，如果没钱花了，就告诉母亲。

她放下了电话，自从她看见了母亲和那个男人性的深渊之后，她就在问自己：那个男人到底是母亲的什么人。这是她感受到的第一个男人，自从母亲和父亲离异之后，她似乎从来也没有感受到母亲身边有什么男人。她搁下了电话，她终于轻松下来了，她有生以来第一次感觉到自己开始害怕什么了。

她害怕的正是偷窥到的性深渊。然而，她已经19岁，她知道母亲和一个男人发生性关系也是合乎情理的。也许那个男人爱上了母亲，也许母亲同样也爱上了那个男人。尽管如此，她记忆中已经留下了母亲和一个男人性生活的场景，它影响了她的心情，甚至也影响到了她的食欲。

吴豆豆是她同宿舍的女友，也是萧雨的同班同学，同时也是她最好的女友。在已经过去的两年时间中，她们同时看电影、吃小吃，到商店买打折的衣服。她们几乎都是紧挽着手臂，似乎也是在同时呼吸着来自这个世界上吹拂而来的空气，她们似乎有着同样的审美，两个人总是形影不离。吴豆豆来自另一座小城市，据吴豆豆讲她生活的那座城市只有她的大学校园大。吴豆豆有一个习惯就是裸体睡觉。两年前，吴豆豆格外醒目地出现在宿舍门口，吴豆豆最为醒目的是她有两根又粗又黑的辫子，她最为醒目的还有两只双眼皮的眼睛，她最为醒目的还有她的身材，在所有同宿舍的女生中吴豆豆的身材最高，看上去即使是穿着平跟鞋都已经到了一米七四。四个女生第一天晚上开始睡觉，吴豆豆因为身材高，大家让她睡下铺，而萧雨睡在吴豆豆上面。

吴豆豆第一天晚上就当着大家的面开始脱衣服，那是秋天，用不着挂蚊帐了。吴豆豆把自己脱得一丝不挂然后溜进了被子里面去，大家刚洗过澡，宿舍中洋溢着四种不同类型的沐浴露味道。吴豆豆脱衣服的时候也正是萧雨脱衣服的时候，然而萧雨也许是受了母亲的影响，从幼年她就有穿睡衣睡觉的习惯。

当吴豆豆褪下自己的乳罩时，宿舍里的灯光已经灭了。吴豆豆最后一个睡觉，她先灭了灯光，才开始脱衣，一团乳白色的乳罩从她的身体上往下滑动，两只乳房已经露出来。萧雨愣住了，这是她第一次过集体生活，也是第一次跟别人同室居住。她的心跳动着，她在黑暗中屏住呼吸看着吴豆豆的两只乳房，其余的地方已经赤裸了，因为她听见了衣服往下滑动时的声音。

吴豆豆的裸体才闪烁了一下就消失了，因为吴豆豆已经钻进被子里面去了。萧雨好不容易换上了睡衣，生活已经改变了，完全彻底地改变了，从此以后她得坐在上铺穿衣和脱衣了。她不具备吴豆豆的勇气把自己变得赤裸裸地睡觉，而且对她来说，赤裸裸地睡觉是无法想象的。然而，她却跟这个喜欢一丝不挂裸体睡觉的，睡在下铺的女生成了好友。

从此以后，同宿舍的女生好像都已经习惯了在冥灭的灯光下面看见一个一丝不挂的吴豆豆钻进被子，但每个人都不一样，除了吴豆豆之外，没有第二个女生赤裸裸地睡觉。因为赤裸睡觉是另外一种境界，穿着睡衣睡觉或者半裸着睡觉又是另外一种睡姿。在同一个宿舍的女生中既有完全赤裸的，也有半裸的，还有穿着睡衣的，萧雨属于穿着睡衣睡觉的那一类。

当萧雨看见母亲的裸体和另一个男人的身体时，她在逃跑，她想忘记母亲和那个男人呈现出来的性姿势。然而，她的世界范围只有学校，正当她想忘记这一切时，她发现吴豆豆变了。吴豆豆突然开始往外跑，在每一个黄昏，而这个时间通常是萧雨和吴豆豆散步的时间，她们会沿着校园的小径散步，然后到教室去上晚自习。

吴豆豆的黄昏开始了，她钻进宿舍开始换衣服，吴豆豆喜欢穿着一套又一套的短裙往校园走去，而吴豆豆平常是不穿短裙的，她和萧雨一样最喜欢穿牛仔服装。当萧雨发现吴豆豆换短裙时问她是不是要去见人，吴豆豆一边套上短裙一边回过头来诡秘地一笑说："是去约会，要替我保密呀！"在萧雨的印象中，吴豆豆从来没有如此诡秘地微笑过。

萧雨困惑地望着吴豆豆，吴豆豆已经露出了修长的腿，她的腿看上去真修长，还有她的脖颈也显得很修长。吴豆豆约会去了，暮色笼罩着她的身影，暮色笼罩着整座校园，暮色让吴豆豆很快就从校园门口消失了。这是很偶然的一天，萧雨到门外的商店买一条牙膏，也是暮色降临的时候，她突然看见了吴豆豆。

吴豆豆站在校门口正左顾右盼，萧雨看见了吴豆豆的短裙被微风吹拂着，她想吴豆豆是在等谁，刹那之间，一辆红色的摩托车来了。在萧雨看来那辆红色的摩托车一定是为吴豆豆而来的，果然是这样，红色的摩托车准确无误地停在吴豆豆伫立的那一团深黄色的暮色之中。

暮色笼罩住了一切，台阶上洒满了深黄色的光斑，吴豆豆的腿跨上了摩托车，她的腿已经变成金黄色，连她衣服的色泽，她的脖颈也变成了金黄色，还有那个青年人的背影。她只看见了背影，因为那个青年并没下摩托车，他戴着红色的头盔。萧雨手里握着那条淡蓝色的牙膏，不知所措地告诉自己：摩托车把吴豆豆带走了，吴豆豆再也不可能像从前一样陪自己散步了。

她并不知道就在这一刹那，另一个青年已经看见了她，看见了她那迷惑的神态，她手里抓住一条牙膏，身子前倾着，当摩托车奔驰起来时，她的眼里充满了一种跳跃式的向往。她抬起头来，看见了王露，这是她高中时的同班男生，后来考进了同一所大学，但属于两个系，萧雨上的是中文系，而王露上的是外语系。王露是一个戴着眼镜的身材瘦弱的青年，看上去他就像一根挺立的竹竿，然而他的眼神却显得很热情。

“我可以请你去散步吗？”王露推了推眼镜说。萧雨困惑地点点头，她就是那么困惑。自从她看见母亲和那个男人在床上扭动的性姿态时，她的困惑就开始了。她困惑地赤脚奔跑，仿佛想拼命地忘记这种姿态，仿佛想彻底地抹干净这种记忆。

母亲和一个男人的性姿态本来是秘密的不可以公开的，它只应该发生在母亲和那个男人之间，然而，却在那个偶然而倒霉的时刻被她看见，那个性姿态把她置入一场深渊之中，而现在她最好的女友已经跨上了摩托车，跟着一个戴着头盔的青年男人走了。她困惑地望着王露的眼镜，他那热情的眼神在邀请她去散步，她点点头，同意了。

在校园中，男生和女生散步是正常的事情，重要的是萧雨感到无话可讲，她沉默着，她始终无法摆脱那个深渊。王露谈到了过去，谈到了他们已经逝去的中学时代，王露热情的目光即使在暮色之中也在追逐着过去。萧雨慢慢地进入了这个世界，他们追忆了一遍中学时代以后，已经环绕了校园一圈，两个人说了声再见。

萧雨觉得轻松了一些，当她躺在宿舍时，她想到了吴豆豆，天已经很晚了，吴豆豆还没有回来，她听见了钥匙开门的声音，吴豆豆终于回来了。萧雨屏住呼吸在黑暗之中侧过身体看着下铺，同时也看着吴豆豆。她又开始脱衣了，这是吴豆豆每天晚上的仪式，为自己的裸体睡觉而脱衣服。萧雨很清醒，甚至没有睡意，于是，她又一次看见了黑暗之中的吴豆豆把自己变成了裸体。

吴豆豆在一个暮色中对萧雨说："我想给你介绍一个男朋友，你愿意吗？"萧雨困惑地摇摇头，吴豆豆拉着萧雨的手说："他是我男朋友的男朋友，现在他还没有女朋友，如果你愿意，这个周末他会骑摩托车在校园门口接你……"吴豆豆更加困惑地望着吴豆豆。吴豆豆鼓励她说："如果你见到他，你会喜欢上他的，他和我男朋友一样都是艺术学院的学生，是搞雕塑的……"

萧雨就这样被吴豆豆拉进了一场等待之中。首先，在萧雨的眼前出现了一辆摩托车，它应该是红色的，也许应该是黑色的，不过这两种颜色都是萧雨最喜欢的颜色。摩托车停在吴豆豆脚下，刹那间就把吴豆豆带走了。如果有那样一辆摩托车把自己带走，带进夜色朦胧之中，环绕着这座城市不停地旋转，那有什么不好呢。为了那个星期六的降临，萧雨已经悄悄地开始等待了。当然，她还为自己准备了一条短裙，因为她眼前总是出现吴豆豆穿着短裙跨上摩托车的那一刹那。对于她来说，短裙被微风轻拂着，已经成了一个固定的瞬间。

吴豆豆正在穿短裙，萧雨看着她在穿短裙，她觉得不好意思，所以没有穿上短裙去赴约。我们把萧雨这次到校园门口的出发称为赴约，因为萧雨从来就没有跟别的男孩子赴约过。当她和吴豆豆一起站在校园门口等待时，她充满了一种特别的感觉就是心慌。不是迷乱中的心慌，而是期待时身体被置入远方的那种心慌。

两辆一黑一红的摩托车来到了校园门口的台阶下面。吴豆豆把萧雨带到了那辆黑色的摩托车前，把萧雨介绍给了骑在摩托车上的那个青年。然而，那个青年戴着头盔，她根本就没有看清楚他的面容。她跨上了摩托车，这是她第一次乘摩托车，男青年把一只红色的头盔递给她。男青年说如果你害怕，你可以抱住我的腰。

她并不害怕摩托车，尽管摩托车的速度很快，她的头第一次被罩在头盔里。她感觉到的心慌依然像远方一样不可知地罩住了她，暮色已经陷进去了，已经陷进城市的地基上消失了，紧随而来的是黑夜，在一条交叉的岔道口，吴豆豆举起手来说了声再见。

看着吴豆豆骑着的那辆红色摩托车消失的刹那间，她似乎失去了依赖，因为吴豆豆把她很快就交给了一个男青年。那男青年比她大两岁，吴豆豆给她制造了一个现场：那就是必须跟着骑着红色摩托车的青年出发。她困惑地跟着男青年，跟着雕塑系的男生不知道会到哪里去。

男生叫凯，他驱着摩托车说你就叫我凯好了。她紧紧地抓住摩托车两侧的扶手，她根本就不可能像男生所说的一样，如果害怕了，就抱住男生的腰。这对于她来说太难了，因为长这么大，她还从来没有握过男生的手，更不用说抱住男生的腰了。所以，她紧紧地抓住摩托车两侧的扶手，这样她的身体就稳定了。

凯把她带到了一个空间，这个空间是一座老房子，她已经有很多年没有看见过这样的老房子了。房子在西郊，她很难想象在这座自认为很熟悉的城市的西郊还有老房子。从夜色之中看上去这些老房子彼此支撑着，凯说这些老房子的历史已经有一百多年了，从前是爷爷奶奶住在这里。后来爷爷离开了奶奶，到天堂去了，剩下了奶奶独自住在这里。奶奶很固执，母亲和父亲要接奶奶到城中央的公寓楼中去住，奶奶却固守着这些老房子。两年前奶奶在这座老房子里逝世了，于是这里的老房子就成为凯的工作室。

你害怕吗？凯问道，如果你害怕我可以拉着你的手进去，女孩子第一次看见这样的老房子，都会害怕。我的模特们第一次来时，都感觉到在这些老房子里藏着鬼……凯一边说一边伸出了手，萧雨不知不觉地把手伸给了他，因为她突然感觉到了一种鬼的意象，在这个世界上她唯一害怕的就是人们无法看见的鬼。小的时候她随父亲到乡下看奶奶时，常常听人讲鬼故事。那时候她才四岁，她总是坐在奶奶膝头上，听着故事就睡着了。

这是一大片老房子，他们进入了一条小巷，凯已经在抓住她手的前夕把摩托车寄存在一座石棉瓦的平房之中了，一个坐在门口的老年人好像在打瞌睡。凯现在拉着她的手正在往一条窄长的小巷深处走去，她并没有感觉到是凯的手在拉住她的手，并没有感觉到那种触电似的感觉。因为在凯的手伸过来时，她看见了一片鬼的意象。

一种寒气竟然在这个春天的晚上向她身体袭来，一个黑色可以飘动的影子似乎可以看见也可以触摸到，这就是鬼给她带来的感受。这种感受现在已经笼罩住了她，所以她怎么会感受到一个男生抓住她手的那种第一次触电的感觉呢。她只是感觉到男生带着她往里边走，正在朝着一条深长的小巷，尽管这小巷深处也悬着一盏路灯，不过这盏灯像鬼影一样，映现出了寒冷的让人发怵的鬼的意象而已。

凯说：别害怕，如果你白天来，你会看见这些裂缝的老墙，你会看见墙上的花纹。你知道吗？那些花纹好看极了，我每天经过这里时都要看墙上的花纹。那些被阳光所照耀的花纹，有时候像桃花，有时候像一朵玫瑰花，有时候像苹果花，有时候像金盏菊……你身体在发抖……好了，穿过这条小巷就到了，就到我的工作室了。

她的身体确实在发抖，凯说得一点也不错，凯作为男生已经感受到了她的身体在发抖，在她看见一片鬼的意象时，身体还没有发抖。当凯说到老墙上的花纹时，她好像又在通往这条小巷的深处看见了那种致命的姿势。在这个世界上，从她出生用眼睛看世界时，她已经看见过各种各样的姿势，一棵树有姿势，一座桥有姿势，一把伞撑开有姿势，一个人跟另外一个人的姿势不一样……然而，她却看见了那种致命的姿势：母亲和另外一个男人的姿势。就是在这种姿势中，她看见了母亲身体上的一片起伏波动的花纹。

凯在说什么，凯在谈论墙上的花纹，凯把那些被阳光照耀的花纹比喻成花朵，那些花儿的形状像玫瑰、苹果花、金盏菊……凯与别人不一样，竟然会在裂缝的老墙上看见花纹，就像自己一样，在母亲的裸露中看见花纹，一种从未有过的东西突然之间就像一种热流一样涌出来，使她的身体发抖。

萧雨跟着凯，此刻她抬头看了他一眼，她感觉到凯很高大，她对身材高大的男人总有好感，比如父亲。她小时候总是仰起头来看着父亲，父亲就像一棵树一样高大，就像一面墙壁一样高大。突然有一天，她听见了父亲和母亲吵架的声音。这声音越来越大，甚至越来越疯狂，持续了很长时间以后，父亲和母亲在十年前终于解除了婚姻关系。她仰望着父亲离开了母亲，随后消失了。

凯确实很高大，而且身体显得很宽厚，有一种她当年看父亲的感觉。凯拉着她的手已经穿越完了那条小巷。凯说快到了，拐过弯道就到了，你记住了吗？下次你自己来就通过这条小巷，只要拐过弯道就到我的工作室了。除了上课之外，我就住在里面，在里面搞雕塑。

已经拐过弯道了，凯拉着她的手朝左边进去了。那是一个院子，空气中有一种发霉的味道，好像是从老墙上弥散出来的。凯拉着她的手，凯站在门口掏出了钥匙，凯说，我说了你也不相信，我手里的钥匙也许是世界上最为古老的钥匙，这是我爷爷和奶奶使用过的钥匙。我爷爷活了 86 岁，我奶奶活到 89 岁，你清楚了吧，这钥匙的历史该有多长呀。

凯开了门，在这寂静的夜色之中门发出了吱呀的一声，好像不是从一座城市的郊外发出来的。好像这声音来自一座老村庄，来自一册史书上，好像是从她曾经看见过的那只陶罐中发出来的。萧雨的身体又战栗了一下。

凯关上门，然后打开了灯，终于有真正的灯光了，不像门外的小巷中黯淡的灯光。这是真正的灯光，它可以让她看清这屋里的男生凯。凯穿着黑色外衣，穿一条黑色牛仔裤，一双黑色旅游鞋，一切都简化成了黑色，说明凯喜欢黑色。凯拉着她的手开始上楼，这不是别的楼梯，好像楼梯上长满了脚印，也许是凯已经过世的爷爷奶奶的脚印。总之，那些印在楼梯上的长方块式的痕迹——就是脚印。

她仍然没有进入手与手触电似的感觉，当凯拉着她上楼时，她只是好奇，凯竟然住在楼上，也就是说凯的工作室在楼上。已经到了楼上，她是听着自己的脚步声和凯的脚步声交织在一起时上完楼梯的。楼上的灯亮了，总共有两间房子，当她移动脚步时，仿佛置身在一部老式电影之中。然而，这却是现在，他们的着装都体现了现在。

现在，凯引领她进入了凯的工作室。堆在墙角的是胶泥，金黄色的泥，一座正在雕塑中的人体已经展现出来，那是一个女人的身体显现出了女人的胸部，但还没有完成。

凯说他有女模特，父母给他的大部分零用钱，他都用来聘用模特，这是他最喜欢的职业，他选择的是人体雕塑。凯看着萧雨说：你的体型很独特，你不喜欢说话。吴豆豆的男友是我最好的朋友，你想喝什么？咖啡还是茶水？

墙上悬挂着一台古老的挂钟，从里面突然发出了一种纤细的声音，她只有在电影上看过这样古老的钟。萧雨抬起头来说：时候不早了，我该回学校了。凯走过来对她说：你刚来就要走吗？喝杯咖啡吧，坐在窗前喝咖啡，你可以看见月亮。

萧雨两手交织在一起，凯煮咖啡去了。他下了楼，萧雨站在那具人体雕塑前，这是一个梳着辫子的女孩，一个很年轻的女孩子的上半身，也许这就是他模特的形象。她伸出手去，轻轻地触摸了一下，触到的好像是泥，并不是肉身。

凯端着两杯咖啡上楼来了，凯的眼睛很深，他好像缺觉，眼神显得有些困乏。凯把她引领到窗口，窗口放着两把椅子，凯说我喝咖啡时经常坐在这里，今晚一定会有月亮的……对，你看……你看见月亮了吗？凯的手伸过来很轻柔地搂了搂她的肩膀。

月亮仿佛挂在窗前，她已经有多长时间没有看见月亮了，似乎生活在这座城市根本就没有想到会在灰蒙蒙的空间中寻找到月亮。城市到处是灰蒙蒙的，在她有限的记忆中，只有小时候在乡村时见到过月亮。

萧雨感到月亮离她很近，好像伸出手就能够摸到，事实上月亮离得很遥远。不过，她的心灵中仿佛流淌着一汪清泉，那是悬在窗外的月亮给予她的感受。她和凯喝完了咖啡，咖啡没有放糖，这正合乎她的口味，她一直只喜欢喝不放糖的咖啡。她想，凯也许也是这样，喜欢喝不放糖的咖啡。

现在她要离开了，奇怪，自从进入这座老房子以后，她就没有了飘忽在眼前的鬼的意象。也许是看见了灯光，看见了凯的雕塑，也许还看见了月亮，凯说我送你回家吧，凯牵着她的手又穿过了小巷来到了摩托车停留的地方。凯说你记住了吗，如果我不带你来，你自己会找到我吗？她迷惑地摇摇头说：也许我能找到你。这就是萧雨与青年凯的第一次约会。

当然，这也是 19 岁的萧雨与一个男生的约会。当摩托车把她送到校门口时，她上台阶时回过头去，凯还没有走，凯大声说下周末你在门口等我，8 点钟，我会准时来接你。凯走了，她看见凯的黑色摩托车消失了，这是她上完最后一级台阶回过头去时看见的一切。凯的黑色摩托车就这样在她眼皮下面很迅速地消失了，她想着凯，她觉得凯的模样是模糊的，所有发生的一切都像梦一样不真实。

然而，在那一周时间里，她像有了期待，这种期待使她的内心记忆减轻了另一个深渊的重压。那个深渊当然就是母亲和另一个男人给她带来的，她一直拒绝回到家去，她也不给母亲打电话，相反，她试图忘记与家有关系的一切，当然也包括母亲。凯出现了，是女友吴豆豆把凯带到了她身边，吴豆豆神秘地问萧雨跟凯在一起时的感觉，萧雨不吭声。吴豆豆就说：搞雕塑的人肯定很浪漫，对吧。萧雨仍然不吭声，她回忆着凯拉着她的手进入小巷的细节，她现在才发现那是一条很深很窄的小巷，所以，凯必须拉住她的手前行。

吴豆豆又神秘地靠近她说：他拉你的手了吗？你知道不知道，如果你们已经拉手了……对了，如果凯有一天拉你的手，你一定会心跳，一定会有一种触电般的感觉……我就是这样，简第一次拉我的手时，我的心快要跳出来了……这就是初恋，只有初恋的人拉手时才会心跳、心慌，像触电一样……萧雨现在才知道吴豆豆男朋友的名字叫简。她回味着吴豆豆说过的话，这也是小说中说过的触电现象，她想着凯的手伸过来时，自己为什么没有触电般的感觉。她后来明白了，当凯的手伸过来时，一片鬼的意象上升了。在这个没有鬼的世界上，在那一幢幢老房子的墙角下面行走，她好像总觉得鬼随时会出场，这种现实使她丧失了触电般的感觉。

所有这一切都仍然使她充满了期待，雕塑和咖啡以及凯的目光都像秘密一样无法解释，直到星期六，在暮色中她站在校园门口的台阶上向下俯瞰着，她和吴豆豆站在一起向下俯瞰。吴豆豆靠近她说：你相信不相信简和凯会同时出现，因为他们是好朋友。吴豆豆依然穿着短裙和一件很透明的上衣，那件上衣下面就是吴豆豆的乳罩，萧雨好像又看见了吴豆豆的裸体。突然吴豆豆对她耳语道：告诉你一个秘密呀，你可不能告诉任何人，你能保证吗？

萧雨点点头，吴豆豆说：我既是简的女朋友，也是简的模特。我好像听见摩托车声了，只有简的摩托车会发出这样的声音。他们快来了……你看见了吗？简和凯的摩托车……吴豆豆拉住萧雨的手向着台阶下的摩托车跑去，好像吴豆豆跑得更快，萧雨能够感受到吴豆豆那急促的下台阶的脚步。她几乎是被吴豆豆拉着往下跑去，如果不是吴豆豆拽紧了她往下跑，她是决不会这样奔跑而下的。她突然感觉到了吴豆豆要拽着她把她拉向一片美丽的风景画之中去，她感受到了一种脚步向下激情洋溢的滑动，向着台阶下面的风景滑动，她的心不知道为什么就这样被滑动撞击得欢快地跳了起来。

简和凯都没有下摩托车，他们戴着头盔，当吴豆豆和萧雨欢快地从台阶上向下滑动时，他们仰起头来，看着两个由远变近的女孩子。现在，吴豆豆上了简的摩托车，萧雨上了凯的摩托车，两辆摩托车一前一后，简的摩托车驱在前面。萧雨现在可以看见坐在后座上的吴豆豆的两手环绕在简的身体上，她抱着简的腰，而晚风吹拂着吴豆豆的短裙，她可以看见吴豆豆修长的两腿。

在一条分岔路上，简和凯的摩托车分开了，吴豆豆回过头来又对着萧雨神秘地一笑。萧雨突然想起了吴豆豆告诉她的一个现实：她既是简的女朋友，也是简的女模特。这对于吴豆豆来说是一个秘密，所以她不让萧雨告诉给别人。这个秘密让萧雨仿佛又看见了吴豆豆睡觉的裸体，她想，也许吴豆豆做简的模特时，也能把自己很坦然地裸露。然而，裸露在一个男生面前，对于现在的萧雨来说无论如何都是不可能接受的。

摩托车好像晃动了一下，因为这条路路面不平，在一个红灯口，凯转过身来对她说：你抱住我的腰好吗？这样你就舒服多了。萧雨的手伸出去了，她只犹豫了片刻就伸出去抱住了凯的腰。然而她的手只是松弛地抱住他，她试探性地把凯的腰抱住，她的心跳动着，她好像离凯近了些，她的头颈、她的呼吸都好像紧贴着凯的脊背，她好像已经感受到了一阵灼热，来自面颊的，来自身体的，来自嘴唇上的一种灼热。

这是她 19 年来第一次感受到的一种灼热。摩托车已经进入了郊外，对于萧雨来说所谓郊外似乎只与母亲有关系，母亲就在郊外的一条高速公路上生活。她现在突然问自己：那么与母亲发生性关系的男人到底是母亲的谁。当然，毫无疑问，是母亲把那个男人带回了家。摩托车停住了，萧雨抬起头来，关于母亲的意象已经消失了。凯就在眼前，一个比萧雨高得多的青年正在取下头盔，四周是老房子，那些看上去好像要坍塌，但又始终很坚固的老房子正把她紧紧包围，好像这是一个完全不同的世界。

凯又伸出了手，她想起了吴豆豆说过的触电，凯说，你慢慢就会喜欢这个地方，像我一样喜欢这些老房子，对吗？她在黑暗中看着凯的脸，她好像并没有在听凯说些什么，她只是看着这张脸，自从父亲与母亲离异之后，这是她头一次想看清楚的脸。脸并不代表人的灵魂，可在某种时刻，脸上流露出来的神态可以帮助一个人去寻找灵魂，而灵魂是看不见的。而且在这样的时刻，19岁的萧雨也并不想寻找灵魂，她只想看清楚他的脸。然而，凯已经重又牵着她前行了。这意味着凯确实已经出现在她的生活中，在这样一个晚上，凯正牵着她进入老房子里去。

好像这一次没用多长时间就到了凯住的那幢老房子。很快就已经来到了门口，一个女孩出现在眼前，从黯淡的灯光下看上去，那个女孩正站在门口，好像正在等候着凯的降临，见到凯那个女孩便迎上前来。凯说：弥米，你怎么会来？那个女孩仿佛还没有看见站在凯身后的萧雨，这个叫弥米的女孩说：凯，我无法跟你联系，明天我也许就会离开这座城市，所以，以后我不可能再给你做模特了，我想今晚做你最后一次模特，然后你可以把酬金提前付我吗？凯说：哦，你要离开，你为什么不早点告诉我？我应该有准备，好吧，今晚你给我两小时时间，我可以完成胸部的雕塑。

直到凯掏钥匙开门时，那个叫弥米的女孩才看见了凯身后的萧雨，她对萧雨点点头。凯进了屋打开了灯对萧雨说：她叫弥米，是我雇用的女模特，你看到的那座半身塑像，就是以她为模特而雕塑的……好吧，今晚，你可以看看我是如何工作的，你愿意吗？直到现在，萧雨才感受到凯说话的时候很温柔。

直到现在萧雨才看见了站在屋子里的弥米很漂亮，她说不清楚这种漂亮，如果在她所在的校园中，弥米会被称为校花。她披着长发，脚穿长靴，虽然已经进入春天，她还穿着那种冬天的长靴，这是近年来非常流行的长靴，它可以恰到好处地表现出女孩子修长的腿。此刻，凯正带着她们上楼去，凯仍然牵着萧雨的手，那个叫弥米的女孩走在最后。

凯对萧雨说：今天你是第一次看我工作不要惊讶，等一会儿，弥米会全身裸露，因为她是我的模特，你能接受一个全身裸露的女孩站在你面前吗？凯的手伸过来，轻抚着她肩头上的柔软的头发，凯又说：你会的，因为所有这一切都是我所热爱的雕塑。凯说这些话时还没进工作室，弥米已经走进工作室，弥米对这里的空间好像十分熟悉。这些话是凯拉着萧雨在走道上说的，后来，凯才牵着她的手进了工作室。

出现了弥米的背影，她正在脱去长靴，连袜子也脱去了，弥米正在从容不迫地脱去短裙，那是一条方格子的小短裙，款式跟吴豆豆的一模一样。萧雨站在门口，凯已经松开了她的手，凯已经进入了工作的状态。剩下的是萧雨，弥米的方格子小短裙已经往下滑动，就像她看过的一种游戏，那是在爷爷奶奶的乡村，是在父亲从小生活过的乡村，一根根竹竿上撑着纸人，每当风吹拂时，纸人就会撑开双袖，仿佛在风中吹拂，而有些纸人也会在风中顺着竹竿滑动。

滑动，只是一刹那，弥米的小短裙已经从她身体上滑在地上了，衬衣、乳罩都已经滑在地上了，这就是弥米的脱衣风格，让衣服顺着身体往下滑动。裸体背对着萧雨，她看见了她光滑的曲线，她小心翼翼地，屏住呼吸，她心中的那股气流只有抑制住，才不会喷发而出。弥米的苗条身体转动了一下，已经转过来了，这是弥米，她小小的乳房，粉红色的乳房从容地裸露着。萧雨，只有在宿舍熄灯之后看见过吴豆豆的裸体，然而，那裸体上仿佛罩着一层黑暗，仿佛因为黑暗那身体镀上了黑夜的颜色，所以，真正的色泽已经被隐藏住了。

而现在不一样，炫目的灯光正投射在弥米的裸身上，使她的身体慢慢地由暗变亮，她坐在椅子上开始面对着凯，乌黑的头发覆盖在她裸露的脊背上，两只乳房有时候会微微颤抖。而当她的坐姿固定下来以后，她的裸体仿佛已经镶嵌在那团光束之中。那是从头顶射下来的光束，很难想象在这老房子里会有一束现代生活的光束，它笔直地投射在弥米的裸体上。

于是，萧雨看见了花纹，那是在弥米的胸部，那两只乳房仿佛是正在生长的葵花，金黄色的花瓣微微地张开了。她看见了花纹，她置身在这种感受之中，又想起了母亲。然而，她却怎么也无法回忆起母亲扭动的身体呈现出来的花纹，到底是玫瑰花还是百合花，还是康乃馨，还是月季，还是牡丹……母亲和那个男人的性姿势突然又从一道墙壁之中闪现而出。她的目光抗拒着，而此刻发生了什么事情，突然停电了。

世界突然之间变得一片黑暗，凯在黑暗中说用不了多长时间灯就会亮的，他已经习惯了这里的停电，等待几分钟，灯就会亮的。他一边说一边寻找着萧雨，似乎他现在才意识到了在这房子里除了有他的模特之外，还有他的女友萧雨。他叫唤着萧雨的名字，终于摸到了萧雨的手，他说：你冷吗？你好像在颤抖。灯突然又亮了，在凯刚说完那句话时，灯就亮了。

凯又回到了他的雕塑前，他走近弥米，他的身体离弥米的身体是那么近，他似乎是在看弥米的乳房，在看乳房两侧之间的位置。然而，对萧雨来说凯的目光似乎是在抚摸弥米的乳房，她突然想离开了，在这一刹那，凯伸出手去，他的右手轻抚了一下弥米的乳房，左手抓住了一团胶泥。萧雨突然想回到学校去，她感到困惑，她好像又进入了另一个深渊，一种身体给她带来的深渊。

她离开的脚步声很轻，似乎连她自己都听不见，她即使在自己走路时脚步所发出的声音也很轻，她感到自己想离开的愿望是那么强烈。当凯的手伸出去，那么轻抚了一下模特的乳房时，她感到身体在战栗。透过一个人的身体和另一个人的身体的那种碰撞深深地把她置入了深渊之中，她下了楼梯。奇怪的是，她一点也不害怕。

她好像听见了凯在叫唤她的名字，事实上凯确实在叫唤她。凯已经下楼来了，凯是跑着下楼的，凯拉住了她的手，凯说，你要走吗？用不了多长时间我就会完成……你不能等一等我吗？我送你回去……她摇摇头，那一刹那她有一种固执的力量想离开。凯突然靠近她，她感觉到凯的身体离自己是那么近，就像她看见的另一幅图景：凯的身体走近女模特，他的呼吸声似乎可以是一种暖流，环绕住弥米的身体。

她决心要走，凯说你会迷路的，你并不熟悉这个地方，你是第二次来我这里，而且都是晚上。凯始终抓住她的手不放，楼下的灯光很暗，她抬起头来，她看见了凯的目光。那目光就像她在爷爷奶奶的村庄看夜空时把她罩住的星空一样，它现在把她罩住了。突然，她感觉到从手心深处发出一种触电般的感觉，身心仿佛被困住了，无法越出去。她就这样失去了离开的力量，重又跟凯回到楼上，凯给她煮了一杯咖啡。等她喝完咖啡时，她终于看见弥米在穿衣服了，弥米面对着一堵墙壁穿衣服。当弥米转过身来时，她已经穿好了长靴。凯把几张一百元的钱递给了弥米，弥米离开了。弥米临走时说了声对不起，她希望凯能尽快地寻找到别的模特，尽快地完成雕塑。

萧雨打了一个哈欠，她想应该回学校了。凯突然拥抱住了她说：留下来吧，别害怕，因为已经太晚了，我决不会碰你的，相信我，我决不会碰你的身体。萧雨那天晚上没有离开凯，她睡在了凯的床上，而凯睡在他的工作室。这是萧雨第一次在外面过夜。

第二章　窄　床

她睡在一个完全陌生的空间，她插上了门闩，已经有很长时间没有看见过门闩了，不过在她记忆深处，在爷爷奶奶的乡村每家每户都使用门闩。记忆是一件多么神奇的事情，她推上门闩的时候就想起了爷爷奶奶。不过，他们都在很多年前逝世了，而且，自从多年前父亲与母亲离异之后，她与那座乡村就失去了联系。当她插上门闩时，她情不自禁地想起了父亲。

从她开始走路时，父亲的影子就变得高大起来。当父亲拉着她的手在踉跄着行走时，她似乎在沿着父亲的影子攀摇上升，而当她突然滑动时，她似乎是滑倒在父亲拖长的影子中央。当她听见父亲和母亲吵架的声音时，她听见母亲的声音总是在仇恨地诅咒一个女人的名字。后来，父亲拎着箱子离开了，父亲到外省去了，母亲说父亲背叛了她们，父亲到另外一个女人那里去了。总之，从那以后，她就再也没有见到父亲的影子。

当门闩插紧之后，她听见了敲门声，她的心跳动不已，凯在门外说如果她害怕的话就叫他。凯到对面的工作室去了，她睡在凯的床上，她只穿上了外衣，然后和衣而睡。当她熄灭灯光躺在床上时，她嗅到了一种气息或者是味道。那是凯的味道，她还是第一次嗅到除父亲之外的男人的味道。

很显然，父亲每次回家时都会带回来一种味道，父亲的职业是采购员，经常出差，有时候在本省周转，有时候会到外省去。那时候，外省对她来说是一个遥远的地方，每当父亲到外省去时，母亲总是在他的箱子里面放上香烟、衣服，好像在最初时，母亲和父亲还是恩爱的，每当父亲在外省时，萧雨就在想父亲到外省去了，到一个很远的地方去了，父亲回家时也会把外省的一些土特产品带回家来。外省像一条飘带，裹住了父亲的身体在飘动。每次父亲回家肯定是会带着香烟的味道回来，父亲无法离开香烟，这一点她从幼年时就深深地领悟到了。父亲用手指夹着香烟，而她则从父亲身边跑过去，当她跑到一棵树下回过头来时，就蓦然看见父亲：他坐在椅子上，从父亲鼻孔中喷射出一团团香烟，缭绕在父亲的脸周围。

父亲的味道跟香烟联系在一起，只要父亲回家，从他衣服中，从他拎回家的箱子里总是会散发出香烟味。这也是她嗅到的第一个男人的味道。现在，从凯的床上散发出的是另一个青年男人的味道，尽管凯才 21 岁，不过，他的味道已经是一个男人的味道。当然，嗅不到记忆中父亲散发出来的那种香烟味，一种好闻的味道漫蚀着鼻孔。萧雨靠在枕头上，这是凯靠过的枕头，突然她发现了枕头上的一根短发，这显然是凯头上的发丝。她产生了一种奇怪的感觉，一种从未有过的感觉，她回忆着凯靠近她时的一种慢慢的战栗，她突然觉得凯在一点点地靠近她。

然而，她还是睡着了。第一次睡在一个青年男人的床上，枕着这个青年男子枕过的枕头，而且还枕着那根发丝，她还是睡过去了。当她睁开双眼时，她环顾着四周，这是一个陌生的空间，既不是女生宿舍，也不是家，更不是旅馆。她对旅馆基本上没有印象，因为她从未住过旅馆，然而她却幻想过旅馆，作为中文系的学生，她在各种各样的文字作品中读到过旅馆。她幻想过旅行生活，属于她自己的那种旅行，沿着一条铁轨线，搭上一辆长火车在一个有感觉的地方下站，然后前去寻找旅馆。

这里既不是旅馆，也不是女生宿舍，也不是家，突然，她看见了房子一角的一具人体雕塑，是一个裸露的男性身体。然而，只不过是雕塑而已，她觉得这个人体形象像一个人，但她无法想象这个人是谁。这具人体雕塑让她想起自己此刻睡在哪里，她想起了凯。她正睡在凯的床上，醒来后，她慢慢地看见了窗帘中的光线，已经是黎明了。这是星期天的早晨，她从床上爬起来，到处是凯的味道。

她推开了门，凯还掩着门，凯好像还没有醒来。她下了楼，她不想唤醒凯，她可以单独离开，因为这不是在黑夜里。在白昼之中，她看见了颓败的一座座老房子，它们好像都想坍塌下去。然而，从老房子里传出了人的声音，一架老式收音机正在播着新闻，好像是中央人民广播电台的新闻。慢慢地她看见了一个老头，他已经七十多岁，他手里抓住那台收音机，正走在小巷深处，他似乎并没有看见迎面走来的萧雨。萧雨在中间停住了，因为小巷太窄，她想让老头走过去，老头专心致志地倾听着从老式收音机中传出来的声音，直到走近了萧雨，才愣了愣，看了萧雨一眼便走过去了。

在偶然之中，她看见了墙壁上的裂缝，这就是凯在那个夜里向她描述的裂缝。她站在墙壁下面，从墙壁上斑驳的花纹之中她感受到了这堵老墙的历史，她回过头去，她似乎觉得凯在看着她，站在一座老房子里看着她，然而，她什么也没有看见。她独自走出了小巷，就这样在这个黎明她看清楚了老房子置身的城郊位置，现在她知道凯住在城郊的什么地方了。如果让她一个人来，她可以自己寻找到凯住的那座老房子了。

吴豆豆回学校时也正是萧雨回学校的时候，两个人在校园的台阶上相遇了。吴豆豆诡秘地把萧雨带到了一片树荫下说：你昨晚没回学校。萧雨说：太晚了，我就住在凯那里了。吴豆豆更加诡秘地说：怎么样，跟凯亲密了吧？萧雨摇摇头说：亲密，没什么亲密……吴豆豆说：我昨晚也住在简那里。不过，我已经跟简发生了亲密的关系。你知道什么叫亲密的关系吗？你当然会知道……简的床很窄，很窄，不过，那却是我和他的世界，我和简就在他的床上忘记了时间……我第一次把自己献给了简，所有女孩都拥有过第一次……吴豆豆的脸上扬起了红晕，她说的这一切对萧雨来说是那么遥远。当然，她现在又看见了一种意象。

窄床意味着单人床，当吴豆豆描述那种场景时，萧雨的心跳动着，她起初看到的只是一片宽阔的河床，在她跟随父亲在爷爷奶奶的乡村居住的那个假期，那是暑假，她经常和村里的孩子们一起做游戏。那时候，所谓的乡村孩子们的游戏就是从门槛中跑出去，他们在梨树下奔跑，他们带着兔子奔跑，直跑到田野上，萧雨就是在那时看见了一条真正的河床，刚降过一场暴雨，所以河床咆哮着，好像撒上了金色的粉末。她站在河床旁边，一个男孩说他可以到对岸去，男孩脱下了裤子，露出了全身，那是她头一次看见男孩的生殖器。那小小的家伙并不知道害羞，他扑进了河床，金黄色的河床几乎淹没了他整个儿的头。然而，不过几分钟，他已经在对岸蹦跳着他的身体，他裸露着，男孩后来对她说你为什么不下水游泳呢，我可以教你。那是一个晴朗日子的午后，男孩和萧雨两人追着兔子又到了河边，此刻，河床却变得清澈见底，河床上漂动着青苔。男孩脱掉衣服跳进了水中召唤着她：下来吧，快脱衣服呀……她就那样站在河岸上脱衣服，那真是一个单纯无忧无虑的快活年代，她把自己迅速地变裸便跳进了水中。男孩就这样托着萧雨的身体开始了游泳，她的身体漂动在河床上，漂动在青苔上，就像鱼一样终于可以穿越河床了。她就是在那条乡村的河床上学会了游泳，而那个男孩本来已经被她彻底遗忘了。

遗忘一个人是因为时间，她很快就回到了城市，她的游戏伙伴变成了城里人。她在成长中跳跃着，她到城里的游泳馆去游泳，她的身体在长大，她的视线再也看不到那乡村的河床了，那个男孩当然也会被她遗忘。

河床从此刻重又回到她的现实生活之中，当吴豆豆谈论窄床时，那是她男朋友的一张窄床，她男朋友叫简。那个骑着红色摩托车的简，难道他已经把吴豆豆带到他生活中的窄床上去了吗？难道这就是吴豆豆所说的亲密关系吗？

那个周末，萧雨的母亲突然出现在宿舍门口，这简直出乎她的意料之外。萧雨正准备出门，她已经穿上了刚刚买到的一条短裙，女孩子在这个春天穿短裙已经成为一种流行。好像才一夜之间，短裙就已经开始在校园中流行，萧雨也卷入了这种流行生活之中，她发现女孩子穿上短裙都很漂亮，而且她还发现男孩子们已经注意到这种流行。每当女孩走出教室，男生们的目光已经开始欣赏着女孩子的腿。有时候，男孩子的目光是在欣赏女孩子的发型，有时会欣赏女孩子的上装，但这个季节，男生们所欣赏的却是女生的腿，因为流行的短裙已经来到了女生们的腿上。在这个春天，整个校园都流行着短裙，而吴豆豆也许是校园中第一个穿短裙的女生，在女生们都还没有穿短裙时，吴豆豆已经穿着短裙，穿越出校园，站在校门口的台阶上等候着她的简了。

而此刻，母亲站在门口，她已经有好几个星期没有见到母亲了。在这几个星期里，她试图利用各种各样的方式忘记母亲，她之所以想忘记母亲，只是想忘记在无意之中让她偷窥到的母亲和另一个男人的性姿势。

母亲站在门口，四十多岁的母亲看上去仍然那么多姿多彩，母亲只要一脱离高速公路的修理站就会迅速地把自己变成一个美妇人。母亲像女孩子一样披着长发，像年轻女孩子一样穿着短裙，当然母亲的短裙与校园中的女孩子穿的短裙绝对是有区别的。母亲穿的是经典式的短裙，这种短裙出现在历史的一次又一次循环之中，永不过时。它曾经出现在电影的一个个经典镜头之中，出现在画册上，出现在怀旧的音乐画面之中，而校园中女生们穿的短裙只是一种流行的款式。

然而，母亲一眼就看见了她的短裙，母亲走上前来审视了她一遍，然后说：萧儿，你好像要出门，是去见朋友吗？萧雨迅速地摇摇头说：不，不是去见朋友。她不知道为什么在母亲目光的审视下要否定她前去约会之事。当母亲邀请她要一块去商店走走时，她后悔了。她问自己，如果我不否定，母亲会不会放过我。

现在，萧雨不得不跟着母亲走出了女生宿舍，尽管她知道在这样一个完全被暮色笼罩的时刻，也正是凯在等候她的时候。凯在每个周末的暮色中骑着摩托车来，然后带着她走，已经成为一种习惯。她开始焦灼起来，然而，好像母亲来到女生宿舍楼下时，一个男人出现了。

一个比母亲大不了多少的男人，穿着西装、系着领带迎着她们的目光，准确地说是迎着母亲的目光走上前来。母亲把萧雨介绍给了那个男人，同时也把那个男人介绍给了萧雨，母亲的介绍很简洁，比如这是我女儿萧雨，哦这是吴叔。萧雨在暮色之中叫了一声吴叔。

他们沿着暮色上升的校园往外走去，萧雨带着他们走的是另外一条路，她想从另一道大门走出去。这是学校的后大门，门口很显然不会有台阶，台阶是她驻足等候凯的地方。她不想出现在台阶上，她不想走上前去向凯解释这一切，因为她不想让母亲看见凯。

她的内心深处仿佛出现了一片波纹，她想用这片波纹包藏住自己的秘密。已经在暮色之中来到了校园的后大门，那个叫吴叔的人把他的车停在正大门的停车场上，他让她们等几分钟，他把车开过来。吴叔走后，母亲审视着她说：萧儿，你是不是恋爱了。她摇摇头，不说话，母亲又说：萧儿，像你这样的年龄根本不是谈恋爱的季节，在你的心灵深处应该筑起一道墙壁，不让男人走进去。

萧雨侧过脸去，不去直接面对母亲的脸，她觉得母亲的脸似乎一直在审视自己的内心。事实上是母亲的眼睛在审视自己，当母亲说到男人这个词语时，母亲的声音好像变得复杂起来。这时，一辆黑色轿车来到了她们身边，那个叫吴叔的男人走出来为她们亲自打开了车门。

轿车缓缓而行，母亲坐在那个叫吴叔的人身边，而萧雨坐在后面。她一直心不在焉，因为她在想着凯，暮色已经越来越浓烈了，她想着凯的黑色摩托车已经早就在校门口的台阶之下了。与往常不同的是，这一次约会不是她在等候凯，而是凯在等候她。

凯的身体趴在摩托车上，凯并没有摘下头盔，他的目光抬起来，他看到了台阶，然而，他就是没有看见萧雨。她坐在车厢中始终在想着凯，轿车已经不知不觉到达了商城。母亲已经下了车，母亲为她打开车门说：萧儿，下车吧。三个人在暮色之中向着商城走去，母亲拉着萧雨的手臂，吴叔走在母亲身边。

垂直上升中的电梯已经把他们送到一层、二层、三层，这是金光闪闪的首饰商城，母亲拉着她的手把影子投射在锃亮的地板上。他们转了一圈终于在一个玻璃柜台前停了下来，服务员启开柜台拿出了母亲想看的那种宝石项链，母亲欣喜地把项链在胸前比试着，面对着镜子。在母亲前面就是一面镜子，它毫不客气地映现出了母亲40多岁的年龄。母亲好像很喜欢那根项链，她的神色感染了吴叔，他站在旁边鼓励母亲说：如果你喜欢，我们就买下它。母亲点点头，吴叔启开了钱包，当他掏钱包的时刻，萧雨好像才回到了现实中来。

她还是头一次看见一个男人为女人掏出黑色的钱夹，这个女人就是自己的母亲。从这种现实来说母亲和吴叔的关系不一般。吴叔回过头来看了一眼萧雨说：如果你喜欢这根项链，吴叔也会给你买一根。萧雨很清楚吴叔在表达什么样的意思，可她坚决地摇摇头，母亲说：萧儿是学生，还不是戴宝石项链的时候。吴叔点点头，付了那根项链的钱。宝石项链装在了一只银灰色的精美小盒子里，它已经来到了母亲手上，它的降临好像使母亲显得心花怒放。他们乘着电梯在下滑，吴叔说我们到茶馆坐一坐吧，母亲看了萧雨一眼说：萧儿，你今晚就不要回学校了，母亲已经有很长时间没有见你了，今晚就回家住吧。

萧雨在下电梯的时候已经想好了离开的理由，作为学生，她可以有好几个理由，她之所以寻找理由是因为凯。无论是在上电梯还是下电梯时，只要身体随着速度滑行，她就会情不自禁地想起凯。凯始终出现在她眼前，凯始终保持着等待她的模样。她显得有些焦灼，她甚至没有时间去想母亲和吴叔更深的关系，而且她也来不及在眼前浮现母亲和另一个男人的性姿势。

母亲刚说完话，她就开始解释说她要尽快回学校去。当然，还没等她解释回学校的理由，母亲就说：萧雨，让吴叔送你回去吧。她赶忙说楼下有公共车直接到校门口，用不着吴叔送她了。她说话的语气显得很坚决，母亲没有勉强她，母亲想把她送到公共车站口，她慌忙地说：母亲，你不用送我，你就陪吴叔去吧。她转身走了，当她偶尔回过头去时，母亲和吴叔都在目送她的背影，她觉得母亲好像是在目送着她的那条流行的短裙。

她已经寻找到了公共车站牌，她熟悉这座城市，她喜欢从一个站牌下乘上一辆公共车，然后到达她想去的地方。而此刻，1 路车来了，她知道 1 路车可以到达学校门口，当然也可以到达凯所置身的郊外。当然，1 路车最先必须经过校门口，这正合乎她的想法，她想看看凯有没有在校门口等她。如果看不见凯的影子，就说明凯已经走了。

她觉得很对不起凯，事先也没有告诉凯一声就走了。母亲早就要给她配电话，但她认为没这个必要，因为在这之前她的生活好像只跟母亲联系着，再说女生宿舍的每层楼都有电话，母亲找她可以把电话打到所住的楼层。公共车来了，她回过头去想捕捉到吴叔和母亲的影子，可远处的影子已经被夜色湮没了。

夜色像一层模糊的玻璃，它尽可能地让人与人之间的短暂距离变得虚无。夜色湮没了母亲和吴叔的影子，而她则一心向往着见到凯。她上了公共车，车上没几个人，有空位，她坐在窗前，夜色淹没了一切，她的心跳动着。当公共汽车抵达校门口的那个站牌时她便欠起身体来，她想欠起身体把校门口的台阶以及台阶下的每一个人都看清楚。

她想看见一辆在夜色中闪现而出的黑色摩托车，一个青年男子坐在摩托车上，那个青年男子的一切姿势都显现出等待。然而，台阶下根本就没有摩托车，只有一些卖烧烤的摊点上发出的火焰，她没有下车，她知道因为她违约，凯已经离开了。此刻，想见到凯的那种欲望使她继续前行。

当她从公共车上下站时，已经到了郊外，这是公共汽车站的末站，她站在车牌下面环顾了一遍四周，在夜色深处，几乎看不到什么老房子。不过，朝前走不到两百米就会进入一条小巷，那条小巷的入口处看上去很宽，之后会越变越窄。她已经记住了这条小巷，那天早晨，她离开了凯，离开了那座老房子，走出来时就进入了这条由窄变宽的小巷。

奇怪，她一点也感觉不到害怕，她根本就想不起来凯所说的鬼，连鬼的意象也想不起来。她似乎已经在这片老房子地域生活了许多年，似乎从一出生就看见了这些老房子，所以，她的气息已经融入一种颓丧的味道之中。那些古老的墙壁上发出了裂缝和花纹的味道，那些木头的柱子上发出了烟熏过的味道，她已经闪进那条又窄又暗的小巷。每当这时，她就会想起凯来，凯牵着她的手，进入了这条小巷，然后慢慢地往前走。

走到小巷中央时，她把手伸出去，她的手是在无意之中伸出去的，她想起了花纹，镶嵌在老墙上的那些花纹，她浑身颤抖了一下，没有用手触摸到花纹，而是直接朝前走。她终于抵达了锁着的一道大门，门上挂着一把硕大的铁锁，凯还没有回家。尽管如此，她已经站在门口了。她决定站在门口等候凯回来，她深信凯用不了多长时间就会回来的。

一个影子从小巷中闪了出来，但绝对不是凯，直到影子向她移动而来，她才看清了是一个女孩。她想起来了，在上周末的晚上，在凯的工作室里，正是这个女孩把自己变得一丝不挂。因为她是模特，她还想起来了女孩的名字，她叫弥米，一个拗口的名字，从凯告诉她这个名字时，她就觉得这个名字的发音很拗口。

女孩和萧雨的目光对视了一秒钟，弥米就认出了萧雨。弥米告诉萧雨她本来已经离开了这座城市，在火车上，在火车抵达另一座城市时，她跟男朋友吵了一架，她上了火车回到了这座城市。她跟男朋友吵架是因为她透露了她做女模特的事情，而在之前，她一直隐瞒着自己的身份。弥米回到这座城市，决定继续做模特，所以她想让凯完成他的雕塑。弥米问萧雨是不是凯的女朋友，萧雨没有吭声。这时，她们都不约而同地听见了一阵摩托车轰鸣的声音。

两个人都抬起头来从夜色之中望出去，摩托车轰鸣的声音越来越近，最后好像声音突然中断了。萧雨的心跳动着，她知道一定是凯回来了，凯已经把摩托车寄存在小巷外的那座平房里了。凯现在一定已经进入了小巷，凯的脚步声真的已经在窄小的巷道中响了起来。

凯已经走出了小巷，萧雨在黑夜中叫了声凯，弥米站在她身后也叫了声凯。凯好像并没有看见站在萧雨身后的弥米，也许是弥米叫他的名字时声音显得很纤细，这种纤细的声音刚才萧雨已经感受到了。凯有些惊讶地走近萧雨说：我去接你，我在台阶下等待了四十分钟，然后我又进了校园，我到你宿舍去了，没有人在宿舍。我不知道你到哪里去了。凯的声音焦灼地叙述着这些细节，他好像还没有发现站在萧雨身后的弥米，直到弥米咳了一声，凯才意识到了另一个女孩藏在萧雨身后。弥米没有说更多的理由，她只说又回来了，只想让凯的塑像完成。

凯说他一周来四处寻找模特，想寻找到与弥米很相似的模特。但很困难，直到如今都还没有寻找到新的模特，凯说：你能回来，那真是太好了。凯打开了锁，即使在黑暗中，萧雨也能感受到凯手中握住的那把钥匙，这是她看见过的最古老最硕大的钥匙。即使幼年时跟随父亲回爷爷奶奶的乡村，也没有在以老墙、老门、老宅为基调的乡村看见过这样的钥匙，而这样古老的钥匙竟然握在一个骑黑色摩托车的青年手中。她觉得凯跟别人不一样，跟她见过的所有男人都不一样。也许，这就是凯让她心跳的原因之一。

凯带着弥米和她进了屋，灯光闪亮后，两个穿着短裙的女孩就这样跟着凯上了楼。她们两人的裙子竟然是同一款式的，只是颜色不一样，弥米依然穿着高到膝头的黑色马靴，弥米直接到凯的工作室去了，凯站在过道上拉住了萧雨的手说：今晚你就不要走了，如果你困了，你可以先到床上去休息。如果你不困，你可以看我工作。这是我准备参加校办展览的作品，我想快一点完成它，你不生气吧。

萧雨觉得并不困，所以，她现在不需要想留下还是走的问题。她想去给凯煮咖啡，凯喜欢喝咖啡，她已经知道在凯的房子里怎样煮咖啡了。于是她趿着拖鞋下了楼，这是一双女式拖鞋。在凯的楼下有好几双女式拖鞋，也许这些拖鞋都是为模特准备的。无论是哪一双拖鞋，似乎都适合萧雨穿，女孩子的鞋大致都是一样的尺码。

萧雨下了楼，在楼下有一个煤气罐，有一些简单的炊具、碗筷。萧雨看见了那只煮咖啡的容皿，它是一只陶壶，她最初就是看见凯从黑色的陶壶中倒出了咖啡。不过，陶壶上看不见一根线条，当然也就看不见让萧雨感到敏感的那种花纹。咖啡已经在陶壶中沸腾着，当浓咖啡的味道弥漫而出时，萧雨感到一种诗意，这种诗意被咖啡壶烧出来。她把头靠近沸腾的咖啡嗅了嗅，味道是嗅不到的，咖啡的味道唯有去品尝，才能感受到。

她捧着那只陶壶一步一步上楼时，心里洋溢着一种欢快的感觉，好像这就是一个巢穴，把她青春的身体收留住的温暖之巢。她站在凯工作室的门口时，也正是凯伸出手去的一刹那，凯的手已经从空间伸出去，而另一边离凯很近的地方就是弥米的裸体。

真正的裸体就是一丝不挂，弥米就是这样把她身体全部隐秘的部分都暴露无遗，包括她的阴户。萧雨捧着那只黑陶壶，她是在无意之中看见弥米的阴户的，那一小丛黑色的森林使她的手颤抖着，好像上一次她并没有注意到弥米的阴户，她只看见了弥米的上半身。

除了看见自己的阴户之外，此刻，她还是头一次看见另一个女孩的阴户，它当然是关闭着的，如同自己的阴户是关闭着的一样。她手捧着陶壶，那只陶壶本来很烫手，她垫了一块布才可以捧住它。当她的视线往弥米的上身移动时，凯的手正在空间中触摸着距离。事实上那只是一个搞雕塑的人特有的手势，凯伸出手想把模特的上半身框住在一个特定的距离之中或者特定的视线之中。然而，在萧雨看来，凯的手却在触摸着女模特的上半身，与上一次完全一样的模糊。凯的手伸出去了，好像是在触摸女模特粉红色的双乳，她的身体颤抖着，她手中的那只陶壶晃动着，砰的一声滚烫的咖啡壶砸落在木地板上，变得粉碎，而浓烈的咖啡正喷溅在地板上。

那砰的一声，仿佛是世界在顷刻之间发出了嘘的一声，使三个人都被震动了。第一个被震动的人当然是萧雨自己，随着砰的一声，她感觉到好像有刺人的灼热正喷溅到自己双膝上，她被这突如其来的声音吓坏了，明白了是怎么一回事。她垂下头，开始弯下腰，来不及感受自己双膝上的刺痛，因为喷溅而出的浓咖啡正在从陶壶的碎片中流出来，缓慢地向整个屋子流去。她用手慌忙地去捧那堆碎片，她的手被刺破了，血流了出来。

第二个被震动的当然是凯，在这之前房间里的寂静包围住了他，他已经进入了状态，而砰的一声顷刻间使他回过神来。他看见了站在门口的萧雨，她身穿短裙，他听见了砰的一声，热气在这砰的一声中弥漫着，咖啡正在地板上流动着，他明白发生了什么事情。他走过来，他看见了女孩萧雨，好像直到现在，他才意识到了在这个世界之中还有另一个女孩的存在，而刚才他好像忽略了她的影子，因为他已经进入了雕塑的状态。

第三个被震动的当然是模特弥米，她坐在椅子上，砰的一声来自这个世界，顷刻把她专心致志的姿态改变了。她转过头来，她看见咖啡正沿着地板流动，好像这砰的一声恰好给了她一个松弛的机会。她站起来，面对着墙壁，看着木窗外的夜空。她的臀部，那小小的臀部好像有一道伤疤。当凯抓住萧雨已经流血的手指为她包扎伤口时，萧雨在偶然之中看见了呈现在弥米臀部上的那块伤疤。

凯问萧雨道：你疼吗？你一定很疼，那咖啡壶很烫手，我忘了嘱咐你要小心。她似乎并没有听见凯在说话，她被那块伤痕吸引了，甚至忘记了自己手指上的疼痛以及咖啡壶落在地上时，双膝上被刺痛的感觉。她看着那块伤疤，它看上去就像一朵粉红色的桃花。

凯已经为她包扎好了伤口，凯从旁边抓住了一块拖布开始在地上来回拖动着，直到现在，萧雨才意识到咖啡已经渗透进木地板里去了。那些早已脱尽了油漆的木地板，那些留下了一次又一次痕迹的木地板，好像被咖啡色染过，拖布再也无法擦干净它。萧雨说对不起，她一再地说着对不起。凯好像在这声音中感受到了什么，他突然升起一种温存来，他放下拖布，揽紧了萧雨的身体说：没什么，用不着说对不起。你好像累了，你先躺下吧。凯一边说一边牵着她的手进了他睡觉的房间，凯扶着她坐在床上说：你先睡吧，我可能还要工作两小时。我会睡在工作室，你不会害怕的，对吗？

她好像被凯说话的声音所困住了，再也没有回学校的力气。她似乎像凯所说的那样有些累了，好像身体再也不可能跨出房间去了，好像身体再也不可能穿越出那条小巷了。她甚至忘记了像那天晚上一样插上门闩，她躺在了凯的窄床上，那确实是一张窄床，像吴豆豆说过的那种窄床一模一样。她躺了下去，穿着衣裙，甚至连她的短裙也来不及脱下，她揪开被子，凯留在窄床上的浓烈气息包围着她，好像施了催眠剂，她很快就睡着了。

凯在下半夜来到了她身边，凯在黑暗中注视了她一会儿，轻轻地揪开了被子，躺在了她身边。当她在睡梦中翻身时身体碰到了另一个人的身体，她很快就醒了。凯轻声说：别害怕，我是凯，我只是想躺在你身边，仅此而已。相信我，什么事情都不会发生的，我真的只想躺在你身边。好了，现在我们睡觉吧！

凯的手在他说话时已经轻轻地抓住了她的一只手，在黑暗中，凯似乎一动不动地躺在一侧。当她睁开双眼时她当然吃了一惊，凯就躺在她身边，她潜意识中好像在喊叫着，然而，还没来得及喊叫，凯的声音就已经开始上升。凯说话时就像一些淡绿色的绿苇秆在她耳边荡漾着，那是生长在水边的绿苇秆，她的心灵的喊叫之声失语了。

正像凯说的一样，当然，凯说话时她就在想着凯陈述的现实，凯说什么也不会发生的，就像一张白色的风景一样，什么也不会发生。她的心跳了一会儿，竟然嗅着凯的气息睡着了。这是千真万确的气息，只有凯一个人独有，以后也不会再有。这个世界上只有凯会温柔地抓住她的一只手睡觉，在这个世界上，只有凯躺在她身边，会陪着她进入梦境，只有凯才不会让她脱光衣服，占有她一丝不挂的肉体。

对于年仅 19 岁的萧雨来说，当她在第二天黎明醒来时才真正意识到有生以来第一次，她躺在了一个男人身边度过了一夜。她和凯都相继和衣而睡，然而两个人的气息却彼此交融在黑夜之中。直到她醒来的那一刹那，她才意识到昨夜凯一直拉着她的手睡觉，几乎都没松开过。他和凯在下半夜的几个短暂的小时里一直手拉手睡在窄床上，好像两个人连身也没有翻动过，因为即使想翻身也很艰难。因为这是一张名副其实的窄床，一张单人床，只可以让凯独自睡觉的床。然而，凯和萧雨却度过了一个夜晚。

这是萧雨和一个青年男人在她 19 岁那年睡过的一张窄床，一张不可以翻身的窄床，它就像水上的木船一样晃动着，使 19 岁的萧雨感受到了一张让她安全的河床。当她坐在校园中的石凳上回忆着这张窄床时，她似乎又回到了童年，在爷爷奶奶的乡村度过的有限的时光里，她就是在那乡村的岸边学会了游泳，学会了去拥抱河床。多少年来这个已经被她彻底遗忘的有关河床的意象如今又回到了她的生活中。以至于她总是感觉到凯和她睡过的那张小小的老房里的窄床就是童年时代在乡村遇见过并留在记忆深处的那条河床。19 岁的萧雨从那天早晨离开老房子以后，整个世界好像都变成了一条河床。她徜徉在这条河床之中，她感到 19 岁以来最为激动的时刻已到，当她跟好友吴豆豆讲述这条河床时，吴豆豆说：你和凯睡在那张窄床上，竟然什么也没发生，我不相信。

她明白吴豆豆所说的意思，吴豆豆不相信她的话，因为吴豆豆说过当她和简躺在那张窄床上时，已经发生了亲密关系，吴豆豆指的亲密关系就是肉体关系。然而，无论她怎样解释，吴豆豆总是不相信。吴豆豆甚至说：

我根本不相信你和凯在床上会如此纯洁……不对，我根本就不相信你和凯在床上会如此理智……除非你们不爱对方。她沉默了，然而一次又一次地她仍然和凯在约会时睡在那张窄床上，天明时她离去，这种时光已经过去了好几个星期。

凯有一天午后给她来电话说他要和同学到外省的一家陶瓷厂去烧挂盘，也许会出门两个多月，已经来不及与萧雨见面了，因为马上将去火车站。萧雨握住电话筒，凯的电话是打到宿舍楼的，她感到凯在电话中陈述的事实是那样残酷。而这正是星期五，明天将是她和凯约会的时间。她好像失语了，凯在电话另一边说：萧雨，我会很快回来的，如果有机会，我会给你来电话。

她的手已经在颤抖，她全身都似乎在颤抖，直到此刻，她才感觉到自己的身体在热切地、灼热地向往着见到凯，她搁下了电话。吴豆豆来到了她身边，吴豆豆说：凯要离开了，对吗？你好像已经爱上了凯，你舍不得离开他了，对吗？明晚，你跟我到简那里去吧，简正在雕塑我的人体，我就是简目前的模特，你可以去看看我和简约会的地方。它肯定与凯的空间不一样，我听简说凯喜欢住在一幢神秘的老房子里，而简不一样，简住在一座 28 层的公寓楼上。简住在第 22 层，简的父母到国外生活去了，所以，只有简一个人住，到处是玻璃……

于是，在那个星期六的傍晚，简的红色摩托车上增加了一个人，那就是萧雨，她坐在最后面，中间坐着吴豆豆。风吹拂着她们的短裙，她感觉到吴豆豆的两根小辫子也被风吹拂着。她想凯也许还在火车上，火车对她来说仍然是一种遥远的意象。她想，如果有一天能跟着凯乘上一列火车，到一个从未去过的地方，那种生活就是旅行。

一座摩天似的公寓楼出现在萧雨眼前，吴豆豆仰起头来对她说：简就住在楼上，简和凯一样更多时间也同样住在艺术学院的集体宿舍。不过，有一点他们很类似，那就是在他们想工作时就回到他们私人的工作室。而且简和凯一样都很幸运，他们都有自己的私人工作室，他们两个都一样，把雕塑看成是他们生命中最为重要的一部分。

吴豆豆好像已经变成了住在这幢公寓楼中的主人，她拉着萧雨的手进了电梯，简去停摩托车时，吴豆豆已经带着萧雨随着电梯上升又走出了电梯。吴豆豆从自己的包里掏出了钥匙，萧雨吃了一惊，吴豆豆的包里竟然有打开门的钥匙。这钥匙属于这个时代，而凯手里转动的钥匙则属于另一个时代。

吴豆豆进屋后高兴地说：到家了，进来吧。很长时间以来，我已经把这里当作了我的家，我的家很遥远，回趟家是多么不容易啊，所以，已经两年过去了，我从未回过家。因为它太遥远了，不过，简为我创造了一个家。吴豆豆的全身都被一种热情所荡漾着，她忙着给萧雨沏热茶时，萧雨站在客厅里，这里好像就是一个家，具有家的一切感觉。家里应有尽有，一个现代家庭的所有设施在这里都不缺少，所以，吴豆豆当然像回到家一样。

吴豆豆带着萧雨从客厅走到工作室，又从工作室走了出来，在过道上，吴豆豆偶尔看见了简的卧室，在紧靠着墙的一侧，呈现出一张窄床，这就是吴豆豆向萧雨描述的那张窄床吗？吴豆豆好像敏感地感觉到了萧雨在想什么，她走上前来对着萧雨诡秘地一笑，低声说：我和简就是在这张窄床上献出了各自的身体。

简来了，简羞涩地笑了笑，好像已经意识到了她们正在谈论什么。吴豆豆带着萧雨进了简的工作室，简的工作室显然跟凯的完全不一样。凯喜欢在古老的房子里工作，当凯工作时，萧雨能嗅到那幢楼的腐烂过程，那是一种历史的行将坍塌中的腐烂。而凯就像他躺在萧雨身边一样，在凯的身体中始终保持着一种古老的思想。简就不一样了，简住在22层公寓楼上，而此刻，吴豆豆正在脱衣。

吴豆豆也许已经习惯了在女生宿舍中把自己变成裸体，所以，当她面对萧雨脱衣时并不窘迫，她坦然地一边说话一边脱衣。在脱衣之前她已经把萧雨安置在工作室的一只单人沙发上坐下来，吴豆豆说等简工作完毕后，她们就到楼下去吃烧烤。萧雨已经习惯了吴豆豆的脱衣方式，然而她还是有一种透不过气来的感觉，因为吴豆豆竟然可以在简的面前把自己变得一丝不挂，这需要多大的勇气。想一想自己，19年来还从未在男人面前裸露过，当然她也裸露过，那只是在学校的女生沐浴室中。然而，在那里，每一个女生都是裸露的，而且她们必须裸露才能够真正地沐浴。不过，在那样的时刻，每一个女生似乎都忙于沐浴，每一个人的裸露似乎都是正常的。

当我们感觉自己的身体时，事实上已经回到了自我之中。萧雨坐在单人沙发上，她好像在虚拟着把自己变成裸体的时刻。在家里，在她的单人房间里，有一个衣柜，里面镶嵌着一面镜子，有一次沐浴完毕，母亲已经睡了，好像也没睡，准确地说母亲正躺在床上看那些像肥皂泡沫一样的电视剧。她裸着身体通过走道回到房间，当她发现自己的裸体已经映现在衣柜中的镜子中时，便伸出双手，她的手在无意识地抚摸着镜子。她觉得自己的裸体很好看，就像欧洲古典绘画中的裸体画。尽管如此，她却难以想象自己的裸体有那么一天会呈现在一个男人面前。

从本质上讲，萧雨并没有把女友吴豆豆当作模特，她始终把她当作同一宿舍的女友。吴豆豆不可能是弥米，她不知道弥米的过去，也不知道弥米的未来，她见到弥米时，凯就说这是我聘用的人体模特。在她意识深处，弥米就是那种真正的职业模特。吴豆豆的真正身份是简的女友，因为某种关系而做了男友的人体模特，所以，她看着萧雨，在灯光下变成了全裸，而且她在房间中走来走去，似乎萧雨不在场。终于，萧雨被吴豆豆身体的青春吸引了。尽管她同样具有19岁的青春，然而，她好像忽视了这一点，当灯光投射在吴豆豆身体上时，仿佛使她看见了林中降临的仙女。简的位置离吴豆豆很近，几乎伸手就能触摸到吴豆豆裸露的双肩。

萧雨问自己：如果有一天凯找不到模特，自己有没有勇气在凯的面前把自己变成裸体。她觉得这个现实是那样困难，首先是害羞，在一个男人面前把自己的衣服脱得一丝不挂的那种害羞。其次是勇气，她觉得自己从开始作为女孩子与这个世界相遇时，缺乏的就是勇气。在初中、高中她的目光从来不与男同学的目光相遇，上了大学以后，好像改变了一些，她可以跟老同学王露在校园中散步了。不过，她之所以跟王露散步，是因为她觉得有一种安全感。

那个身材像竹竿一样的男生始终扮演的是同学的身份，这也许就是她跟他在一起有安全感的原因。然后，凯来临了，从见到凯的那一刻，她的心跳就加速，她不知道自己凭着什么样的勇气跨上了凯的摩托车。所以，她总会清醒地把自己与吴豆豆区分开来。中途休息时，简走过去吻了吻吴豆豆的面颊，所有这一切都使她意识到吴豆豆跟简在一起是快乐和幸福的。她突然不想留在他们身边了，因为夜已经深了，而他们还没到结束的时刻。当她说想离开的时候，吴豆豆大声说：不是说好我们去吃烧烤吗？她拒绝了，看着吴豆豆与简如此亲热，她更加想念凯。她独自一人下了电梯，朝着夜幕中的街道想去乘公共车。

街道上的人已经很少，突然有一辆车停在她面前，一个人的头探出车窗，叫唤着她的名字。她以为是弄错了，但那个人确实是在喊她的名字，她回过头来，一个人打开车门走出来，一个男人穿着西装站在她面前，这显然是一个中年男人，不过，她已经记不清楚到底在哪里见过他。在她困惑地回忆时，中年男人说：萧雨，你不记得我了吗？不久前我和你母亲一起去过首饰商城。他一说话，她就想起了吴叔。

站在面前的就是吴叔，她往车里看了看，没有看见母亲。吴叔说：天这么晚了，一个女孩子在大街上行走是很危险的，我送你回学校吧。萧雨本想拒绝，可吴叔已经拉开了车门。她就不好再拒绝，坐在后座上。当吴叔驱车之后，她突然想起了母亲，她已经有好长时间没有想起母亲了。这对她来说无论如何都应该是一件好事，因为自从她在无意之中作为偷窥者看见母亲和另一个男人的性姿势以后，母亲这个名字似乎就变了。在这之前，她与母亲联系在一起，是因为母爱，从某种意识上来说，自从多年以前母亲和父亲离异之后，母亲的存在就意味着家的存在。

她很后悔那个午后，她为什么要回家取照相机，然而，事情已经发生了。而且这是秘密，没有人知道在那个午后，她趿着柔软而没有声音的拖鞋向着楼梯而去。因为那风暴般的声音令她感到窒息又感到好奇，她想弄清楚这声音到底是从哪里发出来的。这就是她变成偷窥者的原因，在风暴之中呈现出来的性姿势首先让她看到了花纹。母亲肌肤上的花纹直到如今仍寻找不到恰当的花朵去比喻它，当然，那无论如何都是花纹，是肌肤上因柔软而动荡不安的花纹。

那个男人到底是谁？会不会是吴叔呢？她看着吴叔的车座，吴叔的手正在旋转着方向盘，向左又向右地旋转着。吴叔突然问她最近有没有回家与母亲相聚。她说太忙了已经有几个星期没回家了。吴叔对她说：我也有好长时间没有见到你母亲了，她好像在忙着约会。

这就是说母亲除了吴叔之外，还与别的男人在约会，萧雨想一定是这样的。在她记忆中母亲的男朋友确实很多，但母亲很少将男朋友带回家里去。父亲和母亲离异的那个冬天，她在一个夜晚上晚自习回家时，看见母亲和一个男人在寒冷的街道上缓慢地散步。

轿车已经在不知不觉中到达校门口了，吴叔已经下车为她拉开了车门，吴叔说：萧雨，如果你想兜风的话，可以给我来电话。吴叔一边说一边掏出了一只名片盒，启开盒盖，递了一张名片给萧雨。萧雨拿着那张名片放进了包里。她说了声吴叔再见，就消失在校园里的小径中了。

当她刚想爬上上铺时，门外传来了敲门声，叫的正是萧雨的名字，说有长途电话找萧雨。萧雨披上外衣来到了过道上，电话在走廊的尽头，她好像已经看见了电话，那在黯淡的走廊上也能发出鲜红色泽的电话机。她穿过走廊，她的心蹦跳着，在她的整个意识深处，那个长途电话就意味着是凯的名字。对她来说，电话就像凯工作室对面的卧房，就是凯的那张窄床，她可以用一条线去连接通向那张窄床的距离，而手里展现的电话线就是她使用的那条线。

在那张窄床上，她和凯并肩躺下，就像让身体漂流在一条河床上，这个意象从此以后就永远地占据了她的心灵。她无法在此刻看见自己的未来，因为她才有 19 岁，未来是什么她不知道，她只在躺在那张窄床上时才意识到了有一条河床已经漂动起她的身体，而旁边是另一个人的身体。

凯的声音使她突然在这个世界上产生了一种灼热的

感动，凯说他还没有到达目的地，他还在火车上，沿着轨道前行，当火车进入一座小站时，停留15分钟时间。凯说你好吗，萧雨，你为什么不说话？电话断了，电话重又拨通了，她在电话中听见了声音，除了凯的声音之外还有乱哄哄的声音，凯说：萧雨，你是我认识的女孩中最好的女孩。电话断了，而且是真正的断了。

萧雨知道时间到了，凯乘坐的火车已经在铁轨上前行了。而她呢，她又钻进了上铺的被子里，吴豆豆没有回来，最近吴豆豆去见简时都会留下来，房间里只剩下了她，另外的女生回家住了，她们的家就在本市。而她呢，她已经热泪盈眶了，当她听到凯的声音时，世界已经发生了巨大的变化。

她躺在上铺，不知不觉就梦见了凯，凯牵着她的手慢慢地靠近那张窄床，慢慢地靠近，然后凯说你躺在里面吧，她就轻柔地和衣躺下去了。凯躺在了她身边，于是，窄床开始了漂流，整个夜里，那窄床始终在漂流。这个梦境是她所有梦境之中最为清晰的梦，从来没有任何梦中的事物像那张窄床一样清晰，并长久地在她醒来之后仍然留在梦乡之中。

突然传来了敲门声，在这寂静的星期天的早晨，当萧雨刚从梦中醒来之后，听到了一个低沉的声音：开门，我是夏冰冰。萧雨迅速地让身体从上铺滑到了下铺，她甚至来不及穿上拖鞋就赤脚前去开门。夏冰冰站在门外，她披着头发，她的衣服好像被撕扯过，她满面倦容，她突然扑进萧雨的怀抱呜咽着说："快，快插上门，快锁上门，别让他碰我，别让他进屋。"在萧雨的记忆中，夏冰冰从来都是一个沉默寡言的女孩，她从不与别人交往，除了上课之外就是周末回家。

夏冰冰好像从噩梦之中醒来了，她突然摇摇头说："哦，萧雨，我这是干什么，别把我的一切告诉别人，好吗？"萧雨点点头说："夏冰冰，并没有发生什么，你好像很害怕……"夏冰冰拉开了蚊帐钻进了被子中。这是星期天的早晨，一个梦境消失的时候，夏冰冰回来了。她那失态的模样使萧雨感到茫然，她不知道夏冰冰到底发生了什么事情，她并不清楚在这样一个梦醒之后的早晨，世界到底发生了什么事情。然而，尽管如此，她却不敢发出声音，好像只要她发出一点声音，夏冰冰就会由此崩溃。因此，她走出了宿舍，她想回趟家，去看看母亲，她已经开始想念母亲了。也许是昨夜的梦，在河床上始终漂流的梦，使她感受到了母亲也在这个梦中，甚至包括母亲和那个男人神秘的性姿势。

第三章　旅　馆

夏冰冰的故事与一座旅馆有着千丝万缕的关系。当她上大学一年级的一个夏天，她又听见了母亲和父亲砸碎东西的声音，每当他们吵架时他们都要砸东西，这已经成为他们宣泄的方式。父亲是酒鬼，在他们所置身的那片小区里，父亲已经是有名的酒鬼，而母亲呢是一名公共车的售票员。父亲的职业已经失去了意义，因为几年前，父亲就没有了职业，从夏冰冰成长的时候开始就看见父亲抱着一个劣质的酒瓶，坐在阳光下面喝酒。

这个一座城市最偏僻的角落，在夏冰冰的成长中这些老房子好像从没有给她带来过快乐，因为父亲和母亲总是在吵架。每当他们吵架时，她总是拉开门往外跑，小时候她会跑到一座公园中去，那时候公园中的人少，水池很清澈，空气也很新鲜，她会坐在一个角落，看着鸟儿飞来飞去，看着松鼠在松林之中穿行。突然有那么一天，公园要收门票了，因为她身体长高了，不可能像幼年时代一样自由地出入于公园大门了。这样一来，她就不可能在公园深处避难了。

很显然，父亲和母亲吵架的时刻也正是她的受难日。就是在那个夏天，她认识了一个男人，一个住在旅馆中的男人。旅馆并不在她所居住的那个区域，那座旧式的旅馆在一条小巷深处，她是在无意之中走进那条小巷的。旅馆叫向阳旅馆，从里面走出来的一个男人在那天为她付清了一件廉价衣服的费用。向阳旅馆门外就是一些小摊贩卖衣服的地方，她已经发现了，这条小巷中挂起的衣服既便宜又时髦。当她掏钱时才发现小小的钱包不翼而飞了。她面色苍白地在衣服中的每一个口袋中寻找着她的钱包，那是她好不容易才积蓄下来的零花钱。一个男人就这样来到了她身边，从他的钱夹子里抽出两张 10 元的票子递给了小商贩后对她说：别着急，一定是小偷偷了你的钱包，小偷会遭到厄运的。这个男人一边说一边将小商贩手中的衣服递给了她。

她想我会还他钱的，所以她和他走了一段路后她就问他住在哪里。他指了指前面不远处的那家小旅馆说：

看见那座向阳旅馆了吗？我住在里面，她突然想一个住在旅馆里的人肯定不会住多长时间，她着急地说：我要还你钱的，但要一个月以后，那时候你还会在吗？那个男人说：我不会离开，我已经在那座向阳旅馆住了两年了，而且还会住下去。

旅馆从此以后就在夏冰冰生活中出现了。而且她很感谢那个男人，她感谢他为她付了衣服的费用，同时她也恨那个小偷。她觉得自己越恨那个小偷的时候就觉得那个男人是一个好人。一个多月后她节省下来了 20 块钱去那座旅馆寻找那个男人，一切都像上苍安排好了似的，那个男人正站在向阳旅馆等一辆出租车，然而，进入向阳旅馆的出租车好像并不多。正当这个男人想走出去找出租车时，不远处，夏冰冰出现了。

夏冰冰当然第一眼就认出了站在向阳旅馆门口的陌生男人，这对于夏冰冰来说并不困难。因为在她最困难的时候，有生以来一个陌生男人帮助了她，另一边是逃之夭夭的小偷，而这一切都是一双热情的双手帮助她，她已经铭记了那个男人的形象。他中等身材，35 岁左右，而且她在一个傍晚有意识地走进小巷，只为了从向阳旅馆门口经过。她牢记了他的话：我已经在向阳旅馆住了两年了，而且还要住下去，所以，她深信，他就住在里面，所以，她不慌不忙地积蓄那20块钱。这对于她来说同样是艰难的，从她上高中时，好像就只有母亲的工资养活这个世界，她所指的世界就是由她父亲和母亲所组成的家。她知道，母亲每个月给她的生活费用来之不易，所以，她总是小心翼翼地花钱。母亲除了给她生活费外，从不给她买衣服，她一点点地开始了积蓄。然后到小商贩们的世界购物。

陌生男人好像已经忘记了她，当她来到他身边时，他点点头问她是不是要买葡萄酒。她困惑地摇摇头，她感觉到这个男人已经记不清她了，于是就说：你帮助过我，我是来还你钱的。她这样一说，他好像明白是怎么一回事了。他摸了摸头说：想起来了，想起来了，你是那个被小偷偷走钱包的女孩。既然来了，就到我住的旅馆里去坐坐吧。她没有拒绝，她从上次见面时就很信赖他，在这个世界上既有小偷也有帮助她的人，所以，她必须信赖他。

陌生男人说我姓赖，你可以叫我赖哥。我在这座旅馆已经住了两年多了，我是我们葡萄酒厂驻这座城市的办事员，也就是代理人。我的家在外省，然而我很喜欢这座城市，就一直住了下来。他一边说一边带着夏冰冰往里走。这是一座四合院式的旅馆，他带着她开始往一道木楼梯走去，院子里的铁丝上晒满了床单、被子、枕巾，弥漫着洗衣粉的味道。上了楼梯后，赖哥说我就住在这楼上，他一边说一边打开了一道门，往里面走。房间很宽，一间客厅，两间房子。赖哥说，你喝茶吗？说着他就给她沏了一杯热茶，她坐在沙发上，喝着茶水，在客厅的一角堆满了一箱箱葡萄酒。她取出 20 块钱放在茶几上说：对不起你，赖哥，直到现在才还你钱。她还是第一次叫他赖哥，然而，她叫得很亲切，好像他们已经认识了很久一样。

赖哥把 20 块钱递在她手中说：你用不着还钱。然而，她还是把 20 块钱留在了茶几上。她喝完了一杯茶想离开了。赖哥说，你带一瓶葡萄酒回家去吧，给你的家里人喝。她想到了父亲，父亲抱着酒瓶的模样，父亲没有酒喝的颓丧劲儿，她没有拒绝。她想把这瓶葡萄酒带给父亲，因为她相信，父亲这一辈子都没有喝过红色的葡萄酒，父亲喝的都是劣质的酒。

赖哥说：旅馆就像是我的家，以后有什么事情尽管来找我，只要我能帮你，我都会尽力帮你。她看了看赖哥的眼睛，她觉得这是一双世界上最为诚挚的双眼。她抱着那瓶红色葡萄酒沿着小巷回家时，她的父亲正在母亲的衣柜中翻什么，她知道父亲在寻找钱。从她记事时，父亲始终在家里的每一个角落里翻箱倒柜，这也正是父亲和母亲不断撞击的原因。

然而，当父亲看见站在门口的夏冰冰时，马上收敛住了欲望，他的手不再伸在衣柜中了，手已经从衣柜中抽出来了。从夏冰冰看见父亲时，她就看见了父亲手上的欲望，那双瘦削的手似乎总是在摸索，想索取一种东西的欲望从父亲手上展现出来。每当父亲的手不安地寻找时，家里就要爆发战争。

父亲抽出双手卑微地笑了笑，父亲始终都是卑微的，好像他的身体始终都无法挺立起来，总是缩着身体。父亲说：冰冰，父亲已经找到工作了，我想庆贺一下，父亲已经被聘用了，明天父亲就要去上班，当守门员。这是一份轻松的活计，对吗？父亲好像已经看见了夏冰冰抱着的那瓶红色葡萄酒，他的双眼突然变得像晴朗的天空一样明亮。赖哥送给夏冰冰的那瓶红色葡萄酒那天确实给父亲带来了节日般的快乐。第二天父亲一早就出门了，他受聘于一家仓库当守门员。

夏冰冰和赖哥更深的交往与一次学费有关系，那已经是她开始上大二的头一学期，就在寒假结束之前，母亲已经失业了。多少年来家里几乎没有任何积蓄，而现在夏冰冰突然在新学年到来时急需一笔学费。在母亲四处求职时，她知道母亲已经不可能给她学费，她开始向着那条小巷走去。此刻，正是暮色合拢的时刻，暮色正在悄悄地合拢，走在大街上的每个人似乎都没有看见这一瞬间，然而，夏冰冰看见了。因为，她的目光正笔直地穿过那条小巷，当她抬起头来时，暮色正在前方，在她头顶合拢。她沉浸在这种难以言喻的悲哀之中，她身体中的那种悲哀早就已经开始了。

当房间里变成碎片，母亲和父亲发泄着各自的愤怒时，那种悲哀就像老鼠的牙齿一样噬咬着她的心灵。她会跑，跑出去，但每一次她都不得不重新归家，因为好像这个世界上根本寻找不到自己的避难所，即使寻找到了，也只是暂时的。当她奔跑时，这个世界给予她一处废弃的仓库，因为在郊外，到处可以寻找到废弃的仓库。她站在仓库中啜泣，她伸出手去触摸着生锈的钢管，没有人感受到她在啜泣；除此之外，她的临时的避难所还有城市中环绕着的人行天桥，它们像两只雄壮的手臂一样环绕在天空，她会跑上天桥，站在上面似乎可以看见雨后的彩虹。当然，在这样的经历中，只有一次出现过雨后的彩虹。

当时，她无助地站在人行天桥的高处，似乎整个身体都在下坠，一种绝望的下坠使她猛然抓住天桥中的栏杆，害怕坠入天桥下的心情使她开始往上眺望。雨后的彩虹就在那一刻出现了，她被环绕在天际的七彩的飘带罩住，她就这样在雨后的彩虹中寻找到了避难所。这次看雨后的彩虹使她寻找到了安慰自己的一种真谛：总会有奇迹出现的，它就像雨后的彩虹一样会突然出现在她眼前。

因此，她看见了小巷，她想起了只有一个人可以帮助她，他就是赖哥。她穿过了小巷，尽管她看见暮色已经在她头顶在远方合拢了，尽管暮色过去之后黑夜就要降临了，然而，她仿佛已经看见了在她生命中的雨后的彩虹。

当她站在旅馆的楼上敲门时，她的心跳动着，她又重新回到了现实。因而她的心跳不是为了恐怖，也不是为了爱情，而是一种选择的迷惑。她在这无助的时刻，唯一想到的人就是赖哥，一个在很久以前根本与她没有任何关系的人。她想到了他，一个住在旅馆中的男人，在这样的时刻，她根本就忘记了这个男人的性别，她只是觉得在人生最艰难的时刻，想起他来，她就像趴在那座人行天桥上又一次看见了雨后的彩虹。

他打开门惊讶地看着她说：冰冰，是你呀。他显然很吃惊夏冰冰会来敲门。他说：我还以为是万瑶。她天真地问道：万瑶是谁呀。赖哥说：我的女朋友，她叫万瑶，她与我有一个约会，说好这个时刻到的。刚才你敲门时，我还以为是万瑶呢！夏冰冰感到自己置入了一个不合时宜的场景，她想退出去，她觉得在这样的一个时刻提出自己的要求，简直太难了。

赖哥是一个敏感的人，他好像从夏冰冰的眼神之中感觉到了一些什么，他问道：冰冰，你来找我，有什么事，对吗？他的话音刚落，门就响了起来，是一种很轻柔的敲门声，可以感受到敲门的人是用指尖轻叩着门。这轻叩声使赖哥突然兴奋起来，他急切地站起来前去开门。

一个女人出现在赖哥面前，当然也出现在夏冰冰的眼前。这是一个剪着短发的女人，除此之外，夏冰冰就什么也没有看到了。因为当这个女人出现时，她已经开始慌乱起来，在她看来，自己根本就不应该在这样的场合前来寻找赖哥。

赖哥拉住女人的手对夏冰冰说：冰冰，这就是我的女友万瑶，你可以叫她瑶姐。然后又把夏冰冰介绍给万瑶。当赖哥介绍时，万瑶的那双眼睛警觉地打量着夏冰冰。夏冰冰站起身来说：赖哥，我走了。然后低着头就往外走，赖哥追上了她说：冰冰，我送你下楼吧，你好像有什么事。夏冰冰头也不回地下楼说道：赖哥，我没有什么事。赖哥在她身后说道：明天我到学校找你，我有你宿舍的地址。

明天恰好是开学的时间，夏冰冰还没有筹备到新学年的学费，母亲好像在寻找工作中忘记了这件事情，父亲当然也不会想起这件事。不过，夏冰冰仍然充满着一种希望，因为在她下楼梯时，赖哥的声音已经充满在她内心深处，这也许就是一种希望。

就像雨后的彩虹一般出现在她眼前的赖哥，敲响了女生宿舍的门。当时，只有夏冰冰一个人在宿舍里，其余的人都出去了。因为新学年刚开始，别的女生都去见朋友了，只有她一个人，从早晨醒来时，她似乎就在等待着这个时刻。所以，她始终都待在宿舍里，因为她相信，赖哥一定会来。

赖哥来了，他看了看宿舍说：我上大学时在遥远的地方，你知道南方人到北方意味着什么吗？意味着寒冷。那时候家里很穷困，整个冬天我甚至无法买一副手套……好了，不说这些了，冰冰，你是不是有事需要我帮忙……

赖哥就是赖哥，是在雨后升起的彩虹，夏冰冰被这种声音再次感动了。她说出了家里的情况以及一笔学费，赖哥从包里掏出一沓钱说：拿去交学费吧，从看见你的那一刻，我就感觉到你就像是我的小妹妹。虽然我没有妹妹，那沓钱已经在夏冰冰手中了，她突然感觉到压抑她内心的那块石头已经开始松动，已经开始挪动出去，她眼前的世界确实已经出现了雨后的彩虹世界。

从此以后，她感觉到世界上有了一个真正关心她的赖哥，她用那笔费用顺利地交了新学年的学费，而她的母亲不久之后也做了钟点工。当母亲在不久之后想起她的学费时，便把学费给了她。她揣着这笔学费去见赖哥，她想把这笔学费交还给赖哥。这是一个星期六的傍晚，她刚刚同父亲和母亲用过了晚餐，那是她出生以来最愉快的晚餐，父亲的心情很好，他虽然只是一名仓库的守门员，但每月至少可以按时领到工资。领到工资时他都如数地交到母亲手中，母亲的工作很辛苦，但这对于母亲来说很充实，母亲说：冰冰，我们家全靠你了，我和你父亲都是小人物，指望你有一天能出人头地。当夏冰冰在父亲和母亲脸上看到那种笑容时，尽管这笑容显得很悲哀，她还是觉得她确实应该给父亲和母亲带来希望。

暮色又到了合拢的时刻，走在去旅馆的小巷中，她感到很惬意。仿佛去看望自己的一个好朋友，她走得很轻快，在她看来，越来越清晰的这座向阳旅馆中有一个像雨后的彩虹般笼罩她生命的人，那就是赖哥。她把手放在门上，刚想敲门，突然有一个女人来到了她身边，她回过头去，看见了赖哥的女朋友万瑶。她虽然只见过她一次，却记住了她的短发，而且还记住了她那警惕的目光。万瑶从包里掏出一把钥匙插进了孔道说：怎么有好长时间没见到你了。

她第一次嗅到了从万瑶身体中发出的香水味，这是她头一次闻到浓烈的香水。万瑶已经把门打开了，她说：进来吧，你赖哥很快就会回来的。她进屋后显得不知所措，拘谨地站着，万瑶便拉着她坐在了沙发上。万瑶穿得很露，露出了白皙的颈，可以看得见她的乳沟，她好像没穿乳罩，那两只巨大的乳房似乎被一件又露又艳的上衣紧紧地压抑着。万瑶给夏冰冰端来了一盘葡萄说：赖哥很欣赏你，也很同情你的遭遇，你能告诉我，你喜欢赖哥吗？要说实话，把你的真实感受告诉我，好吗？别害怕，喜欢就是喜欢，不喜欢就是不喜欢，要做一个诚实的女孩子。

夏冰冰看着万瑶，她感觉到眼前的这个女人好像要戳穿她身上的什么东西，难道那是灵魂吗？她是中文系的学生，她不断地在文字作品中接触到灵魂这个词语，在这之前，每当她接触这个词语时，就会感觉到自己的身体中有什么东西在晃动着，好像在撞击她，从而把她唤醒。她朦朦胧胧地感觉到那个东西就叫灵魂。万瑶目视着夏冰冰，万瑶的眼神又深又冷，虽然万瑶面带微笑。

门开了，赖哥进屋来了。他看见了夏冰冰，万瑶站起来走到赖哥面前伸出手臂拥抱了赖哥一下，夏冰冰觉得，万瑶拥抱赖哥的时候很夸张，好像要故意让她看见似的。赖哥走上前来坐在夏冰冰身边说：你来多久了，冰冰。夏冰冰说：我是来还你学费的，我母亲已经把学费给了我。她一边说一边掏出了钱，像上次一样放在茶几上，然后就要走。万瑶说：冰冰，留下来吧，时候还早呢，如果晚了也不要紧，我和赖哥在旁边给你开一间客房，好吗？

她觉得自己越来越不喜欢赖哥的这个女朋友，从一开始她似乎就不喜欢。不过，她喜欢赖哥，刚才她觉得她的灵魂被撞击着，她很想把自己的真实感觉告诉万瑶。然而，她刚想说话时，赖哥就回来了。赖哥进屋时，她就好像看见了一座旅馆，这是她除了家之外向往的第二个地方。每天晚上，她都会在入睡之前，隐隐约约地看见这座旅馆。

旅馆就像一道风景一样扑面而来，这座城市是她从小成长的摇篮，她已经不会把城市的每天跃入眼帘的事物当作风景。如果没有那个人住在旅馆里，那座向阳旅馆根本就不会在她眼里变成风景。何况这座旅馆显得如此的破旧，它跟那些大饭店相比，简直就不入眼。然而，她所信赖的人就住在里面，这个人的存在给予了她希望，在她最为艰难的时刻，总是会向这个人靠近。

而他的旁边总是被另一道风景挡住，这就是赖哥的女朋友万瑶。每当她出现时，也总是万瑶出现的时候，她不喜欢见到万瑶，却每一次都不会与万瑶失之交臂。

她并不想留下来，然而，赖哥说：冰冰，你就留下来吧，我们三个人可以打扑克。于是，万瑶就说，是啊，冰冰，你就留下来吧，周末你应该好好放松一下，我和你赖哥今晚就不出去跳舞了，我们就玩扑克游戏吧。人生就像扑克牌一样，人生就是一场游戏啊，冰冰。万瑶一边说一边趿着拖鞋到里面的房间中取扑克牌去了。赖哥看了她一眼说：冰冰，你就留下吧。

因为赖哥邀请她，所以她就留下来了。她上大学之前并不会玩扑克牌，她除了读书之外，几乎什么都不会，当然唯一学会的就是跑。每当父亲吵架时她就会跑，好像她是一头穿越城市的梅花鹿，穿越起来的速度是那么快。大学一年级的第一个学期，在一个无聊的星期天下午，吴豆豆说我们玩扑克吧，当时除了吴豆豆之外，还有萧雨也在场。吴豆豆从箱子里翻出一副扑克说：在我家的小县城，好像总有用不完的时间，在那里生活的人们好像没有什么压力，每到闲散时，他们就会坐在院子里的石榴树下，打扑克。萧雨说她不会玩扑克，夏冰冰也说她不会玩扑克，吴豆豆说我来教你们吧。于是她们三个人就在宿舍开始玩起了扑克游戏，有整个学期，她们都会在周末抽空玩一场扑克游戏。但进入第二学期时，这场游戏就似乎被她们遗忘了，也许是因为吴豆豆最先忘记了这场扑克游戏。

吴豆豆好像忙了起来，她的电话很多，夏冰冰也好像在忙，不知道为什么，每个人似乎都在忙碌，似乎每个女生到了周末都有自己的世界。夏冰冰已经有很长时间没有玩扑克游戏了，现在，在一座旅馆中，夏冰冰怎么也没有想到，在她面前扑克已经铺开了。万瑶正在洗牌，万瑶的指甲很长，涂着银灰色的指甲油，夏冰冰想不通那些长指甲到底是怎样蓄起来的，那些长指甲留着到底有什么意义，难道是为了美感吗？

她坐在一侧，旁边是赖哥，旁边是万瑶，扑克游戏就这样开始了，那天晚上，夏冰冰注定要住在旅馆里。因为他们三个人似乎都忘记了时间，总之，时间在散乱的扑克牌中流动是无法看见的，而且每个人都不会看时间到底几点了，每个人都进入了游戏之中。

直到万瑶打了一个哈欠，赖哥才看了看表说：时间已经不晚了，已经过了半夜了。夏冰冰吃了一惊说：太晚了，时间怎么会过得这么快。万瑶对赖哥说：你去隔壁为夏冰冰开一间客房吧。赖哥说用不着开房间，夏冰冰可以住在他们旁边的房间里，那是为客人留着的房间，他们酒厂的业务人员来到这座城市时，就住在隔壁，房间虽然小一些，但还是很舒适。

有生以来第一次，夏冰冰就这样住在了旅馆里。赖哥带着她进入了旁边的小房间，这间房子平常好像看不见，它藏在赖哥这套客房中的里面，当赖哥把房间打开时，有一种味道扑面而来。赖哥说床单被子都很干净，只是好长时间没人住，所以，有一种味道，但绝对不是人的味道……赖哥帮她拉开窗帘，推开窗户，风吹了进来，赖哥好像想让风把房间里的味道荡漾出去。赖哥说：你可以到外面用卫生间，因为这套房子只有一个共用的卫生间。赖哥显得很细心、周到，这就是夏冰冰的赖哥，她早就已经信赖他。她去了趟卫生间出来看见了万瑶，她穿着睡衣，当吊带短睡衣出现在夏冰冰面前时，她好像吃了一惊。直到现在她才意识到一个问题，她可以住在那间小客房中，那么，夏冰冰会睡在哪间房子里呢？万瑶笑了笑，她总是觉得万瑶笑起来时，心里并没有笑，那只是假笑而已。

她回到那间小客房关上了门，她对自己说：万瑶是赖哥的女朋友，那么她一定是与赖哥同住一间房子了。她对自己说：这是最正常的事情。她想拉上窗帘，就在这一刹那，当她抬起头来时，她突然看见了一个男人和一个女人拥抱接吻的镜头映现在合拢的窗帘布上，像是投影，又像是剪纸图片，她的心跳动着，她从未想到过在旅馆中会看见电影中的镜头。她拉上窗帘，脱去了外衣，极力抑制着想从这座旅馆中逃出去的愿望。她知道，如果抑制不住的话，她真的就会逃出去，那么，赖哥会追上她问她为什么，这到底是为什么，她为什么要逃出去。

对于她来说，逃出旅馆是一件简单的事情，然而，连她自己都弄不清楚为什么想逃出去，难道仅仅是因为看见了一男一女投射在窗帘布上的亲密镜头吗？她躺了下来，用被子覆盖住身体，除了家和大学女生宿舍之外，她从来没有在别处过夜的习惯。因为她的全部生活都限制在了一条平行线上，上端就是家，下端就是女生宿舍，绝没有别的线条干扰这条平行线。

她已经抑制住了逃出旅馆的欲望。当她快要进入睡梦时，突然有声音把她通往梦乡的道路掐断了。她倾听着这声音到底是从哪里来的，当然，她已经完全清醒了，她知道这是旅馆，一座地地道道的旅馆，它可以发出多种声音来，因为旅馆就是除家之外的另一个让人居住的地方，而且是让外来人居住的地方。所以，每个外来人都会在这里发出声音来，然而，夜已经很深了，这些声音好像是喊叫，她被越来越清晰的喊叫声折磨着。突然她感觉到这喊叫声是从外面传来的，好像是万瑶在喊叫，她已经开始熟悉万瑶的声音了。

从一开始她就不喜欢听万瑶的声音，那声音既带刺又有酸味，尤其是万瑶与她说话的时候。现在，她不知道万瑶到底在喊叫什么，她从床上下来，她拉开了门，旁边就是卫生间，她去了卫生间一趟，另一边就是赖哥和万瑶住的房间，喊叫之声就是从那个房间里传出来的。

她走过去，一种本能使她走过去。也许她已经被万瑶的喊叫之声牵引着进入了另一个世界，她弄不清楚这个世界到底发生了什么，万瑶怎么会喊叫，而且这喊叫声就像摇曳的树枝一样纷乱地张开，而且这喊叫之声好像摇曳的树枝在暴雨中欢快地舞动着。现在，她听见了赖哥的声音：你别这样叫，好不好，让夏冰冰听见了不好……万瑶说，听见就听见吧，我的身体好快活呀，你为什么不喊叫，昨天晚上你叫得比我都狂野……我舒服起来时就想喊叫，我想让整座旅馆都听见我们在喊叫……

夏冰冰被这些声音困住了，她内心的世界开始混乱起来，她感到自己的腿在挪动，她想穿越这空间，她回到房间穿好了衣服，她还是使用了她在这个世界上所学会的一种武器，那就是跑。当然，她跑的脚步声很轻，她拉开门时，赖哥和万瑶都没有听见。现在，她已经来到了紧紧关闭的旅馆的门口，要跑出去，必须打开门。然而，她用手摸了一下，门锁起来了，我们知道，从一开始跃入我们视线的就是一座老式旅馆，就像它的名字一样古老。这座旅馆没有像饭店一样豪华宽敞的大厅，进入旅馆门的右侧有一间值班室，如果你想住旅馆，那么就要在值班室出示身份证并登记。现在，值班室的窗子已经关上，门已经掩紧，连一丝灯光也没有。

整座旅馆都在睡觉，然而，对她来说，赖哥和万瑶却在喊叫，他们正在快活地喊叫、舒服地喊叫。她可以想象一种未曾经历过的性，一个男人和一个女人因为性生活而喊叫……然而，这种想象把她吓坏了，因为直到如今，她的手甚至都还没有真正地碰过男孩子的手，甚至连握手这样的仪式也没有过。

吓坏她的不是活生生的喊叫，而是她听见喊叫之后所想象出来的场景，所以她要跑出去。没有办法，在这样的情况下，她只好伸出手去轻叩着玻璃窗户，用温和的声音说道：服务员，请你开开门，好吗？她知道，赖哥他们把这里的工作人员叫作服务员。灯亮了，灯光照亮了玻璃窗，服务员拉开窗户，探出头来看了看她说：我从未见过你，你好像并没有住在这个旅馆里？

她解释说：我是来找赖哥的，他在这里已经住了两年多了。服务员叽咕道：我知道你说的赖哥是谁，两年多来，不断地有女人来找她，我怎么会知道你是谁？服务员叽咕着很不乐意地前来开门，门终于张开了，服务员砰地合拢上两道门，她就已经在门外了。

她已经在小巷中了，那座旅馆已经在她身后了。她发现自己根本就用不着跑，因为在她身后根本就没有人在追她。小巷静悄悄的，仿佛只有她投在路灯下的影子在移动，她嘘了一口气，世界是多么的荒谬啊，她怎么也解释不清楚到底发生了什么，她只想脱离这座旅馆以及那种喊叫之声。那天晚上，她走出了小巷，寻找着越来越宽敞的马路。似乎只有这样，她的恐惧才会减少一些。过了很久，她就在马路上看见了扫马路的环卫工人，他们戴着口罩、举着扫帚，她的紧张感消失了，一个夜晚终于过去了。

当穿裙子的流行元素进入校园时，她也开始进入这种流行生活之中。因为，竟然连夏冰冰也开始穿上了流行的短裙。她决定到她经常去的那条小巷买一条短裙。因为这是她的秘密，在这个世界上她每花一次钱都要积蓄很长时间。两年前她在那条小巷发现了价廉物美的衣服，而且她在和小商贩们讨价还价时很愉快。这个周末到来时，她已经来到了小巷，她正在和小商贩谈论一条短裙的价格时，她感到一只手拍了拍她的肩膀。她愣了一下，转过头，看见了一张熟悉的脸。是赖哥出现了，她已经有很长时间没有想起赖哥来了。

当她在下半夜撤离那座旅馆时，她像一只受惊的野兽一样喘着气，沿着街道奔走，她不可能像什么，在那个特定的时刻，她确实就像一头已经受惊的野兽。这种经历使她逃到了女生宿舍，在这个世界上，尤其是在这个特定的时刻，只有女生宿舍才是她的身体停留的世界。她想忘记身体受惊的时刻，最好的办法当然就是忘记那座旅馆的存在。

然而，赖哥又出现了。不知道为什么，当她回过头来看见赖哥的那一刹那，她的心跳突然加速起来，她不知所措地叫了声赖哥，仿佛空气已经凝固在视线之中。

赖哥笑了笑，问她是不是要买下那条短裙，她点点头，赖哥掏出了钱包，他掏出钱包的速度很快。还没等她反应过来，赖哥已经买了单，小商贩把那条短裙装进了塑料口袋递给了她。她感到愕然，赖哥推了推她的肩膀说：走吧，到我旅馆里坐一坐。

她摇摇头，赖哥说：我已经有很长时间没有见到你了。走吧，我可能不会在这座旅馆中住太长时间了……也许，用不了多长时间，这座旅馆就会被拆迁，这条小巷要扩充，小商贩们也会离开这条小巷……没有办法，我已经在这座旅馆住了很长时间……我已经习惯住在这座旅馆里，当然，拆迁之前，我会去寻找另外一家旅馆。我喜欢住旅馆，它小巧，安静，不像饭店、宾馆那样喧闹。另一个原因，住旅馆可以为酒厂节省一大笔开支……

没有办法，夏冰冰已经在不知不觉中跟着赖哥走了，她也许是被刚才赖哥所描述的场景所笼罩了。很难想象，一座旅馆也会被拆迁，而且一条小巷也会被由此改变。她还不知道世界就是在变化之中前进的。世界每天都在变，就像此刻一样，她也会跟着赖哥走，而不久之前的夜里，她叫醒旅馆值班服务员的时候，她只希望那位睡意正浓的服务员尽快地把门打开，她只希望尽快地逃出去。

赖哥把她带到了旅馆，赖哥说：陪陪我吧，万瑶已经离开我了。赖哥一边说一边打燃火机，他嘴里叼着一根香烟，赖哥说：今晚，你一定要留下来陪我好吗？否则我会把这屋子里的酒全喝完，你知道那意味着什么吗？意味着我会死，你不会希望我死吧。赖哥一边说一边吐着烟圈，用一双颓废的眼睛看着夏冰冰。

直到现在夏冰冰才意识到暮色已经来临了，她是吃完晚饭后进入那条小巷买短裙的，此刻，她还抱着那条短裙，赖哥突然说：夏冰冰，穿上那条短裙让我看看，我还从未看见过你穿短裙，你穿上它一定会很漂亮。不错，夏冰冰确实想试穿一下那条短裙。赖哥仿佛看透了她的心思，赖哥说：你到我房间里穿裙子去吧，房间里有穿衣镜。她看了看赖哥，迟疑地站起来。

直到她走到了赖哥的房间，她才意识到不久前就是在这个房间里发出了万瑶的喊叫，那时候她还不知道这是性喊叫。她把门掩上，开始穿裙子，当然她得脱去裤子。她过去一直穿牛仔裤，几乎从未穿过裙子。当她穿上裙子时，她看见了穿衣镜，那条裙子确实在刹那间改变了她的模样。

她站在穿衣镜前看了自己很久很久，赖哥在外面喊道：夏冰冰，你还没穿好裙呀！出来吧，让我看看你穿裙子的模样……于是，她就拉开门出来了，她站在小小的客厅里，她突然嗅到了酒味，她看见了一只启开的酒瓶，不是红色葡萄酒，而是白酒，赖哥在她穿裙子的时候已经喝了半瓶白酒。赖哥的目光以从未有过的一种炙热看着她说：夏冰冰，你是我见过的最纯真的女孩……不错，你穿裙子真漂亮……比万瑶漂亮多了，来，坐到我身边来……来呀，快过来……

她想起了父亲。父亲喝酒时好像忘记了生命，当父亲忘记自己的生命时，他想即刻把自己用酒精麻醉。很多年来，父亲就是那样一次又一次地怀抱着酒瓶，然后把自己变成了一个不会有痛感的人。现在，赖哥又在喝酒，他之所以喝酒是因为万瑶离开了他。当她听说万瑶已经离开了赖哥时，不知道为什么，她并不为赖哥感觉到痛苦，相反，她却有一种欣喜。也许她从骨子里面并不喜欢这个女人。而且，她听见过这个女人的喊叫之声，在万瑶叫喊时，她并没有想象出万瑶和赖哥在一起的情景，她只是想跑，跑到一个没有这种喊叫之声的地方去。

现在，她突然充满了一种怜悯，就像看见父亲抱着一只酒瓶，坐在一个角落，为了把自己迅速地变得酩酊大醉而付出的那种代价。她走过去，坐在了赖哥的旁边，赖哥说：你会留下来陪我吗？她迟疑了一下还是点了点头，但是她有一个条件，她如果留下来，那么赖哥就要停止喝酒。赖哥听了这个条件后突然感动地拉着她手说：我保证，今晚我决不会再喝酒了。她抽出了自己的手，站起来把已经喝完的空酒瓶扔在了门外的垃圾篓里去。当她坐下时，赖哥再一次抓住了她的手，然而，赖哥似乎已经醉了。她把赖哥扶进了卧房，给他盖上了被子，她回到客厅看了一会儿电视，然而根本不知道电视上在放什么。后来，她就困了，她熄灭了灯，躺在了沙发上，她想既然她已经答应了赖哥就应该留下来陪他。

旅馆依然与夏冰冰有关系，这个夜晚是如此的安静，她很快就进入了梦乡。当她感觉到一双手在她身上摸来摸去时，她尖叫了一声，以为是做梦，以为自己从梦中醒来了。然而，来自黑暗中的一双手仍然在她身体上摸索着——好像想进一步地触摸她身体的核心，她躺在沙发上突然看见了一张脸在晃动，一股酒气在弥漫，她渐渐地看清了这张脸正是赖哥的脸。当她证实这个现实之后，第二次发出了尖叫声，连她自己都被这种尖叫声吓坏了。

赖哥喘着气说：冰冰，别害怕，我是你的赖哥，我早就喜欢上你了，你单纯、漂亮……别害怕我，别那样叫喊，我只是想证实你的存在，我只是想用我的身体寻找到你的身体……赖哥的声音就这样在黑暗之中像烟雾一样包围着她。

夏冰冰已经在那声尖叫中爬起来了，当她发出尖叫之声时，她已经不知不觉地退到了墙边。女人寻找墙壁作为依靠点、支撑点的天性是与生俱有的，夏冰冰也不例外，她退到了墙边。这墙壁就成为映现出她孱弱身体的证明人，在墙壁之下，她似乎再也无处逃离，她把身体的战栗紧紧地贴近墙壁。她喘着气，大声说：别靠近我，别再靠近我，如果你再靠近我，我就会尖叫，我就会让这座旅馆听见我的尖叫……

赖哥已经不再靠近她，他那急促的呼吸声似乎已经平静了一些，他压低声音说：我不知道我在干什么，你千万别叫喊，夏冰冰，我不会再靠近你的，你千万别叫喊……夏冰冰已经在这声音中感受到了黎明似乎即将到来，她突然转身离开了身后的墙壁，她得去寻找门。

她意识到了，墙壁虽然可以暂时支撑她那战栗的身体，然而，墙壁却挡住了她的退路，她想起出去的另外一条道路。所以，门出现在她眼前，只有依靠门才能摆脱这一切。于是，她奔向门，当赖哥还在那里解释自己的荒唐行为时，她已经拧开了门，她似乎已经忘记了鞋子，因为她只想跑出去，利用赖哥还没有完全清醒过来的空隙。

于是，她光着脚跑了出去，穿着她的短裙，跑下了楼梯。她已经看见了另一道门，谢天谢地，门已经开了，她看见一个旅客已经拎着箱子在她之前出门去了。她赤着脚跑出了小巷，直到她的脚感受到小巷中冰冷的石板路的凉意时，直到一颗石头刺痛她的脚掌心时，她才意识到自己没有穿鞋子。

但她毕竟已经跑出来了。直到跑出了小巷，她才觉得自己已经摆脱了一个梦魇：赖哥伸出双手在她身体上触摸的过程，对她来说就是一个残酷的梦魇。她赤着脚开始穿过了一条马路，再穿过了第二条马路，然后直奔公共车站台。她赤着脚，迎来了 6：30 的早班车，车上空空荡荡，只有她一个乘客。司机是一个年轻的小伙子，他似乎从她上车时就已经发现了她赤着脚的荒唐样。司机把车开得很慢，仿佛在无意识地帮助她平息自己被惊吓的心灵。

然而，即使坐在车厢中央，她的心灵仍然被那种梦魇包围着。车停在校门口了，她赤着脚穿过车厢，司机目送着她，那个时刻，她觉得整个世界似乎都在观看着自己。于是她披头散发、穿着短裙，她的形象显得不伦不类，因为她赤着脚。然而，她开始跑起来，她在台阶上跑着，然后又从台阶上往下跑，仿佛在做一种体育锻炼。

终于下完了台阶，她开始跑进校园。在这个世界上，她现在唯一想寻找的是房子，她害怕校园中的辽阔世界，她害怕听见树荫中的鸟雀的啼鸣，她害怕穿越小径时看见人在晨跑。总之，她只想寻找到房子，而她现实世界中的房子就是宿舍，大学校园之中的女生宿舍。

她跑上了楼，她开始意识到自己的包丢在旅馆里了，钥匙放在包里，于是她期待着房间里有人，只要有一个人，她就不会被锁在门外。她不喜欢被锁在门外，她需要进屋，她需要爬进她的下铺床上去，她需要用被子好好地把头蒙住，然后在被子中长长地啜泣。

于是，她敲门，她那急促的像雨点般的敲门声落下去时，她希望的场景出现了，门开了。萧雨来开的门，她突然感觉到想扑进萧雨怀抱的欲望再也无法控制，她好像仍然被那个梦魇折磨着，她神经质地说："快，快插上门，快锁上门，别让他碰我，别让他进屋。"她突然感觉到了萧雨披在肩上的长发的香味，她梦醒一般地说："哦，萧雨，我这是干什么，别把我的一切告诉别人，好吗？"

这是星期天的早晨，她钻进了蚊帐，她拉开了被子，她赤着脚。尽管她的脚因为连续地奔跑，已经沾上了灰、泥、纸屑、草……然而，她忘记了这一切，也可以这样说，她已经顾不了这一切。

萧雨好像在空气中被凝固住了，因而躺在床上的夏冰冰能够透过蚊帐感受到萧雨在沉思什么，有好多次，她已经感受到了萧雨的存在。萧雨好像想用手揪开蚊帐的一角，然而，萧雨没有那样做，这正是夏冰冰所期待的事情，她希望萧雨别问她这是为什么。

门开了，她以为萧雨打开了门，却传来了吴豆豆的声音，吴豆豆一进屋就嚷道："萧雨，你脸色苍白，你神色好像不对劲……出什么事了？"萧雨摇摇头，吴豆豆开始走近夏冰冰的蚊帐，吴豆豆的手已经掀开了蚊帐，吴豆豆把头探进去说："冰冰呀，我们游泳去，好吗？"

然而，吴豆豆并不知道刚刚发生的一切，她伸出手去揪开了被子的一角，夏冰冰用双手蒙住了脸，不让吴豆豆看见自己的脸。吴豆豆再一次说道：“冰冰呀，我请你去游泳好吗？再过半小时，车就会来接我们，我带上你和萧雨去游泳……你去不去呀……”萧雨好像做了一个手势，夏冰冰已经感觉到了，吴豆豆这才把头探出了蚊帐外。她听见吴豆豆和萧雨在说话，她们没有谈她的问题，而是谈论游泳的问题。

吴豆豆说：“今天一早，简出门了，简要到凯去的陶瓷厂烧挂盘，终于，我可以自由一段时间了。萧雨，你知道自由对我有多么重要吗？跟简在一起时，简总是问我除他之外有没有别的男朋友……萧雨，凯会这样问你吗？简走了，我早就希望我和简之间能有一次分离了。我一直想去游泳，但只要简在我身边，我就根本无法脱身……简今天早晨一走，我就想着去游泳，一会儿，会有车来接我们，萧雨我们去游泳吧！”

萧雨说：“好啊，学校里的游泳馆人太多了，每次看见那么多的人，我就没兴趣。今天我们就去游泳吧，那我们得尽快把游泳衣找出来。”

夏冰冰听见了她们两人在专心致志地寻找游泳衣，夏冰冰听着她们的手在翻箱子，她好像已经看见了一个游泳池。她喜欢游泳，小时候她们住在城外的一座老房子里，不远处就有一个湖。那个时期，那个湖还没有被圈入公园深处去，它是敞开的，孩子们总喜欢到湖中去游泳。父亲把她带到了湖边，父亲说：冰冰呀，如果你想游泳，你就跟那些孩子们走吧，这湖水不深，父亲会守候在湖边保护你。

于是，她下水了，父亲则坐在湖边，抱着一只白酒瓶看着她的身体潜进了水的波纹之中。她一点一点地靠近水，一点一点地让身体浮在水面上，一点一点地伸长四肢划动着，没用多长时间，她就可以在水中任意地划动了，这就叫游泳。

吴豆豆和萧雨都找到了游泳衣，吴豆豆说："走吧，走吧，时间已经到了，我们到校门口等车吧。"夏冰冰听见了她们出门的声音，以及门在她们身后关闭的声音。

而夏冰冰的眼前似乎还波动着那个湖泊，当她跟随父母在她 10 岁那年搬进城里住时，湖泊就离她很远了。不久之后，那个湖就被圈进了旁边的公园，再也不允许人到里面游泳了。

想到那个湖泊，她的心好像平静了一些。现在，她把头从被子里露出来，宛如让身体浮出了水面。当敲门声来临时，她的身体痉挛了一下，好像有人在追赶她，她屏住呼吸，听见了连续的敲门声，然后又听见了赖哥的声音："冰冰，我是赖哥，我把你的包送来了，如果你不开门，我就把包放在门口，好吗？"她没有发出声音来。过了一会儿，门外没有声音了，她想，赖哥也许走了，因为已经过了很长时间了。

她爬起来，打开了门，赖哥果然已经走了，门外放着她的包。她把包拿进屋，从她逃进女生宿舍的那一刻，她就想用被子蒙住头彻底啜泣。然而，吴豆豆来了，她和萧雨说话的声音展现了游泳的意象，似乎还来不及啜泣，那个城外的湖就出现在她眼前，游泳的幼年她把身体浮在水面上，而她的父亲永远抱着酒瓶坐在湖边守候着她。

她以为自己会以彻底啜泣的方式来结束赤脚奔跑的历史，但自己竟然连一滴泪水也没有流出来，而且当赖哥站在门外叫她的名字时，她并不恨他，她只是不想见到他，而且她再也不想见到赖哥。现在，她想去洗一个澡，她感觉到脚痛，是脚掌心痛，像一根刺扎进去一样。

也许真的有一根刺已经扎进她的脚掌心了。她打开门，穿上鞋朝着楼下的浴室走去。现在，她感到新的一天已经完全降临了。走在阳光下面时，她意识到用身体感受到的那双手，已经触摸到她大腿的那双手只是给她带来了一场梦魇而已。上午的浴室人很少，在空空荡荡的浴室里，她把自己淋浴了很长时间，当她走出浴室时，脚掌心已经不像原来那样痛了。

当她回到宿舍的走道上，远远地就看见了一束花，它仿佛插放在门口的一只花瓶中，花香开始从走道上飘来。她已经来到了门口，她把那束花抱起来，她看见了插在花束中的一张纸片，上面写着：献给少女夏冰冰。让这束花陪伴你，让你尽快忘记我给你带来的那种尖叫之声。在纸片的右下角写着两个字：赖哥。

夏冰冰抱着那束花，打开了门。这是她平生第一次获得别人的花，花束中有几朵红玫瑰，有几朵康乃馨，有几枝满天星。总而言之，这是夏冰冰有史以来头一次抱着鲜花，她抱着鲜花进屋，意味着她对赖哥并没有恨。如果充满仇恨的话，她只会把那束鲜花扔进垃圾桶里去。抱着鲜花进了屋的夏冰冰开始在宿舍中寻找一只花瓶，她终于看见了一只玻璃瓶，放在墙角，是一只水果罐头的玻璃瓶，不知是谁放在墙角的。

夏冰冰把瓶子洗了洗，放入半瓶水，再把那束花插进去，她把花瓶放在窗口，她面对着花瓶坐了很长时间。这时候，萧雨和吴豆豆哼着歌进屋来了，吴豆豆一进屋就嚷道：好漂亮的花呀，谁送来的花。她们一定要让夏冰冰说出送花者是谁，夏冰冰淡淡地说：一个朋友。

吴豆豆说：是男朋友吗？夏冰冰摇摇头，吴豆豆说：我男朋友从来没送过花给我，萧雨，凯给你送过花吗？萧雨正站在花瓶前，她似乎并没有听见她们在说什么，她似乎在回忆，她想起了自己赤身裸体时的形象，她觉得自己的裸体就是一朵玫瑰花。

夏冰冰盯着花瓶，她现在明白了，吴豆豆已经有男朋友了，萧雨好像也有男朋友了。而她自己呢，她望着那束花，她突然感觉到一束花给她带来了一种温馨，她的目光望出去，她似乎又看见了那座旅馆，她想起了赖哥让她尖叫的时刻，她想起自己赤脚奔跑的时刻……她想起了赖哥的手在她身体上滑动着……这时，她对自己说：我一定会忘记那座旅馆的，我无论如何再也不会去见赖哥。她突然抓起那只花瓶，穿过房间，穿过楼梯，直到看见了一只垃圾桶，她把那只花瓶和花束扔进了垃圾桶。

第四章　游　泳

利用简外出的这一段时间来游泳，这是吴豆豆寻找到的另一种生活方式。她的游戏生活开始得很早，与萧雨和夏冰冰不一样，她从小就出生在一座小城里，事实上是以一座小镇来命名的县城，这座城叫水城。在三个女孩子的游泳史上清楚地记着她们的简历：萧雨是跟随父亲回到爷爷奶奶的乡村的，跟着乡村的孩子们在一条河床中开始漂起了自己的身体。她的旁边是一个赤裸着身体的乡村男童。而夏冰冰呢，却是在城外的湖水中学会了游泳，而守候她游泳的是她的父亲。父亲即使在守候女儿学游泳时，怀里仍然抱着一只酒瓶，这几乎已经成了夏冰冰生命之中永恒的意象之一。

现在，我们回到吴豆豆游泳的那座小县城里去。这座小县城就像它的名子一样到处是水，纵横交错的河流环绕在城的中央和城外，吴豆豆从出生的那天开始，就似乎听见了孩子们在河流之中嬉水的欢快之声。

从她开始走路时她就看见了河流，母亲牵着她的手走到水边，城里的孩子们似乎整个夏天都泡在水里，她也不例外。在她刚学会走路不久，她的母亲就说：去吧，去吧，跟小哥哥、小姐姐们学游泳去吧。那些比她大的小哥哥、小姐姐看见她来到水边，就在水里召唤她：下来吧，脱光衣服下来吧！

吴豆豆的游泳生活就是在那一瞬间开始的，她拥有一个幸福的家庭，她的父母都是中医，在那座小城中开了一家诊所，家庭相对殷实一些。所以，她从小就自由自在，像她父亲所期待的那样，顺利地考进了大学。现在，她远离父母有近两千公里路程，她的家在遥远的外省，而且从她乘着火车前来上大学的那一天开始，她就发誓再也不回那座小县城去了。她从小就向往城市，尽管她从未进入过大城市，她的父母从小的时候就启发她说：豆豆，这座城太小了，你必须走出去，城外有更大的城市，那座城市大得你三天三夜也走不完。你是父母掌上的明珠，父母把所有的希望都寄托在你身上了。因此，她那老实厚重的父母从结婚后就开了诊所，用此来维持一家人的生活，更为重要的是为了让他们的女儿有一天到更大的城市里去上大学。

梳着两根辫子的吴豆豆下了火车，融进了大城市明媚的阳光之中。她从一下火车的那一刻就心跳不已，自己的新生活已经在火车下的月台上开始了，在火车站外的人群之中开始了。多少天以前，她在那个水城上的火车站，父母陪着她站在水城的月台上，那已经是午夜，父母看见火车来了就对她说：豆豆呀，豆豆，你把父母的梦想全带走了，走吧，走吧，到大城市里去吧。火车在这个小站停留的五分钟里，她就上了火车，那还是她头一次乘火车。转眼之间，就已经看不见那个月台了，更看不见父母惊喜而泪水盈盈的眼睛了。

走出火车站的世界，她进入了大城市的生活。她天生就能融进城市中去，她有很长时间都兴奋不已。她很快就改变了一个小县城的人进入大城市后的形象，她具有敏锐的模仿能力，她能从大城市鲜艳的色彩中看见自己的形象，除了留着那两根小辫子外，她的着装完全变了。当然，这些服装都是她从最廉价的批发市场买来的，是从她父母每月汇给她的生活费中扣除来的。

因为她从进入城市的那一天就悟到了一个女孩子的真理：那些长相与自己一样的女孩之所以看上去很好看、很漂亮，是因为她们比自己穿得更鲜艳、更摩登！所以，穿衣打扮对自己很重要，它可以让自己跻身进大城市中去，跻身进校园中的漂亮女孩之中去。她从不怀疑自己的漂亮，然而当她从火车站走出来时，她感觉到了自己的土气，一个遥远小县城女孩进入大城市的满身土气，所以，她决心改变这种土气。

她极其聪明，很快就在离校园不远的一座批发市场寻找到了自己的世界，那些价格低廉的衣服是批发给小商贩们的。她开始冒充小商贩，因此可以批发到穿在自己身体上的衣装，她轻易就满足了自己的欲望。

然而，她留下了自己的两根小辫子。因为她发现，即使是在最摩登的女孩之中也有梳着小辫子的，她们穿着摩登，再配上小辫子便透出一种独特的气息。所以，她依然留着自己的小辫子，很快，她的形象就有了自己的位置。在校园中，她已经开始引人注目，一些男生开始向她进攻，然而，直到进入二年级，她似乎才被一个男生感动了，这就是简，简与她相遇纯属巧合。

她的巧合在于在那个冬天最冷的日子里，她戴着一顶尼帽刚刚站在校园外的一家电话亭给父母打了电话。她走出电话亭，没有想到一阵突袭而来的大风吹走了她头上的尼帽，本来，尼帽是不该被风吹走的，不过，那天的风实在太大了。

这就是巧合，一场突如其来的风吹走了她的尼帽，吹到了一个正在骑着摩托车的小伙子面前，小伙子停住摩托车抓住了即将再次被风吹走的尼帽。小伙子回过头来，而她呢已经在风中跑上前来，小伙子笑了笑说：这是你被风吹走的帽子吗？她笑了笑，点点头，风再一次袭击而来，小伙子突然说："你不能站在风里，戴上我的头盔吧，我送你回去。"这就是属于吴豆豆的巧合，如果没有那场大风吹落了她头顶上的尼帽，她就不可能认识简，简把她送到了校园门口，简说：快进宿舍去吧，小心受凉。

她似乎被感动了。目送着简远去。巧合后的第一个周末降临了，有一辆红色摩托车在校园门口环绕了一圈又一圈后出现在台阶下面，这也正是吴豆豆下台阶的时候，她想去给同学寄封信，而邮局就在台阶上面的左侧。简就在这一刻出现在她眼前，这是她与简的第二次巧合。简带着她环绕着城市溜了一圈，把她送回了学校。从这之后，她就开始与简来往。这就是她与简的巧合，现在，简外出了。而在这之前，吴豆豆已经认识了另外一个人，他不是一个男生，而是一个男人，年龄三十多岁，比她大十多岁。

她认识他不是巧合，而是必然。当她离开那座小县城来这座城市上大学时，一个六十多岁的女人找到了她，请她带一包东西给她的儿子，吴豆豆当然没有想到在她去上大学的城市竟然也有一个老乡。她很高兴，那个女人和她的丈夫在小县城开了一家杂货店，她只是给儿子捎一些土特产品，她说：儿子上完大学就留在了那座城市，先是在一座工厂做工会工作，后来辞职了。不知儿子过得怎么样，因为已经有很长时间没有儿子的消息了。

她把那包土特产品带到了大城市，在她报到后的第三天她开始去寻找那个叫刘季的人的地址。然而当她抱着那包土特产品出现在刘季面前时，他正拎着箱子，准备到飞机场去。这是一个三十多岁的男人，看上去活得很成功，神色洋溢着一种明朗的阳光，而那个时刻也正是上午，阳光确实正照在那个男人的西装和领带上。

刘季把母亲从小县城捎来的土特产品塞在后车座里，他好像对那包土特产品的热情并没有他对吴豆豆的热情那样高。他看着吴豆豆说："没有想到，竟然有一个水城的女孩来到了我所生活的这座城市……"他好像很感慨，他说他出差回来会请吴豆豆吃饭。

吴豆豆很快就忘了这件事情。事情过去一年半以后，刘季来到了校园寻找吴豆豆，他驱着车把吴豆豆带到一座旋转餐厅用餐，然后又把吴豆豆送到了学校。又过去几个月以后，也正是吴豆豆与简发生巧合的时刻，刘季来电话了，他想请吴豆豆吃饭。那个阶段也正是吴豆豆开始坐在简摩托车后座上的时候，吴豆豆的业余时间似乎完全给予了简，她寻找原因拒绝了刘季的邀请。又过了一段时间，刘季来电话告诉吴豆豆，他开了一家游泳馆，问吴豆豆想不想去游泳？

游泳这个意象是新鲜的，而且她感到吃惊，一个从水城出来的男人，竟然在这么大的城市开了一家属于自己的游泳馆，真不可思议啊。她一边听着他的声音，一边幻想着一座绿波荡漾的游泳馆，一边跨越时空回到了遥远的水城，她就是在水城的河流中游泳长大的。

她没有拒绝，她只是推辞了时间，她说一旦有时间她就会与他联系。简终于出门了，她马上就给刘季去了电话，她对刘季说：我可能会带我同宿舍的同学来。刘季热情地说：带多少都可以，我开车来接你们，好吗？吴豆豆带着萧雨钻进刘季的车厢时，刘季很高兴。

就像吴豆豆想象中的一样，一座绿波荡漾的游泳池在她眼前很快就出现了。游泳池在城郊的一座座新开发的商品房掩映之中。刘季也穿上了泳装，他的眼睛总是在吴豆豆起伏的线条中波动着，这一点，吴豆豆感觉到了，当然，萧雨也感觉到了。萧雨与吴豆豆不一样，她对男人总想制造一些距离，这与她的经历有关系，自从父亲和母亲离异之后，这种距离就产生了。

她再也见不到父亲，当然也无法去想象父亲的生活。家庭中唯一的男人走了，剩下她与自己的母亲生活在一起，母亲从某种意义上来说是另一个女人。而当她在无意之中偷窥到了母亲与另一个男人的性姿势之后，她很快就遇见了凯。不久之后，她与凯枕着同一只枕头，但总是和衣而睡，她筑起了凯和她之间的距离，没有与凯发生肉体上的碰撞。

萧雨感受到了刘季的目光热情地在吴豆豆的泳装上波动着时，她有意离他们远一些。泳池很大，比校园中的泳池要大多了。她每一次游泳都会情不自禁地想念父亲，想念父亲带她去爷爷奶奶老家的时候，想念那条河床，以及那群裸身游泳的乡村孩子们。

她不时地潜入水中又从水中浮出来，这样一来，吴豆豆当然也拥有了自己自由的空间。她被另一个男人带入了泳池，她并不回避这个男人暧昧的目光，她天性自由，当然，简与她在一起时，她不可能出来游泳，因为简把她牢牢地抓住，不让她越出那个空间。这次游泳使她很愉快，因为她寻找到了一座泳池，刘季说：只要你喜欢游泳，每个周末我都可以来校门口接你。她答应了，让身体浮出水面，紧贴着绿波荡漾。刘季也让身体浮出了水面，两个人的手划动着。萧雨感受到了吴豆豆的快乐，所以，在紧接下来的另一个周末，当吴豆豆邀请她去游泳时，她就谢绝了。

萧雨只想筑起一道墙壁，因为她意识到了在游泳池她显得很边缘，也很多余，她感觉到吴豆豆跟刘季在一起时很自由，很快乐。为了让吴豆豆更自由、更快乐一些，她决定不再陪吴豆豆去游泳了。

这样一来就剩下了吴豆豆。她从星期一到星期五就把功课全部做完，很难想象，吴豆豆的成绩依然名列前茅，排在萧雨的后面。这样她才有好心情站在校门口等候刘季。

在吴豆豆的生活中，刘季既是她的老乡，也是她生活中出现的第二个异性，而且是一个男人。刘季从第一次出现在她面前时就与校园中的男生不一样。他请她去24层的旋转餐厅用餐，他让她喝来自法国的红葡萄酒，他还让她站起来眺望整座城市的景色。然后，一座绿波荡漾中的游泳池突然出现在她眼前。

当刘季告诉她这是属于他自己的泳池，这也是他梦中的景象。当他进入这座大学念书时，他总是觉得这座城市没有河流，虽有湖泊，但又被公园圈住了，游泳池太少，人很拥挤，从那个时候开始，他就想开发一座游泳池。他说话时让身体浮在水面上，吴豆豆感觉到身边的男人真了不起，他梦想一座泳池，泳池就出现在了面前。她开始钦佩他，她用一双明亮的双眼看着他，她还是觉得这个男人很了不起，从一座遥远的县城出发，来到一座完全陌生的大城市，竟然在这座城市扎下了根，拥有了自己的游泳池。这真是难以言喻的奇迹啊。

就这样她在星期六的上午 10 点多钟准时地站在校门口，不久之前的星期六的傍晚，每当暮色笼罩城市的时候，她就会准时地出现，她等待简的降临，简就像一位摩托骑士把她的身体驰入夜色的速度之中去。

镜头已经转换为一个阳光明媚的时刻，一辆黑色轿车出现了，她拉开车门，钻进了车厢，直到现在她还没有在简的红色摩托车和一辆黑色轿车之间感受到什么区别。她只是想见到那座泳池。因此，她既没有想起简，也没有忘记简。

泳池在这样的时刻出现了，她钻进更衣室换上粉红色的泳装，刘季已经站在泳池边等她。好像是第一次看见刘季的背影，这是一个成熟男人的裸体，他穿着黑色的泳裤遮住了他神秘的一部分，其余的身体都裸露着，在他的腿上生长着一些黑色的毛，刘季的身材很挺拔，好像他的成功一样。她来到他身边，他用手牵着她，还没等她反应过来，刘季已经跃入水中，紧随着她也跃入水中。

慢慢地，她感觉到刘季就在身边，离她很近，不是离她的身体很近，而是离她的皮肤很近，好像他是用自己的皮肤在接近她，刘季好像是在她身边耳语："豆豆，你的泳姿很漂亮，我愿意永远陪你游泳，你愿意吗？"

这显然是调情，然而吴豆豆却感觉到是一个男人第一次这么对她说话，她没有拒绝让他的皮肤亲近她的皮肤，她不拒绝他。他似乎勇气越来越足，他伸出手来开始碰她在泳池之中的皮肤。而她呢？她的手臂虽然显得很纤细，然而却柔软地划动着圈，那动人的一圈又一圈，是她在那座遥远的小县城的河流中自己发明的，因而才显得很迷人。

他好像上了岸，他坐在泳池边的一把白色椅子上喝着果汁等着她上岸，在他旁边，放着一束红色玫瑰花。过了很长时间，她浮出了水面，看见了他她就上了泳池。他伸出手拉住了她的手，并让她坐在一把椅子上，头顶是一把巨大的遮阳伞。他把那束红色玫瑰花递给了她，她愣了一下，脸上荡漾着笑容，她对自己说：这是我头一次得到一个男人送的玫瑰花，在她的记忆中，简好像从来没有送过花束给她。

他第一次带她到他的住宅中去，这当然也是一座想象不到的房屋，是一座很摩登的洋房。他开着车进了一道低矮的铁栅栏，她好像只有在电影中才看见过这样的铁栅栏，栏杆上爬满了蔷薇花朵，有白色、粉色、黄色三种。

院子里就可以停车，他打开车门，让她从车厢中走出来，她好像不相信这就是刘季的家，这是她进入这座城市中看见的最漂亮的房屋。他已经打开了门，他对她说：豆豆，进来吧！

她迟疑着但是已经进了屋，他请她坐在沙发上，她就迟疑着坐下去了。他问她：豆豆，你想喝点什么？她摇摇头说：我刚在游泳池喝过果汁，不想喝什么了。他陪她坐下来，他说：你好像很紧张，对吗？

她说："我从来也不敢想象我会走进这样的房子里……"电话铃突然响起来了，电话机就在旁边，在刘季的左侧，他穿越了电话，因为离得很近，吴豆豆能感受到电话是一个女人打来的。在刘季讲电话时，她站了起来，客厅中有宽敞的落地玻璃窗，站在窗口，就可以朝外眺望。

然而，外面显得很宁静。呈现出的图像就像一道风景线。就在这时，吴豆豆突然看见了一个女人正朝着这边走来，她披着长发，走路的姿态显得很优雅，她已经站在低矮的铁栅栏之外按响了门铃。吴豆豆看见她一边按门铃一边抬起头来看一看这座房子。

刘季好像已经讲完了电话，他站起身来，走到落地玻璃窗前看了看，然后打开门走出去了。刘季站在铁栅栏边好像在跟那个女人说什么，然后那个女人气冲冲地冲进屋来，吴豆豆听见她在说话："刘季，你不能就这样把我抛弃了。"她说完话后才看见站在落地窗前的吴豆豆，她刚想说话，刘季就说："她是我表妹，正在大学念书。"吴豆豆想，刘季为什么要把她说成是表妹呢？当然，这样一来，那个女人的目光就在她的身上搜寻了。

吴豆豆似乎已经在那个女人的声音中感觉到了火药

味，她听得很清楚，这个女人说：“刘季，你不能就这样把我抛弃了。”吴豆豆敏感地意识到在刘季和这个女人之间即将发生一场战争，但因为她在场，刘季总想抑制住什么。她走上前告诉刘季她想走了，回学校去。刘季说：好吧，我送你回去，她推辞说可以到外面坐公交车。刘季说：要走很远才能乘公交车，还是我送你回去吧。

那个女人没有走，她坐在沙发上，她好像要执意地守候在这里，等待刘季回来。吴豆豆上了车，刘季解释说：她是我过去的女朋友，本来我和她已经分手了。吴豆豆没有吭声，她侧过身看着窗外，她突然感觉到刘季的手已经抓住了她的左手，她听见刘季在说话：豆豆，我很喜欢你。下周星期六我还到校园门口接你去游泳，好吗？她没吭声，也没有拒绝。

她从车上下来，她没有回过头去目送刘季，她径直朝校园台阶走去。然后上完了台阶她突然转过身来，她看见刘季还站在台阶下目送她的背影，她从心底涌起了一种浪花。在这一周里，她有时候想念简，她想如果简能尽快赶回来，也许简就会有力量阻止她去见刘季。

她想她之所以想去见刘季是因为游泳馆，现在，那座游泳馆不仅仅是游泳馆本身，它已经变成了谜。只有当她抽身离开那座绿波荡漾的游泳馆时，谜本身才会浮现出来。除了游泳馆具有谜之外，刘季带她进去的那座洋房也是谜，因为这是她难以想象的一座洋房，超出了现实中的场景，只有电影才能给她带来这样的现实；除了洋房具有谜之外，那个宣称被刘季抛弃的女人的降临同样也充满了谜。

谜本身与游泳馆、洋房、一个女人联系在一起，当然同样与一个男人有关系。吴豆豆天生就不畏惧谜本身，她怀着了解世界的欲望，当然也有出人头地的梦想（尽管这个梦想是父母的希望，久而久之，也变成了附加在她生命之中的希望）。在遥远的水城火车站搭上了一列过路列车，也就是从那一刻开始，她就对世界的谜充满了好奇心。

大城市矗立在地平线上，当然也降临在她身边。她仰起头来，她被世界的谜本身笼罩着，她效仿大城市的时装，卷进了摩登的潮流之中，她认识了简，乘着简的摩托车前去约会。从那一刻，她身体中充满了谜，她用身体中的谜本身前去了解简身体中的谜，简给予她第一次性生活，在她和简分开时，她觉得松了绑。因为简爱她，所以简把她牵制在她和简的生活范畴之中。世界突然变了的时候，简到外省的陶瓷厂烧挂盘去了。

刘季来了，刘季把一座绿波荡漾中的游泳馆突然之间展现在她面前。这令她身体雀跃，因为她的个人历史与水有关系，她游泳的姿态证实她喜欢生命的游动。而且，刘季又是她老乡，她拒绝不了对这个谜本身的兴趣。

所以，简没有回来，除了简这个世界还没有人可以阻止她。又一个周末的星期六的上午，她准时地出现在台阶上，她望着台阶下的马路。在马路上，有一座公交车站台，许多人站在那里，欠起身体在等车。她知道刘季会准时到达，不错，她看见了一辆黑色的轿车。现在，她突然感觉到，黑色的轿车也充满了谜。

车门已经敞开，刘季坐在方向盘前看着她进了车。她的心情好多了，上次离开刘季时，她一声不吭，现在她羞涩地一笑。也许不仅仅是游泳馆在等候着她，还有更多的想去了解谜本身的青春期荡漾的激情在等待着她。她早已忘记了一切，包括在刘季洋房之中出现的那个女人。

游泳馆再一次出现了，刘季一下车就送给了她一件礼物，里面装着一件精美的泳衣，颜色是淡蓝色的。刘季让她穿上新泳衣，她没拒绝，因为新泳衣和淡蓝色也同样是扑面而来的谜。她拒绝不了这些谜，从乘上火车时，她的心就怦怦跳动，为了远方的生活而跳动。

她穿上了淡蓝色的泳装，突然显得现代起来了。当她站在镜子前面时，她才看见了泳装的对比，在之前，她穿的粉红色泳装是在校园游泳馆的服务部买的，现在看上去它是如此土气，因为她才花了三块钱。而这件泳装似乎是全面开放式的，它更能体现出吴豆豆青春的体型，而且就像吴豆豆经常想象的一个字眼：摩登。

她很兴奋，刘季走过来把她赞美了一番，刘季说：豆豆，你其实是一个漂亮女孩。言下之意似乎在说，除了漂亮之外，还需要打扮，换一换泳装，人就完全变了。刘季在走向泳池时说：我们都需要改变，豆豆，我会帮助你改变自己。因为我知道，只有一个全新的自我才能成功。他走过来揽住了她的腰，吴豆豆挺立着身体，但她还是感觉到了刘季的手，她不能无视手的存在。刘季的手已经在她腰上滑动，犹如在拨动琴弦，她想起了简，这样揽腰的方式简也经常使用。然而，她拒绝不了刘季的手，因为刘季总是显得那样友好，他伸出手来揽她的腰时，似乎是让她小心一些，不要滑倒。

已经到了水中，吴豆豆平卧在水面上滑动着手臂，这是她惯用的方式，也许她喜欢看见天空，我们应该回到水城县的河流之中去。那时候，吴豆豆还是一个小女孩，她总是平卧在水面上，身下是水草，她睁开双眼，惬意地看着蓝天，她的目光随着白云在逶迤，随着天空在飘动，那时候她怎么也没有想到自己会来到一座大城市的游泳馆中游泳。

她看见了天空湛蓝，天空很宽阔，而自己就是这世界中的一个生命，她一次又一次地感受到了自己是一个生命，所以她要了解这些谜。刘季游过来了，刘季说：我们到上面去吧，我想带你去购物。吴豆豆好像并没有听见旁边的刘季说话，她仿佛已经在湛蓝的天空中飞翔，她天生就适合飞翔。

然而她碰着了刘季的手臂，刘季说："我们上去吧，我想让你改变自己的形象……"吴豆豆说："我需要改变自己的形象吗？""当然，每个人都需要，如果你改变了形象，你会有更多机会……"吴豆豆被他拉上去了，游泳生活已经完成。

他驱着车，他要带她去哪里，这当然是一个谜，突然她的目光恍惚了一下，她看见了一个人，她看见了简，那个人一定是简。因为车正好经过火车站，马路被堵塞了，车只好抛锚下来，她的目光朝着火车站的广场望去，她就看见了简。

她身体惊喜地抽动了一下，叫了声简，因为隔着车窗叫唤，简根本就听不见，即使摇下车窗叫唤，简也听不见她的叫喊，因为火车站的喧闹之声湮灭了她的声音。刘季拉住了她的手问她：你在叫谁？你看见谁了？

她回过头来说："我看见了简，简好像回来了。""简是谁？""简是我的男朋友。""哦，男朋友，你已经有男朋友了……"当她再次搜寻简的身影时，简已经消失了。刘季仍然没有松开她的手，刘季说："用不了多长时间，我就送你回去，你就可以看见简了，好吗？"她点点头。

刘季将车开进了一座商城的地下停车场，然后牵着她的手出来，乘着电梯上了楼。吴豆豆突然感觉到这是一座女性商城，当然她还是头一次来这座商城。刘季对她说："豆豆，我带你来是为了让你购物，这是你置身的世界，你可以选择你喜欢的东西……"吴豆豆摇摇头说："我不需要……""你不用担心，买单的人是我，不是你……豆豆，别犹豫，我想关心你……而这一切对我来说很简单，你别有负担，好吗？每一个人都需要帮助，尤其是在你这样的年龄更需要人帮助……”

吴豆豆也许是被感动了。她没有再拒绝，这个女性时装商城对她充满了谜的诱惑，而且，她从小就对衣服很敏感。小时候，她对衣服就很挑剔，所以，她的母亲在她获得一张全优的学习成绩单时，奖励给她一件新衣服。她总是渴望着那件新衣服，为此，努力让自己的成绩单变成全优。

渴望的那件新衣服始终在前头诱惑着她，引诱着她的双翼扑啦啦飞动。因此，她从水城县城飞到了一座大城市，因此，她到城市的批发市场买一件又一件价格低廉而又摩登的衣服。虽然她来自一座小县城，而在校园里，她似乎又率领着时装新潮流在前进。

新衣服永远是谜，它可以一次又一次地勾引她。所以，她现在穿行在这座城市最优雅的女性商城，她第一次看见除了批发商城之外的另一个荡漾着音乐的时装商城。在她旁边走着的女性似乎都是这座城市的白领丽人，她们的发丝荡来一阵香味。

而她呢？她穿着从批发商城买来的短裙，她过去一直以为这短裙是校园中最为摩登的短裙。而现在，她才意识到穿在自己身上的短裙显得如此俗气，一种俗不可耐的形式已经罩住了她。

而她看见了另一条短裙，它穿在一个女模特身上，这当然是塑料模特。她走上前去，站在那个模特面前，她突然想起了简，当自己成为简的模特时，几乎想把自己的全部身体献给简的雕塑，自己赤裸着坐在简的工作室，一丝不挂地坐着。那是另一种模特，每当简把握不住人体的尺寸时，也会伸出手来，抚摸她的身体。

简是在抚摸她的骨骼，简的手指在她身体上滑动时，她的身体充满了神圣感。而现在，那个塑料模特，穿着那条短裙，正在引诱她。刘季来到了她身边对她说："如果你喜欢这条短裙，我们就买下它，好吗？"

那条短裙已经从模特腿上被服务员取下来了，因为那种款式的短裙只剩下穿在模特身上的最后一条了。尔后，她被许多未曾见过面的时装勾引着。然而，她抑制住了那种欲望，刘季帮她又挑选了两条短裙、两件上衣，当刘季买单时，她吃了一惊，那笔费用够她生活半年了。她提着手提袋，里面装着买下的衣裙，刘季说："饿了吧，我们先去吃点东西，然后我再送你回去，好吗？"

她点点头，她手里拎着衣裙，仿佛拎着一个世界的谜，她的心欢快地跳动着，这种跳动甚至已经超过了想见到简的那种跳动。他们已经到了一家西餐厅，简带她去过西餐厅，但那些西餐厅显得没有这家西餐厅阔气。她坐下来，使用着刀叉，当刘季给她要了一杯红酒时，她没拒绝。

抒情的萨克斯旋律轻柔地伴奏着，仿佛渗入了她的毛细血管，当刘季举杯说干杯时，她端起杯来把一杯红酒全干了。刘季又给她要了一杯，她渐渐地感觉到使用刀叉的两手变得不听使唤。她兴奋的心跳动着，又干了第二杯。

她的头慢慢地倒在餐布上，再也没有意识了。当她醒来时，已经是黄昏。每天都降临到她眼前的黄昏已经来临，而她意识到了她睡在一张床上，这是一张又宽大又的床。她一辈子还从未见过这样大的床，当然，父母的床也很宽大，但比起这张床来，显得小多了。

这显然不是简的窄床。当她意识到这点后，她慌乱地爬起来，揪开被子，这时她才发现她和衣而睡，只不过是换了一张宽床而已。她从宽床上下地，才感觉到地上铺着金灿灿的木地板，在那个黄昏，她整个儿地醒过来了，发现自己是躺在刘季的洋房之中。

当然，她的触角已经伸到了几个小时之前，她和刘季进入女性商场，她买了衣服，是刘季买的单。后来刘季带她去用西餐，一杯红酒喝下去，她的身体好像就飘了起来。

她穿上了鞋子，一双鞋子整齐地放在门口，她知道是刘季带她到了这里，又把她带到了床上。睡醒了一觉之后，她刚想下楼，突然听见了声音，是一个男人和女人说话的声音，男人当然是刘季，女人是谁呢？她好像听过这女人的声音，她趴在栏杆上往下看去，便看见了一个女人。她见过那女人，那女人就是宣称被刘季抛弃的女人。

女人坐在沙发上正在说话："你已经抛弃了我，你必须付出代价，你知道你应该干什么吗？"

刘季正坐在沙发上耸着肩："我知道你想要什么，你只是想要钱，从我这里你只能得到钱，不可能再得到什么，如果你想要钱……好吧，我给你……"刘季说完站起来开始上楼，当他见到趴在栏杆上的吴豆豆便嘘了一声，他冲进卧房，从抽屉中拎着一只包出来。

吴豆豆仍然扶着栏杆，她不知道这是为什么。现在，她看见了一幕场景，刘季拉开了那只包，拎出了几捆钞票。吴豆豆从出生以来从未见过这么多的钞票，而且她深信今后也绝不会看见这么多的钞票。

然后，刘季拎着那堆钞票放在了那个女人面前说："如果你缺钱花就带走它吧，但我不希望今后再看见你的影子。"女人笑了笑，好像是冷笑，她伸出手去触摸了一下那堆钞票说："请原谅，我就带走它们了，放在这儿你也没用，请放心，我绝不会再来打扰你。"女人说完站了起来，拎起那堆钞票放在刚才的那只包里，然后拎着它，她好像是拎着一块金砖，她的背影显得金光灿烂。

吴豆豆惊愕地看着这一幕，当女人拎着那只包出门时，她仿佛想滑落下去，然后再去追究那个谜。她不明白刘季为什么有那么多钞票，她不明白刘季为什么可以一次性地给那个女人那么多钞票，她也不明白那个女人为什么可以轻松地快乐地带走那么多钞票。

这个谜本身仿佛枝蔓一样爬向她的身体，使她想起了简，她不知道为什么突然想起了简。她说她想回去了，他站在她身边说："如果你想留下来就留下来，如果你想回去，我就送你回去……"

她想留下来吗？她不知道，他的声音只是给她带来了迷惘，她为什么要留下来，一个女人走了，而她留下来，这是她迷惘的原因。幸好这个世界上还有另一条道路，回去的道路，这条路是清晰的。

所以，她决心回去，他问她是不是要回到她的男朋友身边去。她点点头，他把那只时装口袋放在她手中，然后他送她到了男朋友简住的楼下，她回过头看他，他没有下车，她看到的当然只是一辆黑色的轿车。她满怀激情地上楼，她敲开门，她没带简的钥匙，她发现简来开门的神色有些奇怪。

简说他刚好站在窗口，从回来后他就给她宿舍楼打电话。但没有人待在宿舍里面，简说他站在窗口看见她从一辆黑色轿车里下了车，她说："是的，我下了车，他是我老乡，他送我来找你。""老乡，是你水城的老乡吗？""当然……"她肯定地说。

简好像对这个问题不感兴趣，他兴奋地走上前来抱起她的身体旋转了一圈，而她还来不及放下那只时装袋，简好像听见了那只时装袋发出的沙沙的声音。简终于把她放在地上，简说："你手里拎着什么？""哦，我的衣服……"简好像对这个问题同样也不感兴趣。那天晚上她和简又像以往一样开始躺在窄床上亲吻。"豆豆，你喝酒了……"简突然问她。她已经漱了口，但她没有想到嘴里还有酒味。简吻着她的舌头，那带着酒味的舌头，突然传来了敲门声。

简说不管它，我们不去听这敲门声，然而，敲门声却很固执，敲门的人似乎不想离去。简终于停止了吻，他穿着衬衣，衬衣的扣子已经解开了一个，然而，敲门声再次响起来，简说好像是周英。

她听不懂简在说什么，周英是谁她也不知道。然而她还是看见简去开门了，在开门之前，简朝着门上的那个猫眼看了一眼，他犹豫了一下把门打开了。这个时刻，她正站在卧室的门口。

一个女孩脸色苍白地闯进屋来，她穿着乳白色的裙装，与她苍白的面颊很吻合。简和这个女孩子见面的场景很特殊，两个人都不说话，但彼此却看着对方。猛然间，那个女孩子扑进了简的怀抱，吴豆豆听见了那个女孩子的声音："简，我已经从国外回来两周了，他们把我囚禁在医院里，你知道医院意味着什么吗？我不想就那么死去，简，抱住我，原谅我当时离开了你，可现在我又回来了，我不想死在医院里，把我藏在你的房子里吧，这曾经是我们相爱的地方……"

吴豆豆屏住呼吸，她在不知不觉中已经轻轻地掩上了房门，简和那个女孩都没有听见她关门的声音。她只是觉得眼前的场景就像一幕戏剧，她已经看见了那个女孩，娇小的白色身影，投进了简的怀抱。而且她已经听清楚了那个女孩的每一句话，她明白了是怎么一回事，她想那个女孩过去一定是简的女朋友。

她感到自己快要窒息了，她不想让那个女孩看见她的影子，因为从那个女孩进屋的那一刹那，她就有一种直觉：那个女孩显得很虚弱，那个女孩好像没有力气了。果然，女孩扑进了简的怀抱。似乎只有简的怀抱可以支撑女孩不倒下去……因为这个女孩生病了。在女孩简短的语言中吴豆豆已经了解了以下事实：第一，这个女孩之前曾经是简的女朋友，他们曾经在这屋子里相爱过，后来，女孩走了，出了国，离开了简；第二，这个女孩回来了，她的家人把她囚禁在医院里，女孩想扑进简的怀抱，让简来把她藏起来。

女孩提到了死，女孩说她不想死在医院里，这句话出自一个年轻的女孩子口中，不免展现出了一种悲凉的东西。吴豆豆就是被这句话的悲凉笼罩住了，所以她开始怜悯那个女孩。简把她叫作周英，那么就把这个女孩叫作周英好了。现在，吴豆豆是多么希望插上双翼飞出这幢公寓楼房。不知道为什么，当女孩扑进简的怀抱时，她的心灵好像被什么东西狠狠地噬咬了一下。接下来，她的全部身心都充满了怜悯。

她轻轻地启开门缝往外看去，简好像带着女孩到工作室去了。这是一个很好的机会，只有这个机会可以跑出去。于是，她从卧房出来穿上鞋子并拉开了门，电梯恰好已经闪开了，在出门时她知道简和那个叫周英的女孩仍然在工作室里。

在她下了电梯后，简从另一把电梯里面下来了，简走上前来喘着气说："豆豆，你不要走，我会把你介绍给她，你都已经听见了……她是我过去的女友……本来，我已经把她忘记了……因为我有了你……"

如果没有简从电梯口闪出来解释这一切，那么吴豆豆内心充满的只有对那个女孩的怜悯。这种怜悯占据了她的身心，然而，简刚才所说的话突然使她感到一种难受的感情在上升，这种感情也许就叫嫉妒。

她从简的身边跑走了，她不知道她想跑得多远。总之，她只想从简身边跑出去。简没有追她，因为那个女孩还在楼上，简肯定追不上她，而且简在后来的几天里也没有给她来电话。那天晚上，吴豆豆手里拎着那只时装袋，因为在她匆忙穿鞋子时看见了时装袋。当时她把时装袋放在了鞋柜旁边，因为她不想让简看见里面的时装。

她回到学校，星期一很快降临了，她又成为一位好学生，她永远牢记着母亲的嘱咐，她一定要出人头地，所以，星期一至星期五，她从不跨出校门。当然，萧雨、夏冰冰也一样，她们似乎都有共同的信念，决不能让自己的名次下降，所以，她们几个女孩几乎都在前六名。没有人看得见吴豆豆的忧伤，就连萧雨也没有看见这一切。

周末又降临了，吴豆豆没有接到简的电话，星期一早上醒来，她开始想念简，然而在想念中总是会出现另一幅图像：一个女孩扑进简怀抱的图像始终镶嵌在她眼前。

萧雨接到了凯的电话，凯是在一个小站给她来电话的，凯告诉萧雨，三天后的傍晚他就会出现在火车站。对此，萧雨显得很高兴，当她很高兴地期待着凯回来时，也正是吴豆豆的眼前出现那幅图像的时候。

女生宿舍楼的值班员正在叫唤吴豆豆的名字，让吴豆豆去接电话，她告诉自己：一定是简的电话，一定是简的电话。她奔向电话机的节奏是慌乱的，仿佛是简第一次给她来电话，仿佛她已经期待了这个电话很久很久。

一个成熟男人的声音已经从电话另一边传来了。当那声“喂”出现时她就知道，简已经去面对那个扑进他怀抱的女孩了，因为简不想让那个女孩死在医院里，简已经决定将那个女孩藏在他屋子里，简这样做也许有两个原因，第一个原因，简又回到了昔日的恋人身边，简正在重温旧情；第二，简那样做是为了怜悯那个女孩，当那样一个虚弱的女孩扑进简的怀抱时，简充满了同情心。

来电话的男人是刘季，不是简。刘季问她想不想去游泳。那幅镶嵌在眼前的图像突然被游泳的图像取替了，她猛地有了想扑进游泳馆的欲望。那是一个无底的深渊，一个水波荡漾的深渊，只有那个地方才可以收留她那低沉的声音，收留她那欲哭无泪的身体。她想扑进绿色的游泳池，藏在水底的深渊之中。此刻，她噙着泪水站在校园的台阶上等候着刘季，她知道，在那一刻，刘季不仅仅是一个名字，他已经变成了一座游泳池。

一座游泳池在阳光明媚的星期六上午的10点多钟出现了，吴豆豆似乎已经看见了自己的灵魂，她穿上淡蓝色的泳衣像一个孤傲的天使一样猛扑进了池水中。

刘季一直在她扑动的波浪之外，也同样扑动着自己的四肢。所有人都在扑动四肢，在游泳池，人都在用肢体的形式说话。那天上午，吴豆豆不说任何一句话，她把身体扎进了泳池的深渊之中，然而，她仍然看见了那幅图像：那个女孩扑进了简的怀抱。

所以，她不顾一切地扑进水的深渊，直到她的身体想窒息的时刻，她想让身体浮出水面。刘季就在旁边，他似乎已经感受到了她的异常，因而在上岸之后他再次为她准备好了一束红色的玫瑰花。

然后，他带她去用餐，她突然说她想喝上次喝的红色葡萄酒。刘季看了她一眼说："豆豆，今天可不能再喝醉了，好吗？"她没有答应他，她的眼睛似乎一直在看着别处，那是她生活中的别处，似乎可以让她看见简。

简就是红色的摩托车，简就是一张窄床，简就是把她第一次带进性生活中去的男人。所以，当她看着别处时，简可以变幻成另一幅图像，那个女孩闯进了吴豆豆的视线，从那个女孩扑进简怀抱的时刻，吴豆豆的身体第一次承担了一种沉重的情感负荷。

她端着酒杯说"干杯"，上次她"干杯"是认为既然已经"干杯"了就应该喝完杯中之酒，所以她醉了。现在她"干杯"是为了模糊那个女孩突然扑进简怀里去的图像。她很快就醉了，刘季像上次一样把她带回了家，与上次不同的是她直到午夜才醒来。

醒来后的第一件事就是睁开双眼证实自己睡在哪里。当她证实自己不是睡在女生宿舍，也没有睡在简的窄床上时，她开始翻身，因为唯有翻身才可以让她更清楚一些。

翻身的直接反应是吓了自己一跳，吴豆豆觉得自己竟然睡在一张宽大的床上。这张床在她记忆中还有印象，不久之前她醒来后就看见了这张床，现在，她明白了自己醉了，是刘季把她带回来，让她睡在这张宽大的床上。

房间里没有灯光，一点灯光也没有。她翻身下床，床下放着一双拖鞋，这双拖鞋好像是他早就准备好的，那么的恰到好处，不大不小。这一定是刘季的主意，她已经感受到了刘季的细腻。

趿着拖鞋，她好像是在迷失了方向的旷野上寻找方向，她置身在一个不属于她生活的陌生场景之中，竟然已经迎来了午夜。她终于在黑暗之中寻找到了楼梯，她开始下楼，也许只有下楼去才能寻找到方向。

她听见了一个人的呼吸声，准确地说是一个男人进入睡眠之后的呼吸声，仿佛从黑暗之中传来，仿佛在安静地进入夜色之中去。她慢慢地感觉到了是刘季的呼吸声，他就睡在沙发上，她所看到的这个场景使吴豆豆突然在那一瞬间感受到了一个男人给她带来的安全感，而且这个时刻是多么牢固。很多年以后，当她被别的男人撕开衣服时，她突然想到了这个瞬间，她突然想再次寻找到这个瞬间。然而，这个瞬间却留在了记忆深处。

此刻她突然被这个瞬间凝固起来，刘季似乎已经感受到了这种存在。一个女孩趿着拖鞋，站在黑暗深处看着睡在沙发上的男人。他好像也翻了一个身，然后就醒来了。

他说他太困了，躺在沙发上就睡过去了。他走上前拉着她的手坐在沙发上，谁也没有想起灯光来，好像谁也不需要灯光。她只感到口渴，醉酒后的那种渴，他给她沏了一杯茶水，在黑暗之中端在她手中。

她喝了一大杯热茶水，突然感觉到她的身体想在他的肩上靠一靠，她又睡过去了。这一觉醒来后已经到了霞光四射的时刻，很难想象吴豆豆就靠在他的肩膀上，睡了好几个小时，也很难想象他的肩膀能够支撑她睡上好几个小时。醒来后是星期天的上午，他开车带着她又来到了游泳馆，从游泳池上来她似乎轻松了许多。她回到了学校，临别时她告诉他让他下周末再来接她去游泳。他的目光闪烁了一下，点点头，驱车走了。

星期天的晚上她接到了简的电话，简说：“豆豆，我知道你在生气，我无法解释我的行为，但我相信你会等待，因为我告诉你，我现在爱的是你。当然，我过去爱过周英……我没有想到她会出现，她患上了绝症，你难以想象她是多么绝望……所以，有很长时间我会陪她……如果你想我的时候你就来找我，好吗？”她握着电话，她想着简，同时也在想着那个扑进简怀里的女孩。最后她想起了游泳馆的水池，因为游泳馆就代表着另一个男人刘季。

第五章　发　烧

尽管萧雨准时地出现在火车站，但还是来迟了，火车已经提前 40 多分钟进站。她站在月台上看不见凯的身影，她只好去凯的老房子里去找他。她满以为凯会创造一种激动人心的见面场景：她出现在月台的这一边，而凯从月台的另一边向她奔跑而来，突然间把她拥抱住。这是许多电影中的场景，她是多么希望融进这种场景之中去。

然而，冰冷的月台是漠然的，好像与她没有关系，一列火车停着，旅客们正在上火车。她是局外人，既不能上火车，也没有见到从月台的另一边向她奔跑而来的凯。

这是一个暮色燃烧火车站的时刻，无论月台多么冰冰，她都感觉到有什么东西在燃烧着火车站。那当然是暮色，为什么她与凯的约会总是在暮色之中开始，因为暮色是前奏曲，暮色代表着一个诗意的夜晚即将开始。

凯的摩托车是黑色的，它跳动着，犹如火焰燃烧着她的世界，她跃上凯的摩托车，从那一刻开始她就在这个世界上寻找到了除了母亲和家之外她的另一个世界：凯的老房子，凯的咖啡壶，凯的窄床。

暮色燃烧着，她已经站在火车站的公共车站台，从这里可以等候一辆公交车，它直接通往那片老房子的区域，从认识凯以后，她每到一座公共车站台，都要仰起头来看一看有没有线路交叉在老房子周围。

暮色上升中，她的心跳动着，她想凯已经回到老房子里去了，凯出门时曾经把钥匙给了她，凯的楼上栽着唯一的一盆花，她叫不出那盆花的名字。不过，花已经开放，每一朵花和叶片都是红色的，凯离开的这段时间里，她每周都要去一趟老房子，给那盆花浇水。

现在，公交车来了，她投进了硬币上了车，车上没有座位，她抓住栏杆，好像已经离凯越来越近了。然后她就下了车，只要世界上拥有速度，就可以变幻我们的期待和梦的场景。这一真谛，她似乎已经用身体领会到了。

凯离开以后，她就有了等待，时间是一天一天逝去的，等待也是一刻又一刻向前递增的。她已经闪出在窄小的巷子深处了，映现出花纹的老墙自从她出现以后就期待着她来，因为这个女孩有时会伸出手指来放在有花纹的老墙上。

只有她，不害怕那些斑驳中形成的花纹。她穿过了老墙，已经来到了门口，门已经打开了，里面没有插上门闩，好像预感到她会来，门似乎是为萧雨留着的。她进了院子，然后进了另一道门，已经有了灯光，楼下的灯光很暗，但楼顶的灯光却越来越亮，这就是凯的风格。

她没有像想象中的那样欢快地上楼，她想让凯出其不意地回过头来见到她，而不是听见她的脚步声以后见到她。所以她小心地上楼，每当这一刻，一个意象便会像永久不散的丝带一样捆住她的身体。

那是母亲和一个男人交织在楼梯上的声音，那是风暴般的声音，使她荒谬的身体和灵魂一步一步地上楼，那个永久难以忘却的“性姿势”为什么始终飘动在眼前，为什么难以忘记呢？

所以，她期待着见到凯，希望凯就站在楼上伸出手臂来拥抱住她那战栗的灵魂，所以，她已经上完了最后一级楼梯。凯并没有听见她的脚步声，所以凯没有站在楼上在她上完最后一级楼梯以后——像她期待之中的那样伸出手来拥抱住她。

整个空间都很静谧，凯在哪里呢，终于她看见了凯的旅行包搁在工作室门口，还来不及整理，房间里好像有什么声音，凯好像跟谁在说话。萧雨的心跳得激烈起来，因为凯好像在卧室之中跟谁在说话。

走道上是一扇卧室的窗户，窗型是古老的格子窗，如果稍不留神，就会感觉到自己是活在过去，而不是活在现在，更不是活在将来。萧雨将面颊靠近了窗户，她首先看到的是一双鞋子。

一双红色的凉鞋，肯定不是皮质的，而是一双塑料的红凉鞋，她的心抽搐了一下，因为这双鞋子是敞开的、透明的，它是一双女孩子才穿的红凉鞋。它说明有一个女孩子已经进入了凯的卧室，尽管身体在痉挛，然而她还是移动着视线。这个时候，卧室中的那张窄床突然出现了。

窄床很显然是萧雨生命中的一张河床——每当躺在上面时，她的身体就会进入凯那温馨的拥抱之中去，在那种安谧的拥抱之中，睡梦是多么的美好啊。

窄床上出现了一张脸，一个女孩子的脸。她被这场景窒息着，凯好像已经听见了她的声音，凯就坐在窄床边，凯回过头来看见了她——透过交叉的格子窗还是看见了她的脸。

凯叫了声她的名字走了出来，她仍然站在格子窗下浑身颤抖，凯走过来拥抱住了她，轻声说："萧雨，你听我解释这一切，好吗？"她颤抖着，凯把她带到了楼下，凯说："我在火车上遇到了这个女孩，她叫朱娟娟，我遇见她的时候，她还没有发烧……她是在一座小站上的火车，好像是第一次出门乘火车，她那慌张而充满期待的目光在整个车厢中探寻着，她没有座位，她站着……等到我睡醒一觉以后她仍然站着，后来，我对面的一个乘客下车了，我招手让她过来，她就坐下了……这是一个向往城市的女孩子，萧雨，在下火车的时候，我突然感觉到她很可能会被城市湮灭，因为她对城市一无所知……害怕她被城市所湮灭的感觉包围着我，我想先让她到我这里来住段时间，火车提前40分钟进站……萧雨，就这样，进屋时她突然告诉我，她好像在发烧……我摸了摸她的额头，她确实在发烧，我想带她去看医生，她怎么也不去……这就是你所看到的场景……”

凯说：“萧雨，现在我们一块去看看这个女孩好吗？她叫朱娟娟……”也许是凯说话时一直拥抱着她，也许是凯向她描述的这个故事感动了她，她决定跟凯一块上楼去看看那个女孩。

这个叫朱娟娟的女孩正在发烧，她躺在凯的那张窄床上，她的双眼微微地睁开，显得很疲倦，凯给她煮了一碗稀饭端上来。萧雨对朱娟娟说你应该吃点东西，然后我们去看医生，好吗？女孩摇摇头，朱娟娟长得很清秀，一双单眼皮，肤色黝黑，牙齿却很洁白。

她确实在发烧，身体在缺水，喝了好几杯水，那时候时间已经很晚了，萧雨说她要回去，凯说：“那我送你吧！”萧雨很希望凯能够留住她，但她知道凯有他自己的道理，凯要把她送走的一个原因就是那张窄床已被朱娟娟占据了。凯在送她下楼时告诉她，今晚凯就睡在工作室里。凯把她送到了公共车站，在等车的时间里，凯伸出手臂将萧雨拥在怀里，公交车来了，他们之间的拥抱才松开。萧雨和凯都没有想到，假期即将开始了，而等待他们的是长假，等待他们的同时还有别离，这场别离改变了凯和萧雨的关系。

下一周就是假期，在那个星期六的上午，母亲出现了。母亲驱着自己的车，她在电话中告诉过萧雨，她买来了一辆崭新的轿车，目的只有一个：带着萧雨去旅行。而且母亲已经打听好了萧雨放假的时间，也就是从这个星期六开始，两个多月的长假就开始了。

母亲说：“萧雨，陪母亲去旅行一次吧，好吗？没有你在身边，母亲的身边好像缺少了阳光……”萧雨被感动了，她无法拒绝母亲，而且她想旅行时间决不会太长。是的，用不了多长时间就会再次与凯见面，她让母亲在校园门口等她，然后她在学校的电话亭给凯打电话。凯家里没有电话，但凯有手机，凯除了工作时关机之外，他大部分时间都开机，然而，在那个上午，她却怎么也无法与凯联系上。她想，也许凯正在工作室里，她好像已经忘记了那个叫朱娟娟的女孩的存在。

她匆忙收拾好了一只旅行包跟着母亲出发了，当她来到校园门口的台阶下面时，她看见了吴豆豆。不知道吴豆豆是从哪里跑出来的，吴豆豆穿一件白色的连衣裙正钻进一辆黑色的轿车之中。在近些日子，她总觉得吴豆豆在变，首先是吴豆豆的衣服在变，其次是吴豆豆的神色在变，她的脸上突然有了一种无法说清楚的忧郁。这忧郁是从吴豆豆的眼里闪现出来的，而且，简已经回来有几个星期了，好像没有听吴豆豆谈起过简，相反吴豆豆总是一次又一次地到游泳池里去。

萧雨只去过一次吴豆豆去的那座游泳池，她不知道吴豆豆的老乡，那个成熟的男人到底改变了吴豆豆什么。有一点是很清楚的，吴豆豆刚刚钻进去的那辆黑色轿车就是那个男人的轿车。

吴豆豆刚走，萧雨就钻进了母亲的轿车，车身是红色的，就像母亲热烈的性格一样。母亲显然很高兴，在路上她告诉萧雨，也许用不了多长时间，她就会与一个男人结婚。萧雨听后吃了一惊，然而她佯装很平静。

她望着窗外，她有些感伤，因为车已经出了城市，轿车沿着高速公路正在向前奔驰而去。而萧雨还没有与凯联系上，在一个加油站口，萧雨突然看见了墙上的磁卡电话，她急切地奔过去，凯的手机总算通了，凯问她在哪里，她说跟随母亲去旅行，很快就会回来的。凯说："朱娟娟还在发烧，可她不去医院，我刚给她买了一些退烧药，她还躺在床上……"

她好像已经忘记的另一个现实，正被凯的声音展现在眼前，那就是朱娟娟的存在。凯从火车上带回来了一个女孩，只因为凯害怕这个从小地方来的她会被城市湮灭，所以凯就把一个叫朱娟娟的女孩带回了他的老房子。

朱娟娟不知道是在什么时候开始发烧的，总之，当萧雨从格子窗户看见她时，她已经躺在凯的窄床上，发烧包围着她的身体。直到如今，这个叫朱娟娟的女孩仍在发烧之中。

现实就是这样，一个陌生的女孩突然之间躺在萧雨的男友凯的床上，开始了她的发烧生活。萧雨走出电话亭时，母亲站在车旁看着她，母亲的目光第一次探视着她，然而母亲却没有问她给谁打电话。只是提醒她，如果需要打电话的话，可以用母亲的手机打，如果她同意的话，母亲可以给她配合手机。

她不吭声，仿佛并没有听见母亲在说什么，在她的眼前始终交织着那张窄床，它已不再是河床载着她和凯漂流，上面躺着的女孩正在发着高烧，这种图像使她感到惶然。

母亲把她带进了一座旅馆，轿车刚停下来，一个男人出现了。他来到母亲身边，这个男人理着平头，穿一身乳白色的衣服，在那个酷热的夏日，显得很凉爽，他不是吴叔。萧雨很快就告诉自己，母亲走上前去，挽了挽这个男人的手臂说："萧儿，叫他李叔，这是母亲的男朋友……"萧雨马上告诉自己，也许这个男人就是要与母亲结婚的男人。

她点点头，尽管她显得有些惶然，但她还是从内心去祝贺母亲。从父亲与母亲离异之后，从某种意义上讲，她一直希望母亲能尽快地找另外一个男人结婚。当然，这个男人是无法看见的，每当母亲化好妆准备出门时，她就知道：母亲去约会了。母亲有她自己的生活，有她自己的男朋友。尽管如此，母亲从不把她的约会和男朋友带到萧雨面前来，直到她偶尔闯进屋。

母亲和那个男人展现出来的性姿势永远像一道花纹一

样印在了萧雨内心深处，直到她寻找到了凯，躺在了凯的窄床上。那张窄床既像一条流动的河床，也像固定不变的风景一样使她的心跳动，她开始减弱了记忆深处对母亲和一个男人性姿势——一种沉重的禁锢的记忆。

不错，她似乎已经轻松了许多，她试图用自己的感受去理解母亲，理解母亲脊背上呈现出来的那道花纹。因为整个世界都布满了花纹，当她的手放在老墙上时，她看见了凯让她看的那种花纹：它们从裂缝中生长出来，宛如被摧残过的花朵衰败地紧贴住墙壁。

人的身体无疑充满了花纹的种种企图。她在看见花纹的同时也看见了自身的肉体，在沐浴的时候，她让身体上堆集着白色的泡沫，然后让泡沫在身体上滑行，水珠在身体上滑落着，呈现出了充浴的肉身。她曾经抚摸过自己，当她看见自己的私处时，她惊讶地发现：那是自己身体中显形露相的花纹。

旅馆第一次把她潮湿的双眼镶嵌在一间客房之中。母亲给她单独要了一间客房，母亲从不在她面前解释她的生活，这就是母亲：那个多年以前与父亲离异的女人，那个在高速公路旁开了一家修理站的女人，那个把一个男人领回家秘密地解决性生活问题的女人。直到如今，萧雨还不知道那个男人到底是谁，是吴叔，还是现在的李叔？她不知道这个谜，而母亲从来不解释她为什么同那个男人住一间房子，这就是母亲。

母亲替她打开了客房门，并把一张钥匙卡片交给她。她本能地用手感受着这张钥匙卡片，母亲打开门的时候，出现了一个小蓝点，紧接着，门被母亲推开了。她想起了装在包里的另一把钥匙，那是凯给她的钥匙，好像是凯要去陶瓷厂烧瓷盘的前夕，凯把一把钥匙给了她。她当时握着那把钥匙，她感动了很长时间，因为凯已经把通向他的房间的秘密交给了她。为此，她曾经想象过那个发明了钥匙的古代人。

当她抚摸着钥匙的齿轮时，那个遥远的古代人模糊地出现了，古代人手里握着一根麦芒，递给了她，好像在说话。然而，她却听不见古代人的声音。她把凯递给她的那把钥匙装进了包，同她的钱包、身份证放在一起。在那只包里，这些东西是最为重要的。

像纸片一样的钥匙当然比纸片要厚得多，它就像一个同学给她从外地邮来的明信片，那确实是一张像掌心一样小巧的明信片，上面写着：我是风，风在吹向你的窗口。

进屋之后，母亲幸福地笑了笑，一路上母亲的神态显得比往常要幸福得多。她现在明白了，因为在这座旅馆有一个理着平头的、个子高高的男人在等待着母亲的到来，这是她意料之外的。

然而真正的旅行已经开始了。所谓旅行就是通过路到达一个新地方，然后旅馆出现了，很多陌生人拎着箱、包，男人、女人开始走进旅馆，萧雨站在窗口，她突然看见了一部磁卡电话，已经过去了几个小时，她想念凯，她想跟凯通电话。

磁卡电话悬挂在楼下的大厅里，她拉开门，以一个旅行者的身份下楼，给远方的恋人打电话。电话通了，但没人接电话，她连续拨通了三遍电话，到第三遍时，是一个女孩子接的电话，萧雨的心跳动着，她即刻把电话挂断了。

又是暮色降临的时刻，萧雨渐渐地融进了这暮色之中去，她知道那个接电话的女孩肯定是朱娟娟。然而电话为什么在她旁边呢，而她睡在那窄床上，意味着电话离她不远，既然如此，凯为什么不接电话呢？

暮色融解着她那抑制不住中流出来的困惑的泪水，她置身在旅馆的暮色之中，她已经走出了大厅，走到了院子里。突然，她有生以来感受到了世界上最大的困惑，这完全是躺在凯窄床上的那个叫朱娟娟的女孩，那个发烧的女孩所带来的。

“你为什么哭？”她在暮色之中突然看见一个青年就在她身边，她不知道这个青年到底已经在她身边站了多长时间，因为他竟然看见她哭了，他递给她一包纸巾说：“就你一个人吗？我可以安慰你吗？”

她摇摇头，带着青年递给她的那包纸巾离开了。她刚上楼，也正是母亲和那个男人下楼的时候。母亲看见了她，母亲的神态仍然像刚才那样幸福，母亲走下楼来，牵住了她的手说：“我们去用餐，然后去跳舞好吗？”

她完全被母亲的手牵着，盲目地往前走，她的世界根本就没有方向，直到坐在旅馆的露天餐馆里，母亲才看见了那潮湿的双眼：“萧儿，你好像流过泪。”“没有”，她否认道。晚餐是自助餐，母亲递给她一只盘子说：“萧雨，如果是男孩子让你这么伤心，你就忘了他吧！”

她坐在母亲身边用餐，眼睛却望着暮色，似乎只有这暮色才可以融解她那困惑的心绪。用完餐后，母亲又牵着她的手进了舞池，李叔给每人要了一杯咖啡。几个披长发的青年站在舞池一端正在演奏乐器，萧雨久久地看着一只黑色弯曲的萨克斯管，从里面荡漾而出的旋律是那么阴郁，阴郁得就像她此刻的心灵。

李叔带着母亲跳舞去了，这是一座圆形的舞池，不像大学校园中的舞池那样是方形的。人们陆续上场，始终在绕着圆圈旋转。萧雨静静地坐在那个角落，舞池的灯光就像深秋的暗夜，一些落英从空中洒下来，射在人们的舞步上，并不照亮人们的舞步，只是映现出了交织的旋律。似乎在这样的时刻，每一支旋律对萧雨来说都是忧伤的。

李叔跟母亲跳了好几支舞曲后，前来邀请萧雨，母亲说："萧儿，你就陪李叔跳支舞吧，母亲跳累了。"萧雨站起来，把手伸给了李叔，这个理着平头的男人，这个穿着乳白色衣裤的男人是萧雨有限的跳舞生活中第一个中年男人。她完全是为了让母亲高兴，答应陪同李叔跳舞，而她确实没有多少舞兴，而且，她一直在想着凯。

她的舞姿是被动的，几乎是麻木的，她的心已经捆绑在凯的房间里，捆绑在那张窄床上，那个叫朱娟娟的女孩，发着烧替代了她——睡在窄床上。

然而，一个中年男人高大的身影已经带着她步入了舞池，她麻木的舞步被他带入了舞池的中央，灯光越来越暗淡，像是在夜色笼罩中跳舞。这是一支抒情的快步舞，李叔把她带到舞池中央，她感觉到李叔的手托着她的腰，另一只手在她的指尖上摩挲着。

她痉挛了一下，那麻木的被动的舞姿突然被一个中年男人手的摩挲唤醒了，她抵抗的方式是痉挛，但这没用，中年男人似乎更愿意面对她的痉挛，同时越来越贴近她的身体。她把头往后仰去，她希望离他越来越远，但是这不可能，因为一支舞曲尚未结束。

母亲的男朋友竟然在舞池中勾引她的女儿，当他更放肆而大胆地想贴近她青春的身体时，一支舞曲已经结束。他松开了手，因为灯光突然亮了许多，另一支欢快的舞曲即将开始。萧雨抑制住了自己身体中的全部痉挛，这似乎仅仅为了她的母亲，她抑制着自己的厌恶，回到母亲身边坐下来。直到如今，她都还没有看清楚母亲男朋友的面孔，然而，此刻，一张面孔在她眼前晃动着。

当许多年以后回忆起这张面孔时，她才想起了一个词语：虚伪。然而那一刻，灯光下那张脸渐渐地向着母亲的脸靠近，好像他在证明，他对母亲的感情，而在几分钟前，他还在勾引母亲的女儿。

萧雨走出了舞池，她想给凯打电话，然后回房间睡觉去。她刚离开舞池，一个影子就来到了她身边，她想起来了这是那个青年，当她站在暮色中哭泣时，青年曾经来到她身边，递给她一包面巾纸。

“我可以陪你走一走吗？”青年问道。她抬起头来看着青年，她很想拒绝他，她并不认识他，对她来说，他的存在是没有意义的，然而她的目光与他的双眼相遇了，他的眼神那么真挚地望着她，正等待着她的回答。她说她要给一个人打一个电话，他说可以用他的手机打，她摇摇头说她要用旅馆的磁卡电话打，青年人点点头。

她在打磁卡电话时，青年人站在不远处，正在等她。现在她期待着凯的声音在电话中出现，这几乎是她今晚最大的愿望了，也是最温馨的希望了。人是需要在希望之中把时间往前延续的，她从出门旅行开始，就希望不断地听见凯的声音。然而，凯是那么难以寻找，即使是唯一的一次通话，凯也在讲述那个发烧的女孩……

电话已经关机，仿佛道路突然被堵塞起来了，然而真正被堵塞起来的是她的胸口。她可以抑制住对母亲的男朋友的厌恶，然而，她却无法抑制住自己的胸闷。就在这样的时刻，站在不远处等待她的青年男子有了机会，她走在青年旁边，开始了散步。她的胸闷被夜风轻轻地吹拂着，他和她其实都住在一座城市，不过，他已经大学毕业两年了，他让她猜他现在的职业，她恍惚地一笑，她的胸闷似乎就在这一刻突然结束了。

她没有猜出他的职业，因为她压根儿就没有猜，在夜色中看上去，他好像是大学校园中那些年轻的讲师。事实上他的职业是牙科医生，大学毕业后，他开了一家自己的牙科诊所。他说：“如果你今后牙痛就来找我，好吗？”她笑笑，从出生到现在，她的牙好像从来就没有痛过。

散步的范围很小，这是一座环形山坡似的旅馆，青年告诉她，山坡下是一座小城，旁边是很有名的一座森林公园，人们住进这座旅馆，大都是来欣赏森林公园的风光。他还告诉她，他过去跟女朋友来过这里，但他的女朋友一年前的这个季节出车祸离开了这个世界。她的心抽搐了一下，转过身来看着他，在他平静的脸上只看见一种淡淡的哀愁。

夜好像已经很深了，他把她送到房间门口，说了声再见就离开了。萧雨目送着他的背影，她的胸闷已经消失了，然而另一种情绪却开始缭绕着她，她站在窗口目视着夜空，在这里可以看见星空，就像儿时父亲带着她到爷爷奶奶的乡村去，躺在草垛上看见的星空一样深远、辽阔。

她没有想凯和那个躺在窄床上发烧的女孩，她只是看着星空，幻觉之中好像看见了另一个女孩，她与那个女孩没有联系。然而，因为出现了一个青年，她知道了一个女孩，不久之前从世界上消失了，而她消失的方式就是车祸，她看着星空，仿佛看见那个女孩从星空中坠落到地上，那个女孩连疼痛也来不及感受一下就很快地消失了。

母亲在敲门，因她没有反应，母亲正叫唤着她的名字，她把门打开，母亲和李叔站在门外，母亲拍了拍她的肩膀说："萧儿，你到哪里去了，李叔还说想跟你再跳一支舞。"她的目光一直没有看李叔，她的身体从在舞池中开始就在抗拒他，而她的心里也正是从在舞池中已经开始厌恶他。然而她得抑制住这一切，为了她的母亲。

不能把她对母亲男朋友的那种厌恶情绪表现出来，也就是不能把母亲男朋友在舞池中勾引她的过程表现出来。因而，那一刻，在被一支舞曲所环绕的过程中，她已经抗拒，她已经产生了厌恶。而这一切都将成为秘密，一个不愿意公开的厌恶——将成为她生命中最大的阴影，让她独自承担下去。

当她掩上门，她才清楚一个现实：而这个让她厌恶的人竟然是母亲的男友。她不知道这个男人是不是就是即将同母亲结婚的那个男人。现在，母亲和她的男朋友就住在隔壁，她开始同情母亲了，她不明白母亲为什么跟一个勾引她女儿的男朋友同居一室呢？

她开始洗澡，只有洗澡让她想起母亲的花纹，她把衣服一层层的脱干净，赤着脚站在浴缸中沐浴。她喜欢泡沫，每当泡沫充满全身时，她就会闭上双眼。她没有见过大海，然而她可以想象自己置身在大海的潮汐之中，她在潮汐之中涌动，而当泡沫离开她身体时，她正面对着水蒸汽和镜面之中的身体。

她想起了母亲的裸体，她没有想到看见母亲的裸体时同时也看见了母亲和另一个男人的性姿势，这个姿势就像一圈又一圈环绕在镜头上的胶片般混乱不堪地悬挂在她眼前。她看见了胶片中的花纹，那是母亲在性生活中用身体的激情呈现在眼前的花纹。

她还看见了吴豆豆的裸体，每当宿舍熄灭灯光，吴豆豆总是最后一个脱衣上床，她揭开了一层层衣服。所以，当吴豆豆有一天告诉她说，她既是简的恋人，也是简的模特时，她好像并没有想象中的惊讶。

在凯的工作室里她还看见了模特弥米，她的出现就像一个童话，她毫无羞涩地面对着墙壁脱衣，她可以赤裸着在工作室走来走去，而她的私处显露出来，她似乎对自己的身体已经没有感觉，难道仅仅因为她是模特吗？

凯又一次出现了，那窄床使她和凯和衣而睡，他们手牵手睡觉，然后凯出门了，凯带回了一个女孩，一个叫朱娟娟的女孩，发着高烧，占据了她和凯的那张窄床。

此刻，她是多么希望听见凯的声音啊，她在充满水蒸汽的浴室中的镜子里看见了自己胸脯上的花纹，它像是从两只石榴上显现出来的花纹，而她的内心却充满期待，一定要在入睡之前听见凯的声音。

她披上浴巾，两条白色的浴巾就这样把她的身体严密地裹了起来，然后她趿上旅馆里的白色拖鞋拉开了门。此刻旅馆里看不见一个人影，也听不到任何声音，仿佛一个被凸现出来的世外桃源，而她是多么希望电话啊。

磁卡电话悬挂在墙壁上，在那一刻，似乎给她带来了最明亮的声音，她拨通了电话，谢天谢地，凯没有关机，凯的声音显得有些支支吾吾，凯说："萧雨，你在哪里？""我住在旅馆里……""娟娟仍在发烧，我在守候她，她说她感到很害怕，所以，尤其是在夜里，我得守候在她身边……”声音弱了下去，好像电池已经干枯了，萧雨的心就像水中的浪花一样撞击着。

一幅图景又一次再现出来：一个叫朱娟娟的女孩仍然在发烧，而凯就守候在她身边，这是一个被夜色笼罩的时刻。萧雨想着凯，她弄不明白，凯为什么非要把那个叫朱娟娟的女孩带回他的老房子，一个仅仅是萍水相逢的女孩，一个出现在火车上的陌生女孩，难道仅仅是因为凯对那个女孩的同情心吗？

她全身裹在浴巾中，感觉到了一种寒冷。一个人影突然来到了她身边，他就是青年牙科医生，他神经质地问道：“你好像怕冷，你病了吗？”她突然发出了同样神经质的追问：“你为什么总是跟踪我？这是为什么？”“因为我想这样做，因为我想看见你，我不希望你消失……”两个人面对面地僵持了几分钟，青年牙科医生说：“我送你回去休息吧！”

她掩上门藏进了被子里面，然而，她突然听见了一种声音，是从隔壁房间中传出来的声音。她似乎又再次回到了另一个空间，她因为回家取相机而打开了门，那风暴一样的声音几乎湮没了她。

母亲的声音抑制不住地与另一个男人交织在一起，从寂静的夜里越过墙壁到达了她耳朵边缘。她被这声音分裂着，她开始又一次想念凯，她问自己，为什么没有勇气像吴豆豆一样把自己变成裸体交给凯。奇怪的是凯为什么不把自己同时也变成裸体交给她，难道是因为缺乏爱的激情吗？

然而，在静谧的夜里，她知道体内的激情已经在流动，只是没有人用风暴似的声音把她的衣服撕开。她想回到凯的身边时，她一定要把自己的身体献给凯，想着这样的情景，她又一次感到她的私处变得潮湿起来了。

在以后的三天时间里，母亲好像都离不开男朋友，他们往往会消失在森林公园的深处，而萧雨身边始终有一个青年陪伴她，他就是青年牙科医生。他始终在她身边，从她睁开双眼感受到另一个阳光明媚的一天降临时，她把头探出窗外，青年牙科医生就站在窗下的一棵槐树下仰起头看着她的窗户。

母亲敲开了她的门，她的母亲好像是从风暴中刚醒来，她的双眼仍然洋溢着情欲未尽的东西。当然，萧雨还不能感受这种东西，有一点她感受到了，母亲很幸福，母亲好像已经忘记了一切不快乐的东西，难道那个叫李叔的男人真的能给母亲带来如此幸福的色彩吗？

当她走在森林公园的路上，青年牙科医生刚出现时，母亲和李叔就朝前消失了，仿佛想把空间留给他们。萧雨目送着他们的背景，经过了一夜的清醒或不清醒的梦境的折磨，她已经决定回到城里后，第一件事就是去寻找凯，没有人可以阻止她做这件事情。

青年牙科医生走在她旁边，她仍然在想着凯，而青年牙科医生许也在想着他已经离开人世的女朋友，开始的时候，他们很少说话。森林里出现了一座独木桥，没有别的路可走，必须从独木桥上走过去。牙科医生看了看萧雨，把手伸了出去，萧雨本想独自走，但面对那座独木桥时，她感受到了晕眩。她不得不把手伸出去，青年牙科医生把她的手牵住了。除了凯之外，这是第二个男人牵着她的手。

在悠颤的独木桥上，她突然感到恐惧，她从小就有恐高症，事实上独木桥并不高，只是她从小在城市长大，很少经过这样的桥。青年牙科医生好像已经感受到了她的害怕，他不得不用另一只手去依偎她的身体。

终于走完了独木桥，她本能地把手从他手中抽出来。她又开始想念凯，她本能地想在青年与她之间保持一种距离。然而，她却不可能离开他，因为母亲有她自己的男朋友，而她是孤独的。

她想，应该让凯也来，如果让凯一同来旅行，他会愿意吗？凯会放弃对那个发烧女孩的照顾吗？凯愿意陪她来旅行吗？似乎一切都是未知之谜，不知道为什么，她已经产生了一种无法说清的嫉妒，对那个躺在窄床上女孩的嫉妒使她胸闷。

青年牙科医生说："你好像有心事，需要我帮助你吗？"她回过神来。她看着青年牙科医生的眼睛，她之所以信赖他，让他在自己身边，是因为他看见了他那双真诚的眼睛。所以，在这样孤寂的旅途之中，她愿意跟他成为伙伴。因此，她和她就这样在森林公园中行走着，准确地说是在穿越森林中的明媚阳光，这个世界与大城市完全隔离开去，当她坐在一只林中的秋千上时，她终于发出了清亮的笑声，也许直到那一刻，她才忘记了凯的影子。

直到暮色上升，她才想起给凯打电话。凯发出声音时总是在讲述那个女孩发烧的故事，他没有问她在哪里，总之凯的声音显得不是太流畅，更多的是支支吾吾。萧雨放下电话，她感觉到心里空空的，什么都没有，她看不见凯的生活，旅行隔离了一切。

母亲正在与李叔告别，这是一个清晨，她醒来后站在窗口，往下看去，她看见了母亲。母亲似乎穿着睡衣，李叔站在母亲身边似乎在说什么，萧雨又想起昨夜从母亲和李叔的房间中传出的声音。她想，如果每一面墙壁都这样不隔音的话，那么住在旅馆中的人们会不会因此而发疯，她不知道发疯是一种什么状态。那时候她还不知道性高潮是什么，很多年以后她才享受到了性高潮，她才想起了母亲的欢叫声，她才理解了母亲为什么和男人过性生活时总是抑制不住地欢叫，好像是风暴之声。

她是用被子蒙住头才勉强进入睡眠的，一个几乎被窒息了的夜晚剥夺了她睡觉的舒服。而现在，当她看见母亲和李叔告别的场景，她从内心深处升起了一种轻松的快乐。

母亲突然穿着睡衣扑进了李叔的怀抱，在所有她见过的与母亲有关系的场景之中，这个情景是最有动感的，母亲的身体扑进李叔的怀抱，只是一个刹那就显示出了母亲的虚弱。

李叔拍拍母亲的肩膀，母亲的身体离开了，母亲趿着拖鞋，李叔打开车门，一辆黑色轿车突然抽动了一下，就像固定不动的人体向左向右移动了一下，母亲突然用双手蒙住了面颊。直到轿车开走了，母亲仍然保持着这个姿势，足足有几分钟后，母亲才松开了双手。

萧雨敞开了门，她想前去安慰母亲，当母亲用双手蒙住面颊时，她知道，泪水一定浸湿了母亲的面颊。她想去安慰母亲，对母亲被离别之苦所折磨的痛苦，她突然升起了怜悯之感。母亲趿着拖鞋上楼来了，已经与她迎面相遇，母亲一把牵住她的手进了她住的房间，然后把门关上。

母亲说："萧儿，你是不是站在窗口看见了我与你李叔告别的场景……既然你已经看见了，我就告诉你母亲和李叔的故事。这个故事发生在五年前，母亲一个人去旅行，还记得五年前吗？母亲突然对你说母亲已经买好了车票……故事就是在那次旅行中开始的，我无意之中住进了一座旅馆，因为孤独遇见了李叔，他邀请我跳舞……他的舞跳得好极了……我们相爱了，然而这场爱情是不会有结果的，因为他是一个有职位的人，一旦我和她的故事被他妻子知道，那么他妻子就会闹事，萧儿，你还不知道，世态有多复杂，多少年来，李叔只能与母亲秘密来往，他远在另一座城市，离我很远，我和他的故事当然可以秘密地进行下去……然而，母亲要结婚了……母亲决定结束与李叔的故事，这是我和李叔最后一次约会，也许今后我和李叔再也不会见面了……”

很显然，这个故事并没有让萧雨感动，因为她不喜欢李叔，从开始与李叔跳舞的时刻，她就开始讨厌他了。也许，如果没有那支舞曲，如果她不和李叔跳舞——她会被这个故事感动。

李叔的身体紧贴过来的那一瞬间——她充满了对这个中年男人的厌恶，然而这种情绪不能表露出来，也许她要背负一辈子，因为母亲是这个中年男人的情人。

萧雨没有像自己想象中的那样前去宽慰母亲。她的眼睛里交织着一种复杂的情绪，她为母亲离开了那个男人而高兴，尽管她的记忆深处已经承载着对母亲情人的厌恶。然而她知道母亲已经不可能再与那个男人会面了，母亲就要结婚了。

母亲终于回房间脱下了睡衣装进箱子里，当母亲出来时拎着箱子对萧雨说：“萧儿，走吧，剩下的旅行是属于我们两人的。”当萧雨刚想钻进母亲的车厢时，那个青年牙科医生来了，他伸出手来握了握萧雨的手，然后把一张名片递给了萧雨，他说他要回去了，因为诊所已经关门好几天了，他希望能够在回去不久就能见到萧雨。萧雨又一次感受到了这个青年牙科医生真诚的眼睛。

在以后的一个星期里，萧雨陪着母亲开始了两个人的旅行生活，尽管她想急切地赶回去，然而她还是善始善终地陪着母亲。一周以后，当母亲驱着车回到那座城市时，已经是又一个被暮色笼罩的时刻，母亲驱着车回了家，她洗了一个澡，然后对母亲撒谎说她今晚想回学校去住，母亲同意了。

她的灵魂从离开家门的那一刻就在奔跑之中，她想尽快地赶到凯的老房子里去，一路上她已经无法忍受倾听到凯在电话中那支支吾吾的声音，还有凯讲述发烧女孩时的声音，她想在这样一个刚下过雨的晚上前去寻找凯，她想在这样一个晚上把自己的身体献给凯。

灵魂使她乘着公交车到达了老房子，她穿过窄小的巷道，来不及去伸手抚摸墙上的花纹。然而，她却站在窄小的巷道中开始掏钥匙，如果凯的门上了锁，她就启开门，她会坐在那张窄床上等待凯。在这个时刻，她似乎已经忘记了那个发烧中的女孩的存在。

门没上锁，只是像以往一样关闭着，还没插上木闩，她轻轻地推开了门。离凯越来越近的喜悦变成了战栗，因为想把灵魂和身体都献给凯，因为想看见身体在那张窄床上的花纹，那由灵魂蜕变而出的花纹。

她上了楼，因为楼下或楼上都有灯光，有灯光就证明凯的存在，这存在是令人战栗的，萧雨又看见了格子窗户，里面亮着灯光，而且还有声音，是一个女孩子格咯咯的笑声。那悦耳的笑使萧雨忍不住另一种战栗，然而，她还是往格子窗看了一眼，她看见一个人裸体站在一只木盆中，好像是在沐浴。

凯出现了，凯原本就一直存在，他一直存在于那只木盆周围，凯存在于那个裸体的周围，凯正站在木盆前帮那个裸体的人洗澡。凯的手里捧着白色的泡沫在往那个裸体身上摩擦，凯不住地说：“娟娟，你的裸体真漂亮，你知道你的裸体有多漂亮吗？”一盏灯光从空中垂悬而下，照亮了那具裸体，起初是白色的泡沫，后来泡沫渐渐地不见了，剩下了光洁的裸体，凯突然把那具裸体抱起来放在了那张窄床上。

凯端着那只木盆出来了，直到此刻，萧雨才回到了现实之中，而刚才，当她把面颊贴在格子窗上时，她似乎是在看一场雕塑表演。她被一个裸体身上的白色泡沫湮没了，她被那双男人的手在泡沫中摩擦起伏的状态湮没了视线。

直到凯把那个光滑的裸体抱起来放在了窄床上时，她才如梦方醒，而这一刻，也正是凯端着木盆出来的时刻。她尖叫了一声就开始跑起来，她绊倒在楼梯上，爬起来后仍然在跑，当她跑到那条小巷中时，一双手臂把她攥住了。

是凯攥住了她的手臂，凯追上了她，凯喘着气，不想解释他的生活，只想把她的身体挡住，两个人就在窄小的巷道中挣扎着。萧雨感觉到自己的胸正在摩擦着身后的墙壁，那布满花纹的墙壁——正在撞击着她小小的两只乳房，而她的脊背正碰撞着凯的胸脯。尽管如此，她突然感到身体中的一道花纹正在受伤，已经出现了受伤的痕迹，所以她必须跑出去。

不知道是谁给予她的力量，她终于挣脱出了凯的怀抱，是她身体中绽开的花纹给予了她力量。总之，她已经跑出了凯的怀抱，跑出了那条小巷，跑到了夜色之中。

她追上了一辆末班车，她的灵魂空了，她像匹受伤的马鹿一样只想蜷曲起来，蜷曲在世界的尽头。然而，所谓世界的尽头是无法看见的。末班车也不可能把她送到世界的尽头，蜷曲起身体痛哭一夜。她在回家或回学校的选择中最终选择了回家。在那个晚上，当她回到家时，母亲竟然穿着一套白色的婚纱在宽大的客厅中独自走来走去。

她被披着白色婚纱的母亲的形象完全罩住了。母亲很久以后才发现她的女儿回家来，正在用一种疑惑的目光看着自己。她走过来，母亲的脸是灿烂的，而眼神却是忧伤的。母亲解释说，她的第一次婚姻没有披过婚纱，甚至连婚纱都没有幻想过就结婚了。一个女人一生之中没有披过婚纱绝对是一件悲哀的事情，所以她这一次一定要披着婚纱做新娘。母亲问萧雨她披上婚纱像不像新娘，萧雨迷惑地点点头，她觉得世界并没有尽头。母亲在披着婚纱，而凯已经为那个叫朱娟娟的女孩沐浴过，那只古老的木盆，她在凯的房间里从未见到过，凯的老房子里没有沐浴室，她过去曾经想凯洗澡是一件麻烦的事情。然而木盆出现了，那只木盆也许是凯为朱娟娟准备的，当萧雨目睹凯为另一个女孩亲自沐浴时，她的生命中最戏剧性的场景已经在她身体中留下了第一道花纹。

一个星期以后，母亲举行了隆重的婚礼。婚礼是在一座饭店举行的。萧雨不得不参加婚礼，虽然她并不愿意参加任何喜庆的场景，因为她似乎在疗伤。从她看见那只木盆开始，她就受了伤，她不愿意见到任何人。母亲的婚礼务必参加，而且她决不能让母亲知道她遭遇到的情感挫折。

母亲披着婚纱站在饭店门口时，一个男人远远地来了，萧雨想，也许这个男人是吴叔吧。因为吴叔是母亲的男友，曾经送给母亲华贵的项链。然而，一个从未见过的中年男人出现在母亲身边。他穿一身西装，一脸喜气，萧雨突然感觉到这个陌生人并不陌生，她曾经在母亲的修理站看见过他，当时，这个男人穿着一身油渍斑斑的工作服正往一辆货车下面钻。很显然，与母亲结婚的男人是修理厂的修理工。

那么谁是那个与母亲在卧室中发生性姿势的男人呢？萧雨意识到被这个问题干扰是愚蠢的，她仰起头来，看着披婚纱的母亲和那个中年男人手挽手站在饭店门口迎接着前来参加婚礼的客人。

这个时刻使饱受情感挫折的萧雨很快就悟到了人生的一个真谛：无论人经历多少难以言喻的花纹之痛苦及花纹之灿烂，生活必将进行下去。母亲就是活生生的先例，母亲曾经遭遇过婚姻的失败，这失败使人到中年的母亲从不丧失生活，萧雨曾经在偶然之中秘密地窥视到母亲和另一个男人的性姿势，同时也看到了母亲身体上波动起伏的花纹。她曾经在不久之前的旅途中看见过母亲的情人李叔，那个勾引母亲女儿的情人只不过使母亲逃脱了忧郁的故事，只不过是旅馆中的故事而已。母亲如今正挽着那个男人，那个穿着油渍斑斑的工作服钻进货车下的修理工，才是母亲结婚的伴侣。

吴叔也来了。他献给母亲的结婚礼物是一只花篮，那只显赫的花篮不是由吴叔亲自送来的，而是由花店的两个小工，他们举着花篮向披着婚纱的母亲走去，于是，吴叔就来了。

萧雨几乎置身在一个角落，她完全变成了局外人。她观看着母亲披着婚纱终于实现了她一生中披一次婚纱的愿望。吴叔似乎在人群中看见了萧雨，他朝萧雨走来时，萧雨正看着母亲披着那件婚纱，它逶迤在地面上，如飘带，当一团一团的皱褶发出声音时，就像白色的花纹。吴叔来到她身边问她为什么站在角落，她很想问吴叔为什么没有与母亲结婚，这个问题是她看见吴叔献给母亲的那只花篮时涌现出来的。

不过，她自始至终都没有勇气向吴叔面对面地提出这个问题。整个婚礼她都面对着那只花篮，因为她从未见过这样大的花篮，也从未在花朵中看见过如此众多的新鲜灿烂的花纹。

此刻，她身体散发出一道疼痛的花纹，它也许已经从她小小的双乳上绽放出来，也许已经从她从未敞开的私处呈现出来，无论如何，那都是一道花纹。因为它，萧雨可以铭刻下凯的窄床以及留在窄床上的体温。

第六章　感　恩

夏冰冰怎么也没有想到父亲被诊断出了晚期肝癌。父亲是做守门员的时候突然感到肝区疼痛的，而当时，父亲仍然怀抱酒瓶。从诊断书出来后仅仅一个多月时间，父亲就被宣布为只有半个多月的生存期了。

而就在这时，赖哥出现了。自从她把那只花瓶和花束扔进垃圾桶里之后，她就已经忘记了赖哥，并且想永生永世地忘记他的存在。赖哥开着一辆车终于相遇到了正在下台阶的夏冰冰。很显然为了见到夏冰冰，有半个多月每到下午他都会驱车在这里等候。

夏冰冰出现了。她是因为父亲才走出校门的。她已经有很长时间没有离校了。母亲给她来电话，告诉她父亲已经被诊断出是晚期肝癌时，她正呆滞地坐在宿舍中的床铺上看着墙壁，好像她已经筑起了深不可测的墙壁。赖哥每次给她来电话，只要听见是赖哥的电话，她都会把电话挂断，终于，赖哥不再打电话来骚扰她的世界了。世界突然变得宁静起来，任何人也无法走进来。

突然，母亲来电话了，与她有联系的世界发生了摇摆，她慌乱地抓起外衣穿上，慌乱穿上鞋，慌乱地从台阶上走下去。赖哥迎上来，在她下完台阶的最后一级后抓住了她的手臂，问她发生了什么事。

这个现实是温馨的，在她欲哭无泪的时刻，在她的脚步穿越过滑动的台阶——即将倒下去的晕眩之中，赖哥的手从空中温柔地伸过来，抓住了她晕眩不堪的身体，使她不至于倒下去。

她喘息着告诉赖哥，她父亲患上了晚期肝癌，她不停地诉说着已经到了晚期，仿佛她已经在这个词语中感受到了生命的期限，悲哀在她的眼神中出现了。所以她似乎忘记了赖哥给她生命带来的一系列烦恼，相反，当赖哥猛然之间抓住她手臂时，她感受到了一种生命的安慰。

赖哥说：别着急，我送你到医院。赖哥与她终于有了相遇，在夏冰冰陷入无助的生活时，他及时地抓住了她的手臂，创造了机遇。而且在车上，他一只手旋转着方向盘，一只手抓住夏冰冰的手说："别害怕，有我在你身边，我会和你承担这一切。"

一种难以言喻的温暖就像血液一样注入了夏冰冰无助之中慌乱的血管，她任凭赖哥的手握住她的手，相反，她害怕赖哥的手会松开，那样的话，她的生命将会陷入更加悲哀的边缘之中。

赖哥驱车来到了医院，牵着夏冰冰的手上了住院部的电梯，然后出现在父亲的病房。此刻，母亲正守候在父亲身边，母亲好像老了 10 岁，鬓角甚至出现了白发。母亲唠叨说你父亲就是因为贪酒而陷入绝症的，这是他的命，我们无法救他的命。然而，我们去哪里寻找这么一大笔医药费呢？母亲是站在窗口唠叨的，声音很低，然而，赖哥似乎听见了，他说他出去一会就来。

母亲这才开始正视牵着夏冰冰进屋的这个男人，他到底是谁。夏冰冰恍惚了一下说，一个朋友，我叫他赖哥。于是，她不愿听母亲唠叨，因为从进屋后母亲就把她拉到窗口，以至于她还没有好好看看父亲的模样。

她来到了病床边，父亲正在输液。她记不清有多长时间没有见到父亲了。当她把赖哥送来的鲜花扔在垃圾桶里时，她似乎想告别校园之外的世界，她确实做到了。

然而，那只是一小段时间，我们无法割断与世界千丝万缕的联系，因为我们活着，所谓活着就是有千千万万种蜘蛛爬动在我们的生活中，也就是爬动在我们生命的现实之中，面对我们的生命在编织蛛网。这是一个无法割断的蛛网世界，所以，她逃避不了现实，她得面对躺在病床上的已经患了绝症的父亲。

父亲似乎已经知道他患上了绝症，他微笑着侧过身来看着夏冰冰说："你来得真好，父亲的命不长了，可父亲不后悔与酒为伴的生活……"夏冰冰没有说话，她现在才发觉父亲已经变得骨瘦如柴，父亲原本就显得瘦小，现在身体更加萎缩起来。

看着父亲，她会想起一个又一个陈列在屋角的酒瓶，小时候父亲总是愿意陈列酒瓶，并亲自送到废品收购站，然后得到一小笔回收费。后来母亲和父亲发生了一场不小的战争，导火索就是堆集在屋角的酒瓶，母亲抄起一只又一只空酒瓶抛掷在水泥地板上，遍地都是碎片。自此以后，父亲就再也不敢去墙角堆集空酒瓶了。

赖哥推门进来了，他从一只包里拿出厚厚的两沓钞票交给了母亲说：“收下吧，给夏冰冰父亲交住院费去。”母亲在恍惚之中已经把两沓钞票收下了，不过，母亲的眼神开始搜寻了一下，母亲是在寻找夏冰冰的眼神，而夏冰冰呢，她从来没有见过这么多的钞票，由赖哥手中移到了母亲手上。

她猛然感到了一种沉重，那两沓钞票像两块石头正在压着她的灵魂。然而，她的目光与母亲的目光相遇时，她感受到了母亲的一阵欣慰，毫无疑问，赖哥送到母亲手中的两沓钞票可以帮助母亲度过人生最为艰难的时光。

确实，两沓钞票帮助父亲付清了住院费。对此，从看见母亲眼里出现欣慰和解脱似的目光那一刻开始，夏冰冰就充满了对赖哥伸出援助之手的感恩状态。她从开始的时候就站在旅馆之外的廉价市场，仿佛那是她与赖哥相遇的地方。

上天安排夏冰冰和赖哥在廉价市场相遇，从一开始她就被赖哥关怀她的举动笼罩着，接下来是学费，再接下来就是父亲的住院费。他每次伸出手来都是为了援助她，因此，她似乎已经遗忘了或者谅解了赖哥让她发出的那声尖叫。

她任凭赖哥抓住她的手，这种举动发生在车厢里，从她下台阶再次与赖哥相遇的那天开始——她就无法挣脱赖哥的手，相反，在这个无助的世界里，似乎只有赖哥抓住她手掌的时候，她才感到不会孤单一人。

赖哥抓着她的手出现在母亲身边，同时也出现在父亲身边，尽管母亲对赖哥充满了质疑，夏冰冰从母亲一次又一次投射过来的目光中感受到了母亲的追问：这个男人到底是你的什么人，冰冰？然而，母亲的声音从未发出来。

而父亲呢？他似乎看见了希望，从赖哥掏出两沓钞票递给母亲时，在无意之间，夏冰冰瞥见了父亲的目光，那目光犹如上升的火焰，父亲又看见了火焰。因为唯有火焰存在，生命才会燃烧下去。直到这一刻，夏冰冰才感觉到，父亲是那么害怕死，而渴望着生。

这么说是赖哥给父亲带来了生命的再次燃烧过程，从而也给母亲带来了超越苦难的欣慰。因此赖哥给夏冰冰带来了感恩的状态，当他的手抓住她的手时，她的身体充满了感恩。

赖哥总是在夏冰冰去医院的路上，驱着车，握着她的手，当她站在父亲身边时，赖哥也站在她身边，当她身体晃动时，赖哥就把两只手放在她肩膀上轻声说：“冰冰，勇敢一点，有我在你身边。”

尽管如此，父亲却陷入了肝昏迷，当父亲的腹水肿大时，医生已经下了死亡通知书。父亲的日子已经不多了。夏冰冰再也看不见父亲的眼睛中升起的渴求生的那种火焰，母亲平静地站在一侧，在那个阴天的星期六的晚上，父亲的身体开始冰凉下去，再也没有气息从夏冰冰的轻抚中散发出来。连日来，她总是坐在父亲身边，伸出手指放在父亲的唇边，只要有父亲的气息存在，父亲就决不会死。

父亲还是死了，父亲被剥夺了生的权利。她趴在父亲身体上哭泣起来，赖哥叫唤着她的名字，她又把身体扑在赖哥的肩膀上。这是她最坚固的依赖之墙壁，所以，她可以把泪水洒在赖哥的肩膀上。在以后的日子里，赖哥协助母亲把父亲送进了殡仪馆，然后为父亲举行了世界上最为简单的葬礼。

父亲的身体就这样变成了一只小小的骨灰盒，当夏冰冰手捧父亲的骨灰盒时，她感觉到父亲作为一个男人，一个父亲再也不会在她生活中出现了。因此她感觉到格外的虚弱，而这一刻也正是赖哥的手扶住她手臂的时候。

她的眼里看见了赖哥的身影，她可以感觉到赖哥的气息。就在那一刻，她明白了，在这个世界上她可以依赖的、可以信任的男人就是赖哥，她欠赖哥的东西太多了。

而母亲也在葬礼之后严肃地对她说："冰冰，毫无疑问，赖哥对你这么好是想有一天娶你，从现在开始，你必须把赖哥当作你的未婚夫……有一天，你必须嫁给赖哥，因为我们一家欠他的太多了。"夏冰冰没有否定母亲的声音，她上了赖哥的车，无论赖哥带她到哪里去，她都决不拒绝。

赖哥早已不住在原来的旅馆中了。很难想象那座旅馆已经拆迁了。夏冰冰看见了推土机，不久前记录着夏冰冰和赖哥故事的旅馆只剩下了几台推土机在轰鸣着，赖哥说："现在你相信了吧，旅馆已经拆迁了。"刚才赖哥说这些话的时候，她显然不相信。

她怎么可能相信，在这么不短也不长的日子里，留下她深刻记忆的一座旅馆就消失了，旅馆中回荡过她的尖叫，收藏过她那赤脚奔跑时的声音。此刻，她站在推土机旁边，赖哥依然拉着她的手，推土机突然掘出一只空酒瓶来，她想起了父亲，如果父亲不是这么贪酒的话，父亲绝不会死得这么快。是一只只空酒瓶把他带走了，她想起埋葬父亲骨灰盒的那座墓地。

墓地很遥远，在城之南。是赖哥驱着车带着她和母亲寻找到那座墓地，也是赖哥出资买下了那座墓地。更多的城市人已经没有墓地，他们死后变成了一只骨灰盒，他们的骨灰盒寄存在骨灰陈列馆中，只占据着一个盒子那样的位置。

赖哥说需要给父亲寻找墓地，安土为葬是世界上最古老的传统，唯其如此，死者的灵魂才会安宁。赖哥准备好了一笔资金放在他的手提箱子里面，然后让夏冰冰捧着那只骨灰盒，带着母亲出发了。

当赖哥启开黑箱子，把那沓钞票交给墓地的管理人员时，管理人员带着他们在松枝掩映之中划出了一块墓地。那是属于父亲的安葬之地，父亲享受到了入土为安的福气和命运，这是赖哥带来的，一只骨灰盒就这样沉入了墓地。

此刻，她望着那只空酒瓶被推土机的轰鸣之声埋在了更深的泥土之中，就像父亲一样。而赖哥将带上她走。赖哥早就住进别的旅馆中去了，她上了车，车子经过了那条小巷，小巷正在扩建，昔日的小商贩们已不见踪影。

历史正是从这条小巷延伸出去，夏冰冰已经20岁了。在这一年她经历了父亲的死亡，经历了墓地，当父亲的骨灰盒沉入泥土之中时，她就转过身来望着赖哥。

只有在赖哥的目光环绕之下，她20岁的青春和灵魂才不会下沉，下沉到骨灰盒之下去。赖哥的目光环绕着她，把她的灵魂带出了墓地，带入了她的灵与肉第一次发出尖叫的地方，她知道面对赖哥，她的灵与肉再也不会尖叫了。

所以，车已经从深长的小巷边绕了出来，就像绕了一个圆圈。没过多久，车进入了另一座旅馆，一座崭新的旅馆之中。赖哥把车开进了地下停车场，然后牵着夏冰冰的手走到了明快的阳光下面。

门口站着男侍者，他向夏冰冰说了声你好。旅馆的环境已经改变。过去的赖哥好像是住在一座怀旧的旅馆里，而此刻，当她仰起头来时，头顶上一盏盏枝形吊灯就像梦中的水晶一样展现在眼前，乘着电梯而上，就是赖哥的住所，赖哥租了旅馆的四间客房做办事处。

赖哥说他已经在这座城市扎下了根，所以公司让他改变一下环境，赖哥说得很低调。然而，夏冰冰仍然感受到了赖哥的成功感。赖哥打开了门，赖哥打开了一间又一间的门说："如果今天不是星期天，会有办事处的人员上班，我聘用了几个职员跑业务。"

剩下的是最后一间客房，这无疑是赖哥的卧房。赖哥说本来公司允许他在这座城市买一套房子作为办事处，但是他已经习惯住在旅馆里，赖哥说："也许有旅馆相伴，生活不会乏味和寂寞。"

他把"寂寞"这个词语说得很重。然后看着夏冰冰说："今晚，你会留下来陪我吗？"夏冰冰望着赖哥的眼睛，她已经有勇气来面对赖哥的眼睛了。

在这双眼睛里，她感受到了怜悯，从一开始，在她与小商贩们之间讨价还价的时刻，他来了，他是命运安排前来安抚她灵魂的人，她卑微地站在小商贩们中间回过头看他，他正在掏钱包。他对她的怜悯从那一刻就真正地开始了，她还看到了一种热情，她被他的怜悯和热情包围着。因此，她的灵魂，她那从小在父亲的空酒瓶和母亲无助的眼神中挣扎的灵魂才有了宽慰。

她毫不迟疑地决定留下来。留在他身边陪他过夜。她对男女的关系仅限于想象，当然，还在幼年时，她就了解了男人和女人可以住在一间房子里。小时候有一次难以忘怀的记忆，那天晚上，她感受到了从父亲和母亲的房间里传来的比他们婚姻生活的争吵声要悦耳的声音，一种泉水般的撞击声。

尔后她看了电影，男人睡在女人旁边，男人的身体翻过身来压在女人的身体上，这使她产生过青春期的迷惑。也就是这时，赖哥出现在那座旅馆中，一个叫万瑶的女人也同时出现了。她听见过这个女人和赖哥在一起时发出的性叫喊，她从不喜欢这个女人，那绝不是因为嫉妒。后来，这个女人莫名其妙地消失了。

如果这个女人没有从赖哥的生活中消失，那么也许夏冰冰此刻就不会留下来过夜。如果那个女人存在，那么命运绝不会安排现在的情景。当阳光明媚变幻着时间时，赖哥带她去用餐，还给她买了两套衣服、一双新鞋。

她脚上穿的鞋子陷入那座墓地上的泥土之中，由于刚下过雨，泥土是潮湿的。当他们离开墓地时，她的鞋上沾上了许多泥土，那时候，她想到山间的小溪边用水洗干净泥土，赖哥拉住她的手说：“你用不着这样，我们去买一双新鞋吧！”

赖哥还给她买了一套留下过夜的睡衣。夜晚很快就来临了。那天晚上用餐时，赖哥没有喝酒，他要了酒，但他没有喝，他对夏冰冰说："我向你保证过，不再喝酒，对吗？"用餐以后，暮色来临了，赖哥牵着她的手环绕着旅馆外的马路走了一圈，然后回到了旅馆。

她在洗澡，从一进屋的那一刻她就渴望着洗澡。她已经有好几天没有洗澡了，她感觉到皮肤上流满了汗水，甚至还有眼泪，因为从脸颊上流出来的泪水顺着脸颊流入脖颈之下的皮肤上。

她隐隐约约地感觉到赖哥今夜一定会把手伸到她的皮肤上来，抚摸她。所以她从一进屋后就进了浴室。与上一座旅馆相比，浴室变得更宽敞了，她喜欢宽敞，因为对她来说，她从小生活在一个相对来说比较窄小的世界里面。

因此，所有的宽敞都意味着会给她的灵魂带来希望。她希望从父亲窄小的酒瓶的世界之中逃出来，她因此可以看见宽敞的泉水在流动，站在父亲的那座用钞票买下的墓地上时，一只小小的骨灰盒在下沉时，她希望自己的灵魂能够逃逸到广阔的原野中。

现在宽敞的浴室使她变得一丝不挂，墙壁上镶嵌的镜子犹如收藏了她灵肉的战栗。很长时间她面对着镜子沐浴着，处女的她尽管一阵抽搐，但她知道她会把这一切交出去。

浴室之外，是一个男人，他在等她，他正在看着电视等她。她能够感受到他等她的那种焦灼吗？突然，门被推开了，他站在门口，他是给她送刚买的睡衣。

然而，她却本能地用双手护住了自己的私处，水龙头喷溅着她的身体，使她的灵肉受惊，然而，她已经不会发出尖叫。赖哥把门再次掩上了，她洗完澡，穿上了睡衣，颜色是白色的，就像她的性历史一样纯白。她站在镜子前梳理着头发，事实上是在梳理着心绪，她不知道穿着睡衣怎样面对赖哥。

赖哥站在门口等她，然后伸出手臂来抱起了她，赖哥抱着她充满香味的身体来到了床边，并把她放在床上。然后赖哥进浴室去了。这无疑给予了她一段时间，用来调整被另一张床所困的扰乱，她的灵和肉都是慌乱的。

这是一张宽床，她伸出手去甚至摸不到床的边缘。她就像一只迷失了方向的长颈鹿仰起脖颈想在这个世界寻找到它的伙伴们，然而长颈鹿还是寻找不到方向。

因为床的四周就是墙壁，此刻她的身体中充满了感恩的情感。她知道，这是命运的安排，从她第一次与他相遇的那一刻，她就充满了感恩。尽管如此，让她全身心地荡漾着对赖哥的情感是因为父亲的绝症和父亲的死亡。

赖哥从浴室中走出来了，他身披浴巾走到了床边。然后把灯熄灭了两盏，只留下床边的台灯。在这剧烈的慌乱中，赖哥温柔地俯下了身体，开始吻着夏冰冰的脖颈，一切都轻柔地发生着。赖哥的身体一点点地靠近了她穿着睡衣的身体，赖哥一边吻着她的嘴唇，一边伸出手来同样是轻柔地解开了睡衣的扣子，她的灵魂没有被惊吓，也许这就是她期待中的感恩时刻。

睡衣已经在不知不觉之中剥离开了她的身体，也许是从她身体上滑落下去了，因为那睡衣就像丝绸般柔软，而且只有一颗扣子。难道这是命运为她设计好的睡衣吗？赖哥的手一解开扣子，睡衣就脱离开她的身体。她紧闭双眼，当赖哥开始吻她的脖颈时，她就本能地闭上了双眼。

生命与生命相遇的一个时刻，产生了男人和女人的关系，从身体中产生了情欲，而她的情欲却是对这个男人的感恩。别无选择，她选择了赖哥作为她在人世用身体回报的第一个男人，所以，她似乎已经做好了准备，让赖哥的身体压在她的身体之上。

她轻轻地感受着一双手的抚摸，赖哥的手很坚硬，手已经滑动在她大腿上，已经移动在大腿内侧。这就是灵魂受惊的真正时刻，然而她没有喊叫，她是心甘情愿分开大腿，用私处来面对赖哥的女孩子。

当她分开双腿时，赖哥好像已经用手摸到了那个洞，这是她自己身体中的洞吗？她紧闭双眼，赖哥突然趴在她身体上，赖哥的身体已经从那个潮湿的洞口进去了，她感到了一阵抽动，是赖哥的身体在她身体中抽动着。

一种无法言喻的痛，使她的身体猛然抽搐了一下。赖哥仍然在抽动，那坚硬的东西好像没有时间的流逝感，那坚硬的小东西正猛烈地摩擦着她的肉中之肉。直到赖哥发出一阵猛烈的叫喊，然后身体像火山一样坍塌下来，她的身体在坍塌之下，她那小小的身体正在承受着赖哥的性高潮。

而她呢？她还不知道性高潮意味着什么。她只是感觉到当赖哥的身体从她体内抽身而出时，一种无法言喻的痛正在降临。

床单上留下了一些红色的梅花图案，赖哥赤身裸体地趴在鲜红色的梅花图案上，他感动地说："我早就想到了，你还是处女，你一定还是处女……所以我渴望着想要你……冰冰，别害怕，我会对你负责的。"

尽管疼痛，她还是趴在他的裸体上睡着了，这是埋葬父亲之后她头一次真正地进入睡眠。她把头埋在他的手臂上，没过几分钟她就在他之前睡着了。连一个梦也没有做就睡到了天亮，当她醒来时，她感觉到世界变了。

世界就这样变了，怀着对一个男人的感恩，她就这样把自己的处女膜献给了这个男人。赖哥睡得很香，赖哥似乎才刚进入梦乡，好像只有到现在，她才看见了床单上红色的梅花图案。她到浴室中洗了一个澡，决定回学校去。

当她穿着那双新鞋子，穿着新衣服回到学校时，她知道世界已经变了。她离开旅馆时，赖哥还没醒来，她在那张宽大的床边缘悄然站了一会儿。她想俯下身去吻吻赖哥，像电影中的许多告别仪式一样，然而没有一种内心强劲的激情驱使她去这么做。

世界真的变了吗？夏冰冰 20 岁时把自己的身体献给了赖哥，她站在校园的小径深处回忆了一下这种情景。毫无疑问，历史已经过去了。历史就是她为了父亲把自己的身体献给赖哥的这个夜晚，她心灵深处滑过一团潮湿的羽毛，那似乎是父亲和母亲留给她的一种希望，他们希望她把自己交给一个男人，她做到了。她想，为了感恩，把自己的身体献给了赖哥，这一切都是值得的。因为这一切都是她发自内心深处想去做的，因为除了用这样的方式，似乎已经别无选择了。

随着时间的推移，她好像已经习惯了把赖哥当作自己的男朋友，把赖哥当作自己终生可以依托的男人。每当这时，她就会想起父亲，也许没有父亲的绝症，她根本就不会再一次与赖哥有联系。因为当她把那束玫瑰花抛进垃圾筒里时，她就发誓一定要忘记这个男人。

很难想象在她奔赴父亲所在的病房时，必须经过那座台阶，而赖哥就守候在台阶之下——等候着她扑进车里的奇迹发生。这个奇迹因为父亲的绝症竟然发生了。

她不仅仅扑进了赖哥的车里，同时也因为父亲扑进了赖哥的怀抱。没过多久，在父亲的骨灰盒滑落到土坑里去后，墓地合拢了。从此以后，她背负着一种职责，那就是用自己的身体去感恩。她毫不犹豫地把自己献给了那个夜晚、献给了赖哥。

她含着热泪，然而，晶莹的泪没有涌出来，因为这是她感激的热泪，她终于寻找到了自己认为世界上最完美的方式躺在赖哥的那张宽床上。突然已经被她忘记的一个女人出现在校园中，她就是万瑶。

那是在一个课间操的时间里，万瑶出现了。当她看见万瑶站在远处看着她时，她知道这个已经从她生活中消失的女人，出现在她身边，肯定与赖哥有关系。

因为还有一节课，所以她就进教室去了。然而，坐在窗口的她抬起头来时总是会看见万瑶的影子。这个女人怀着等待她的耐心正站在教室外面的一棵绿色的银杏树下。

夏冰冰的心开始分叉了，似乎在一条交叉小径中央迷失了方向。她又重新想起了第一次见到万瑶的场景，当她第一次看见万瑶出现在那座旅馆中时，她的生命怎么也无法响应赖哥的呼唤，事实上，赖哥对她的呼唤已经很久了。在小商贩们中间，赖哥一眼就看见了她，难道赖哥那时候就想起了要伸出援助之手，帮助这个无助的女孩子，从而让这个女孩的灵魂背负上沉重的负担吗？万瑶在旅馆中出现，又在旅馆中消失，赖哥曾经为这个女人的消失而黯然神伤，万瑶的消失对赖哥来说似乎是永远的。因为自从夏冰冰与赖哥在一起后，从未听见赖哥提到过万瑶的名字。

也就是说，万瑶已经从赖哥的生活中消失了，无论是赖哥陷在肉体的情欲之中时，还是赖哥手中夹着一根香烟与夏冰冰调情的时候，赖哥都似乎没有想起过万瑶。

当然，对夏冰冰来说，万瑶是她在赖哥身边唯一见到过的女人。也是她唯一可以想象的女人。当她把身体献给赖哥以后，每当她与赖哥亲热时，万瑶偶尔也会在她记忆深处出现，她的眼前也会出现这样一幅图画：赖哥与万瑶的身体在一张宽床上滚动着，所以那天晚上，她听见了万瑶的性叫喊。

她从性叫喊中跑了出去，她以为万瑶就是赖哥生活中的恋人，他们会永永远远地这样厮守着，永永远远地用身体结合在一起。然而，万瑶离开了赖哥。万瑶几乎是极其突然地就消失了，所以，赖哥陷入了痛苦之中。

她以为万瑶永远也不会出现了。现在，万瑶的影子，活生生地站在那棵银杏树下，当然是在等待夏冰冰。如果没有夏冰冰的存在，万瑶就不会站在银杏树下，这个世界上绝对没有无缘无故的等待。下课铃终于响了起来，此刻，夏冰冰看见万瑶的身体颤动了一下，回转身来看着她所在的教室，夏冰冰是最后一个走出教室的。因为即将去面对一个女人，夏冰冰还是感觉到有些恐慌。

在她和这个女人之间像是蠕动着一只蜘蛛巢。她一不留神就陷进了这只巢中，当然，另一个女人也在巢中，迫使她们在巢中互相看见的当然是一个男人。

她最后一个走出了教室，然后开始走近万瑶，她想万瑶花了很长时间来等待她，一定有重要的事情，一定是为了赖哥在等她。她走近万瑶，看见万瑶笑了一下，她突然感觉到这种笑很亲切，在记忆深处，万瑶从未对她如此笑过。因为在她记忆中，万瑶过去的笑都显得很虚假。

她也笑了一下，因为看见了万瑶的笑，她的身体好像开始变得松弛起来。压迫她的那根神经好像变成了一条溪水。万瑶说我想找你谈谈，我找你已经很久了。我们去酒吧坐一下好吗？万瑶驱着一辆车，万瑶说是刚买的一辆二手车，很便宜。女人不能没有车，车在某种意义上说是一个女人的男人，它可以把一个女人带到该去的地方。

夏冰冰在万瑶说话时感受着这种意象，车和一个女人的关系。她坐在万瑶旁边，在不久之前，万瑶并没有驱着车，她跟赖哥待在一起。转眼之间，万瑶就自己驱着车，寻找到了那种车与女人的意象。

她们坐在一家酒吧聊天时，已经是下午了，万瑶似乎变了一个人，变得真诚起来了。她给夏冰冰要了一杯茶，给自己要了一杯红酒，然后掏出一只火机点燃了一根女士香烟。夏冰冰不知道那是一种什么品牌的香烟，总之，很纤细，夹在万瑶纤细的手指之间。

万瑶在那支香烟快要熄灭的时刻，掐灭了烟蒂放在烟灰缸里，告诉了夏冰冰一个令人震惊的事实，赖哥是结过婚的男人，在外省赖哥有他的家庭，还有一个女儿。

夏冰冰望着烟灰缸中的烟蒂突然坚定地说："你胡说，我不相信。"万瑶喝干了杯中的红酒低声说："你别激动，我跟你一样，当我知道赖哥是一个有婚姻生活的男人时，我也不相信。然而，我感受到的是事实，在赖哥从前住的那座旅馆里，我看见了赖哥和另一个女人的结婚照片，尽管它被锁在一只抽屉里，然而还是被我发现了……除此之外，我还在赖哥不在旅馆时接到了一个电话，那个女人就是赖哥的妻子……除此之外……"

"不，你别说了，我不相信，不管你怎么说我就是不相信……”夏冰冰坚决地摇头，她仿佛用此方式否定一个高高地盘旋在她空中的命运的玩笑，这个玩笑是如此的荒谬。她一边摇头，一边站起身来，她想用她的离去告诉这个女人：她夏冰冰决不相信命运开的这个玩笑。

她很坚决地离开了万瑶，离开了酒吧。此刻，她的生命充满了随着时间推移后展现的窄墙，尽管四处是马路，而她的世界此刻却高高地竖立起一座又一座窄墙。她需要穿越出窄墙吗？她的灵魂好像冒着火焰，尽管她否定了万瑶的声音，然而，她的灵魂已被燃烧起来，嗓子变得如此饥渴不堪，她需要证明这个玩笑是真是假。

于是她乘着公交车来到了旅馆。她有赖哥房间的钥匙，她在开门之前敲了门，但没人开门。赖哥不在，她就把门打开了。在公交车上她总是想着万瑶说的抽屉，尽管她坚决地否定了万瑶在酒吧中告诉她的一切。然而，她记住了一个细节：万瑶在赖哥的抽屉里发现了结婚照片。这个细节总是在眼前交织着，使她心乱如麻。

她决心重视这个细节，因为唯有这个细节才可以让她弄清楚赖哥有没有结过婚。也就是说，在万瑶所说的那个抽屉里到底有没有赖哥的结婚照片。她掩上门，没有像以往一样用身体负载着一种又一次感恩的激情。每一次前来会见赖哥，她的身体总是抑制不住那种激情，埋藏于体内的这种激情意味着她要用身体一次一次地感恩。

她在搜寻抽屉在哪里，总共有三个抽屉，有一个抽屉被锁住了。毫无疑问，凭着直觉她只对那个被锁住的抽屉感兴趣，另外两个抽屉没被锁住，意味着没有隐私。

问题是用什么样的方法才能打开那个被锁住的抽屉呢？她坐在抽屉旁边，就在这时她听见了钥匙开门的声音，是赖哥回来了。她的脸色在变，她站起来，不再面对那个被锁住的抽屉。

赖哥看了她一眼，很显然，这不是她出现的时刻，她只在每个星期六下午出现，其余时间都生活在校园中。然而，她的脸似乎可以显现出她的心情，她那张脸，似乎已经被抽屉中的世界覆盖住了，脸上似乎波动着斑点，那些令她迷惘的世界正在使她抵制不了内心的冲突。

赖哥走到她身边，问她是不是发生了什么事，她说她见过万瑶了。赖哥哦了一声说：“我已经跟她没有关系了。”赖哥一边说一边搂住她的肩膀，她的心突然惊悸起来，焦虑地问道：“你结过婚吗？你现在还有婚姻和家庭吗？”

“你到底是相信她的话，还是相信我？”赖哥说道，于是，他把她搂得更紧了。这种拥抱使夏冰冰再也无法去追究万瑶告诉她的一切，在这个世界上，她当然相信他，她不是现在才相信他，她早就已经相信他了。因而对于她来说，生命中的一切都可以献给赖哥。

一个拥抱使她不再想那个抽屉了。没多久，她似乎已经忘却了这件事，她把万瑶告诉她的一切归咎于一个女人对她的嫉妒。然而，有那么一天，她本来已经离开了，那是星期天的下午，每天在这个时候她离开旅馆，回学校去。那天下午，她把赖哥送走了，赖哥要到一个小县城出差，当她看着赖哥开着车消失之后，才发现自己的包还留在旅馆里。

她又回到了旅馆，她四处寻找包，最后发现包搁在沙发旁边。也就在这时，她发现了电话线，电话线被拔出来了，她把电话线重新插进去，因为她想给母亲打一个电话。刚把电话线插进去，电话就响了起来，她拿起电话放在耳边，这是她第一次听见电话在房间里响起来。平常她与赖哥见面时，似乎从没有电话干扰他们。她看见过赖哥把电话线拔掉的情景，赖哥说，我只希望听见你的声音，我不希望任何别的声音来干扰我们。

电话中回响着一个外省女人的声音，她的声音显得很生硬，她问夏冰冰是谁？为什么接她丈夫的电话，为什么待在她丈夫的客房中，为什么她丈夫不来接电话，为什么总是在周末时无法找到她的丈夫。

夏冰冰以为这个女人打错电话了，就告诉她说你一定是打错电话了。那个外省女人好像开始愤怒起来了，她似乎想隔着电话把夏冰冰看见，她的质问声终于使夏冰冰手中的电话滑落下去，她已经被逼到了墙角。电话从她手中垂落到地面上，那个女人好像紧贴着地面在说话。

夏冰冰知道万瑶所说的一切是真实的，赖哥确实有妻子。那个外省女人带着浓烈的外省人的腔调追问她是谁的时候，她知道事实已经陈列，那个女人就是赖哥的妻子。她望着电话线以及扑落在地上的电话，突然明白了，当她降临时，赖哥为什么总是把电话线拔掉。

当她意识到这一切时，她惊讶地意识到自己是在与一个有妇之夫谈恋爱。她望着那个抽屉，那个抽屉肯定锁着他们的结婚照片。她产生了一种想看见结婚照上的女人的欲望，因为她刚领教过她的声音，她还想领教另一个女人的姿容，所以，她想打开那个抽屉。

事实上，她并没有那样快就忽视了那个抽屉的存在，有许多个夜晚，当她翻转身来时，身体面对的正是那个抽屉。她想，为什么那个抽屉总是被锁住。如果在那个抽屉里没有秘密，那么抽屉就不需要被锁住。她想着想着就翻过身去，她紧贴在赖哥的胸前，她听见了赖哥的心跳。

她意识到那个抽屉是微不足道的，比起赖哥的心跳来，抽屉又算什么呢？她告诉自己一定要忘记万瑶告诉她的话，她是一个没有经历过多少故事的女孩，赖哥是她经历过的第一个男人，她当然可以不把那个抽屉与一张结婚照联系在一起。

现在不同了，万瑶所说的电话事件已经出现了，万瑶曾经接到过赖哥妻子打来的电话。夏冰冰不得不开始面对这个抽屉，她决心打开这个被锁住的抽屉，以弄清事实的真面目。

她跑出了旅馆去寻找撬开这个抽屉的工具，当她站在一家五金门市部时，突然感觉到自己的行为是多么荒谬，为什么自己非要撬开那个抽屉呢？如果那个抽屉里面真的藏着一张结婚证照片，那么撬开又有什么意义呢？

突然的醒悟使她想去面对赖哥，可赖哥出差了，她得等待。就这一点来说，当她置身在大街上人来人往的人群之中时，她惊讶地意识到自己并不特别的绝望。

远远没有当她抱着那只父亲的骨灰盒站在墓地上时那样令人绝望。当时，她无望地站在一个刚刚掘开的土坑前，她知道父亲就要永远躺在这个土坑里了，再也不可能站起来或者爬起来，抖落掉身上的尘土，再去踉跄着喝酒了。

父亲的骨灰盒滑落进坑里被潮湿的泥土覆盖住了，父亲终于变成了灰烬。这个令人绝望的时刻笼罩了她的一生。比起这种绝望来，赖哥抽屉中的一张结婚照片又算得了什么。

很多年以后她才知道，她之所以并不那样难受，是因为她从来就没有对赖哥产生过爱情。于是在一种感恩的情感之中，她就把身体献给了赖哥。不过她知道赖哥就要回来了，他出差只一个星期，他会在下个星期六回到这座城市。

缠绕在她手上的电话线仿佛一次又一次地给她带来了赖哥妻子的声音，她问自己，如果赖哥真的有了婚姻生活，如果那个抽屉里真的有一张结婚照片，那么，她应该怎么办。

她对赖哥的感恩才刚刚开始，她如果离开赖哥，就意味着她要一辈子背负着这种负担。星期六的早晨，她起得很早，她想到旅馆中去等赖哥回来。她突然有一种预感，今天去见赖哥，在她和赖哥之间肯定会发生一场摩擦。当然不会发生父亲和母亲那样的战争，只有夫妻才会发生战争，而她和赖哥的关系像什么呢？

她是第一个离开宿舍的，吴豆豆还在睡觉，最近，吴豆豆总是在星期六的上午跟着一个男人去游泳，她讲的所有情节都与游泳有关。而萧雨呢，她好像是一只冬眠的虫，总是躲在被子里睡觉。总而言之，似乎只有夏冰冰的星期六是有所期待的，自从父亲死后的第一个星期六降临以后，她就开始了从学校进入旅馆的生活。

一座旅馆离她并不远，而一个男人就住在旅馆里。怀着对这个男人感恩的情感，她从未想过这情感不是爱情，她来不及想这么多。因为她的灵魂背负着沉重的十字架，她决心用自己的一生来为父亲的灵魂感恩。因为有了赖哥，母亲付清了医院的治疗费，尽管这种治疗是多么徒劳；因为有了赖哥，父亲可以寻找到一座墓地，四周松枝摇曳，父亲可以因此安土为葬，死后的灵魂也可以嗅到松枝的香味了。所有这一切，都需要她急切地去感恩，她从来不怀疑自己的感情，在那时这种感恩的情感也许比爱情都重要。

她坐在旅馆中等候赖哥时，仍然在看着那个抽屉，直到现在她仍然想不出来如果面对赖哥时应该怎样办？赖哥在她的等待之中终于回来了。赖哥打开门时就看见了她，她坐在一把椅子上，正面对着那个抽屉发呆。

赖哥说："你在发什么呆呀，冰冰？"他走了过来，摸摸她的头发说："你饿了吧，我们去吃中饭吧！"她平静地说上周六，她送走赖哥后回来取包，接到了一个女人的电话……

她还没有讲清楚这个女人与赖哥的关系，赖哥就坐在了她的身边，点燃了一支香烟说："不错，那个女人是我的妻子，我之所以从外省来到一座新城市，是因为我的婚姻不幸福，我只想用这种方式去摆脱她……她在一座小城市里生活，还有我的女儿……我从与她结婚的那天起就不舒服……冰冰，既然你知道了，我就告诉你，总有一天我会与她离婚……然而这一切都需要时间……我想你还年轻……你会等我，对吗？……"他突然用手捧起了夏冰冰的头。

夏冰冰的眼里含着迷惘的泪花，她含糊地点点头。

她在赖哥的眼里看见了万瑶所说的事实，然而她没有看出时间，赖哥所说的时间到底有多长，到底要跨越多少条小路，才能到达。

赖哥突然伸出手来拥抱着她说：“有那么一天，我们会结婚的，我一定会对你负责的，你相信我吗？”赖哥的声音显得有些沙哑，赖哥好像感冒了。然而，从这沙哑的嗓音里，她看到了一种被赖哥描述的意象，总有一天，赖哥会把她带进婚姻生活的殿堂之中。

没有人告诉她那个殿堂是遥远的、深不可测的。她垂下女孩子没有被剪过的长睫毛，在那个特定的成长时期，她的睫毛很长，就像没有被剪辑过的风景带一样迷人。

她靠在赖哥的肩膀上，尽管她总是面对着抽屉，然而她却失去了打开那个抽屉的欲望。因为，事实已经很清楚，这一次赖哥没有否定他的婚姻生活，而她所做的正像赖哥所期待的一样需要等待。不错，她有的是时间等待，因为她才有 20 岁。

有一次她又翻转身来，开始面对那个抽屉，从她嘴里发出了一声叹息，这完全是她无意之中发出来的，也许与那个抽屉根本就没有关系。然而，赖哥却打开了灯，赖哥光着身体爬起来打开了那个抽屉，赖哥说：“如果你总是想着这抽屉里的结婚照片，你会不愉快的。”赖哥从一本相册中取出了一张七寸照片，随手撕碎了它。

这一切来得那样突然，还没等她反应过来，她就已经听见了撕碎照片的声音。从那个时候开始，夏冰冰就感觉到了，赖哥撕碎一张结婚照片是那么简单，只用了一秒钟，一张锁在抽屉中的照片就如此简单地变成了碎片。

她没有看见那张结婚照片，事实上她从来也不希望看见赖哥当着她的面，亲手撕碎那张结婚照片。然而，赖哥这样做了，她感到很难受，她觉得仿佛另一个女人在审视着自己，询问她到底是赖哥的什么人？赖哥重新爬到她的身体上，赖哥用胸覆盖着她的胸，赖哥用性器覆盖着她的性器，赖哥用大腿覆盖着她的大腿……整个身体都覆盖在她的身体之上。

在那个星期天早上，她醒来了，她听见了一阵门铃声，她摇醒了正在熟睡之中的赖哥，让他听一直在响彻不休的门铃声，赖哥说也许是客户……然而，赖哥还是起床了，突然一个女人的声音在叫唤着赖哥的名字。赖哥突然从床上挺立起身体，他把趴在床上的夏冰冰叫醒说：“她来了，我老婆……我得把你藏在衣柜中……没有听到我叫你，你千万别出衣柜。为了我们的幸福未来，你千万别出衣柜……”他把赤身裸体的夏冰冰抱起来藏在了屋角一侧的衣柜里，并且把夏冰冰的衣服、包、鞋全扔了进去。

在紧紧关闭的大衣柜里面，夏冰冰一动不动地蜷缩着，既不能躺也不能立，只能蜷缩着蹲在一侧。她听见门开了，好像一阵狂风刮了进来，一个外省女人的声音就像雨点一样落下来，尽管夏冰冰听不清楚那个女人在说什么。因为隔着衣柜，那个女人的声音好像在唱歌，但绝不是优美的抒情歌曲；又像在刮风，但绝不是轻柔的春风。

她垂着头就像一只爱情的病鸟一样失去了飞翔的天空，她知道那个女人的降临意味着什么。赖哥之所以把她藏在衣柜之中，就意味着赖哥不想公开他与夏冰冰的关系。

她缺少空气，缺少飞翔出衣柜的勇气。然而，赖哥对她说的话仿佛是可以让她灵魂被蒙蔽的旋律。她赤身裸体地蜷曲着，无助地感受着比尖叫更令人痛苦的现实世界。

直到她的身体在蜷曲之中开始麻木，整个身体都不能动弹，衣柜门突然打开了，赖哥把头探进衣柜低声说：“冰冰，我带她们上街，委屈你了，你现在可以出衣柜了，用最快的时间离开旅馆。这段时间，如果我没有给你去电话，你千万别来找我……”

赖哥的头从衣柜中探出去了，赖哥拉开门往外走，门锁上了。她知道，从这一刻开始，可以逃出衣柜了。她用了很大的力气才钻出衣柜，她怎么也无法想象，当赖哥的老婆突然袭击而来时，赖哥会把她藏在衣柜之中。

在屋中走了好一会儿，才减轻了身体的麻木感，她看见了一只旅行包，绿色的，显得很土气。这就是赖哥的那个外省女人带来的旅行包，她想这个女人之所以突然扑面而来，多数原因是因为上周星期六她接到了电话。

当时，那个女人就不断地在电话中质问她到底是谁。直到如今，她还不知道她到底是赖哥的什么人。有一个古老的词叫恋人，还有一个古老的词叫情人，她不知道她到底是赖哥的恋人，还是赖哥的情人。

她可以跑出去了，赖哥不让她见到他老婆，当然她也不想见到这个女人。在以后的一段时间里，有很长时间她都没有见到赖哥，也没有接到赖哥的电话。她的心灵有了另一个空间，那就是在见不到赖哥的日子里，展望一下她与赖哥的未来。

未来就像谜一样不可以走进去，不过，每每回想起她身体钻进去的那个大衣柜，她就会感觉到一种不可言说的耻辱。她知道她一辈子也不会把这种耻辱告诉另外一个人。她会独自承担这一切，就像她承担对赖哥的感恩情感一样。

下部：三个女人

虽然枝条很多，根却只有一条；
穿过我青春的所有说谎的日子，
我在阳光下抖掉我的树叶和花朵；
现在我可以枯萎而进入真理。

——叶　芝

第一章 戒 指

吴豆豆对简的那种忠诚是在一个晚上被摧毁的。那天晚上不是星期六，而是星期二，她到博物馆看展览，这次展览是学校组织去看的。博物馆离简住的那座大楼很近，转过弯就能到，而且在博物馆附近，只有那座公寓楼很高。看完了展览她又与萧雨在附近的商城转了转，两个人吃完了小吃。萧雨说她与凯的关系已经结束了，吴豆豆问她这是为什么，萧雨摇摇头没有解释她近来的生活。萧雨好像知道吴豆豆有事，她搭上公交车就离开了。

吴豆豆站在马路上，仰起头来就看见了简住的那座公寓楼，不知道为什么她想去看看简，她已经有很长时间没有见到简了，而且跟简也很少通电话。

暮色上升激起了她想与简见一面的欲望，当她一次又一次地与刘季见面时，她总是想着简，简在干什么，简是不是又在陪着他的前任女友，每当这时她就会盯着刘季的脸，意识到她的肉体决不会轻易地与这个男人结合在一起，除非简背叛了她，然而在她的意识之中背叛的概念仍然是含糊的。

所以，她这一次终于上了电梯。她已经站在简的门口，当她伸手按响门铃时，她希望那个女孩不要待在简的房间里。门开了，开门的正是那个脸色苍白的女孩，她叫周英，这个名字强烈地印在吴豆豆的记忆深处，永远也不会磨灭。

女孩穿着一套洁白的睡衣，她好像是躺在床上，吴豆豆久久地盯着女孩的睡衣。她的睡衣很短，露出了美丽纤巧的膝头，以及涂着红指甲油的脚趾头。

女孩好奇地看着她，问她找谁，转而又和善地问道："你是简的同学吧，请坐吧，我给你沏茶。"吴豆豆也点点头，她觉得女孩好像是简屋子里的女主人，她设想，在她没有出现时，简一定跟这个女孩过着很温馨的生活。

在女孩为她沏茶时，她还没有坐下来，她移动着脚步，很想看看那张窄床和简的工作室。因为在这个女孩没有扑进简的怀抱时，正是她吴豆豆在这里出入，她不仅仅是简的模特，而且还是简的恋人。现在，简的工作室出现了一具人体雕塑尚未完成，那是以她为模特的雕塑，她有些得意——失去了她，简是不会完成那具雕塑的。

工作室的对面就是卧室，突然之间她看不见那张窄床了，出现在卧室之中的是一张宽床。她好像走错了地方，这不再是她生活的原址，她惶然地环顾着四周，除了那张宽床之外，简的家里增添了许多东西。屋子的一角出现了一台冰箱，而在过去，根本就没有冰箱，所以有好多次他们吃剩下的面包没过两天就发霉了。

她和简曾经站在一大包长出霉的面包前，惊讶地注视着一只只金黄色的、甜美的面包的病变和腐烂。简说：总有一天，我们的身体也会腐烂，何况是一块块面包呢？所以，我们就这样相爱，在时光把我们的身体摧残之前相爱。那天下午，他们怀着激情，怀着不会病变和腐烂的激情在那张小小的窄床上又一次开始了性生活。

最为重大的变化就是床，为什么那张记载着她和简恋人生活的窄床会从这间房子里消失不见呢？她开始颤抖着，她无法接受这个事实。而且窄床消失之后，出现了一张宽床，铺着粉红色的床单和被子，刚才这个女孩肯定是躺在床上从那床粉红色的被子中钻出来开门的。

她生气地拉开了门，还没等这个女孩给她端来茶水，她已经从简过去的房间里消失了。她浑身颤抖着钻进了电梯，电梯迅速地下滑。当她刚钻出电梯时，简正站在电梯口等候电梯，简怀里有一只大纸袋。她太熟悉这种纸袋了，每次简回家时，都会怀抱一只大纸袋，里面装满了金黄色的面包。当然在那些面包不会病变之前，面包散发出来的美味弥漫在屋子里。

只要有了一大纸袋面包，她和简就可以进入工作室去工作。有时候，在中途简会把一个面包递给她，而她呢赤身裸体地站在屋角，世界真是美妙无比，难以言喻。

她和简品尝着面包的香味，是如此和谐、真挚地相爱。为什么那个叫周英的女孩会突然之间扑进简的怀抱呢？为什么那张窄床会从简的房子里突然消失，而代替那张窄床的为什么会是一张宽床呢？

她与简的目光才对视了半秒钟她就跑走了，而简站在身后不断地叫唤着她的名字。然而她知道，尽管如此，简仍然会抱着那只装满金黄色面包的纸袋回到那个女孩身边去。

她独自一人跑到一座酒吧的吧台前坐了两小时，喝了三瓶啤酒，在她还有一丝清醒之前，她坐在吧台前给刘季打电话。她知道自己很快就会变得酩酊大醉，她不是一个能够喝酒的女孩子。打完电话，她就趴在吧台上醉过去了。

她拿起电话时，她让刘季到她身边来，她没忘记告诉刘季她坐在哪一座酒吧喝醉。也许当她给刘季打电话时，吴豆豆就知道她要用以后的时间让即将产生的这个瞬间来抗拒她心灵遭受到的极不公平的伤害。事实上，当刘季赶到吧台前摇晃着她的身体时，她已经毫无知觉，她根本就感受不到刘季托起她的身体把她抱进车厢的一切细节。

她没有做梦，没有在梦里抗拒那张宽床，那张宽床是她在世界上看见过的令她受惊的现实，她的灵魂从那一刻似乎就已经遭受到了背叛。为此，她趴在刘季的肩膀上，难道在她醉酒之前，她就为自己设计好了这样的一种现实吗？

刘季把她抱出了车厢，抱着她的身体进了屋，然后开始上楼。从某种意义上讲她是幸运的，她每一次醉酒之后都是刘季抱着她上楼，然后把她放在那张宽床上。

很显然宽床的意义是不一样的。在她看来，刘季的宽床就是一张男人的宽床，在这张宽床上她看不见刘季的历史。在她认识刘季之前，这张宽床就已经存在了，因为她直到如今仍没有与刘季发生肉体关系，所以这张宽床不会增添她灵魂的负担。

而简房间里的那张宽床的意义就完全不一样了。在她进入与简的恋情之前，那张窄床就已经存在了，就像一只镜框一样镶嵌在墙上。当简和她的身体第一次在窄床上起伏时，她的灵与肉就已经迷恋上了那张窄床，也可以这样说，窄床是爱情的乌托邦，是爱情的港湾。

窄床意味着忠诚，只要窄床存在，她和简的爱情故事就可以继续讲下去。只要窄床存在，她似乎就可以看见爱情的物证，然而，当她看不见窄床时，爱情发生了病变，就像那堆面包一样。窄床从屋子里消失就意味着爱情的物证已经销毁了。

像以往一样她又在宽床上醒来了，与以往不一样的是她刚睁开双眼，就感觉到自己对简的窄床的忠诚已经消失了，已经被她从灵魂中排出。她在这个半夜醒来时用手触摸着宽床的边缘，依然是那样宽大，她就像以往一样看不见刘季躺在宽床上。由于她的存在，刘季又躺在楼下的沙发上去了。

吴豆豆经历过与简的爱情，那个雕塑系的男生用红色摩托车带着她进入了一座等待她前去的小巢，从一开始，那座爱情的小巢就令她的生命有一种无忧无虑的快乐，这是从小镇奔往火车站的吴豆豆吗？从她开始搭上一列火车时，就开始向往着大城市的世界。

是简把她带进了小屋，两个青年人火热的灵肉深切地交织在一起。还没来得及展现出未来的图画，一个带病的女孩子，因为难以割舍与前任男友的恋情，在她无助和绝望的时刻突然敲开了门——扑进了简的怀抱。

这就是吴豆豆的经历，一场短暂的爱情在她看来是可以天长地久的爱情就那样随同一张窄床的消失，从此消失了。她忘不了简房子里的那张宽床，粉红色的床单、床罩，以及那个女孩子脚趾头上红色的指甲油。现在她开始正视一个事实：自她离开简的房子以后，那个女孩子就与简住在了一起，那个女孩的降临同时也意味着一张宽床的来临。总而言之，简帮助那个女孩废除了那张窄床。

此刻，她开始下楼，她要到刘季的沙发边去，她要从这一刻开始废除她内心世界中忠诚的信念，她要躺在刘季身边，让刘季宽厚有力的怀抱一点点温暖她的伤疤。她觉得身体中布满了一道又一道的伤痕，从开始看见简卧室中的那张宽床时，她就像站在锋利的刀刃前面，寒气向她袭来，寒气令她的皮肉受伤。然而，更加难以忍受的是她的灵魂之痛。

她站在沙发边，刘季好像已经醒来了，他睁开双眼看着吴豆豆问她为什么不睡觉，他的声音比以往显得更温柔一些。也许是在这样一个很特殊的世界里，她的灵魂正在排斥与简的经历，她像是从一只爱情的染缸中钻出来，渴望着碰到瀑布洗干净昔日爱情的记忆。

只有刘季才可以帮助她，也就是说刘季就是她为之期待的瀑布。她突然埋下头去，她的泪水再也无法抑制住，泪水正沿着她的面颊——洒在刘季的身体上。

刘季拥抱住她。那个晚上，刘季的拥抱使她有了更宽广的空间，当她从电梯中让身体滑落的那一刹那，世界突然变窄小了。她不知道应该到哪里去，虽然简的床越变越宽了，而她的世界却越变越窄。

是刘季的存在让她从一个窄小的世界进入了更宽广的空间。那个晚上，刘季用身体承受住了她身体中储存起来的全部眼泪，到天亮时，她的泪水已经干了，再也流不出一滴泪水。从那个时刻开始，她就告诉自己，她要像简抛弃那张窄床一样忘记对简的爱情。

几个星期后的一个星期六下午她和刘季从游泳池回

来的路上，两个人的内心都似乎在强烈地呼唤着彼此的身体。在泳池中游泳时，首先是吴豆豆，她已经有两个星期没有见到刘季了。在这个过程之中，她把与刘季的交往回忆了一遍，发现自己从一开始就很喜欢刘季。

刘季把她的身体带入了泳池，她的生活在延续，一个女孩子的游泳生活开始了。她用自己独有的方式或者变换方式穿着泳装潜入泳池的水底或者在水面上漂动着。每一次都是这样，刘季始终在陪着她游泳。

她对刘季的喜欢也就是对泳池的喜欢，就像泳池一样，刘季给她带来了自由，即使她醉了，也可以睡在刘季的单人宽床上。刘季至今仍然是一个单身男人，这不奇怪，也许她从未寻找到机缘结婚，也许他根本就排斥婚姻生活。这一切，在这之前，吴豆豆都没有时间去了解。

她的心灵世界中只有简，她用不着去探究另一个男人的私生活。现在，她知道简已经有了宽床，已经抛弃了窄床——从某种意义上来说已经背叛了忠诚。所以，当她上了泳池之后，坐在泳池的太阳伞下喝果汁时，她抑制不住地把自己的故事告诉了坐在旁边的刘季。他们驱车回到了刘季的住处，两个人的手在车厢中时已经拉在了一起。

刘季说：“你想好了吗？如果你把自己给我，你不会后悔吗？”当刘季说话时，她的眼前总是晃动着简房间里的那张宽床，以及粉红色的床单和床罩。她对自己说：从此刻开始，我必须背叛我的忠诚，因为是简首先背叛了这种忠诚。

她解开了裙扣，拉开了衣链，她一心一意地想背叛自己对简的情感和记忆。而旁边站着刘季，他的身体对她并不神秘，也许她的身体对他也同样不神秘。因为他们的身体一次又一次地出现在绿波荡漾的泳池中央，尽管两个人都穿着泳装、泳裤，然而四分之三的身体已经裸露过。

神秘的是他们此刻的内心世界，那看不见的世界。他们已经交往多长时间了，在这种交往中，她看见了另一个女人，那个女人带着她想从他身边索取的钞票走了。那个女人坚持说是他抛弃了她，而刘季呢他却满足了那个女人的欲望，给了她想要的钞票。

在这一刹那，吴豆豆突然想起了那个女人，然而刘季已经开始拥抱她，她的衣服还没有脱干净，剩下了内衣。因为当她抬起头来时，刘季正看着她，不知道为什么，她突然丧失了脱光衣服的勇气。

是刘季的拥抱和吻使她的身体变得松弛起来，她惊讶地发现当刘季把她的内衣轻轻地脱去时，她竟然是那样期待着与刘季共同躺在那张宽床上。

因为只有躺在那张宽床上，她才能真正地寻找到自己推翻忠诚的依据。从看见简房间里的那张宽床开始，她的潜意识就在寻找着自己可以为之颠覆世界的另一张宽床。而在之前，她已经看见了那张宽床，那张属于另一个男人的宽床——仅仅是因为她醉酒时可以躺上去又醒来的宽床，难道是命运安排等待她的吗？

确实有一张宽床正在等待她的灵魂，此刻，她要忘记所有的世界，她要开始投入这张宽床之中去，让另一个男人宽广的怀抱来抚平她的创伤。刘季已经把她抱到了床上，他的手以从来没有过的方式开始抚摸她时，她惊讶地意识到从此以后，简与她的生活已经变成了历史和记忆。

她把身体交织在另一个男人给予她的欲火之中，她在那张宽床上同这个男人的身体彼此结合在一起，当刘季对她说："豆豆，嫁给我，好吗？"她突然被这句话展现的生活笼罩住了，她望着悬挂着吊灯的屋顶，在那里她想起了时间，越过这种笼罩，看到另一种生活。她开始困惑地看着刘季，而刘季说：“我可以等你，你知道我为什么还没有结婚吗？因为我一直在寻找一个像你这样的女孩。”

她很想问问他，自己到底是属于哪一种女孩。可刘季已经从旁边的抽屉里取出了一只盒子，一只袖珍的小盒子启开之后，露出了一枚戒指。

刘季说：“我已经为你准备这枚戒指好长时间了，我一直想把它戴到你手上去……这枚是订婚戒指……戴上它吧……从此刻开始，我就等你，等你大学毕业以后，我们就结婚好吗？”

白色的钻戒已经戴在她手指上了。可以随意松动的钻戒已经呈现在她手指上，她把手指举起来，举过了头顶，一颗闪光的红宝石使她眼前变得一片缤纷。这是她生命中第一个男人向她求婚而她来不及困惑和思虑就戴上了他送给她的钻戒。这枚戒指的来临，使她对简的背叛进入了另一种隐喻之中，她戴着钻戒来到校园门口时，她悄然地摘下那枚戒指放在包里。

难道她害怕这枚戒指被别人看见吗？不错，在她的同学中，她确实还没有看见任何人戴过钻戒。这枚钻戒不仅仅散发着华美的色彩，同时也散发着遥远的忠诚，她只是不想让别人看见这一切。因为这枚钻戒把她推入了一个未婚妻的角色，而婚姻对她来说是多么遥远的事情啊。

只是到了周末即将去会见刘季时，她才会把那枚钻戒戴在手指上。她站在校园门口的台阶上，她和萧雨都已经失去了红色的摩托车和黑色的摩托车。

然而，等待却将继续进行下去。红色的摩托车虽然对吴豆豆来说已经消失了，刘季的车每周六的上午 10 点钟会准时出现在校园门口的台阶下面。吴豆豆迎着那辆黑色轿车走去，戴着那枚钻戒，走向她的未婚夫。

半年以后，简突然给她来了个电话。那是一个春天的晚上，她刚下完自习课回宿舍，当她握住电话听见简的声音时，她惊讶地感觉到自己的身体竟然会颤抖起来。

她沉默不语，好像只是简在说话：“豆豆吗？你为什么不说话，我是简，我是你的简，我可以见你吗？”她把电话放在架上，回到了宿舍，电话又响起来时，她知道一定是简打来的电话。然而，她回到宿舍用被子蒙住了头。

她第一次没有赤身裸体地睡觉，因为她抗拒着简在电话中的声音。电话再次响起来时，仿佛是简的影子在追赶她，仿佛是简再次追赶她。所以，她慌乱地，来不及脱光衣服就钻进了被子。

已经被她逐渐治疗好的伤痛此刻又开始袭击她的身体。简不仅仅是一种记忆，而是一张窄床。那天晚上，她突然梦见了那张窄床，好像是在一片水面上，窄床向着她的身体轻快地飘动而来……这个梦境意味着她并没有把简彻底忘却，而且这个梦境说明了，那已经被她忘却的窄床并没轻易地消失，它正在慢慢地向她靠近。

两个星期后的星期六上午，简骑着红色的摩托车来到了女生宿舍楼下面等她。那正是她准备去见刘季的时刻，她刚下楼就被简挡住了，红色的摩托车出现在眼前，使她失去了力量。简走上前去，突然把她的手牵住了。简的手并没有用许多力，只是因为她抬起头看见简时显得很迷惑，简突然说："她走了，她到天堂去了……"吴豆豆在蓦然之间已经失去了将右手抽出来的力量，简说："她已经走了半个多月了，你肯陪我到墓地去看看她吗？"

于是，还没等她回顾往事，她已经在一段短得惊人的刹那间上了简的摩托车。春风徐徐吹来，好像是从春天的最远处飘来的风。吴豆豆在那天上午突然忘记了刘季，而且忘记了刘季就在门口的台阶下等候她。

简驱着车从一道后门中驰出了校园，简似乎并没有感受到吴豆豆的变化，以及这种变化给吴豆豆带来的另外一种生活；简完全沉浸在另一个女孩子离开人世的状态之中，而且已经不知不觉地把吴豆豆带入这种状态之中去。

摩托车已经出了郊外，如果没有简，吴豆豆在这个星期六的上午会跟随刘季到泳池去，那是一个怎样的世界啊，根本就与死亡无关。在绿波荡漾的泳池，人们自由舒畅地让身体游动，没有人会谈论死亡，也许也不会有泳者会想起那些死去的人。

简来了，在吴豆豆的意识深处从来不会闪现的情景已经出现了。简孤单地驱着摩托车来，只是为了把她带到墓地去。在这之前，墓地离吴豆豆究竟有多远，没有人能计算这种距离。

墓地出现了，一座新矗立的墓碑插入了潮湿的泥土之中，墓碑上写着周英的名字。简牵着吴豆豆的手靠近了墓地，简说："她还是走了，我以为我可以用别的方式不让她离开，而且她那么热爱生命，她根本就不想走……”简的声音显得很悲凉，吴豆豆从未听过简的声音显示过如此悲哀的格调。

简从怀里掏出了一小朵红色的玫瑰插进泥土里，然后对吴豆豆说：“她离开了，现在，我们回去吧！”简再次牵着吴豆豆的手坐在了摩托车上，吴豆豆紧闭着双眼，她不能想象那个穿着白色睡衣的女孩，那个扑进简怀抱的女孩就这样消失了。

当简带着她进入电梯时，她想起了很久以前她独自叩响简的房门时，是那个女孩前来开的门……从那以后她就知道简已经抛弃了那张窄床。现在，电梯还在上升，她之所以这么从容地跟随简上楼，是想坐在简的房间里与简做一次真正的告别仪式。

简打开了门，简说他已经有半个多月没有回来了，在周英最后的日子里，他一直在医院陪伴她。现在他已经把她送走了，一股霉味向他们扑面而来，对于简和吴豆豆来说，霉味的记忆是与面包相关的故事。吴豆豆看见了一只纸袋，霉味就是从那纸袋中的面包中散发出来的。这只纸袋因为来不及放进冰厢，已经长出了霉迹。

屋子里乱糟糟的，仿佛发生过一次战争，简坐在沙发上闭上了双眼，简松弛地突然就那样睡着了。吴豆豆在简的旁边坐了许久，然后站起来开始为简收拾了一遍房间。当她收拾简的卧室时，突然发现了那张窄床，她上一次之所以没有看见它，是因为窄床置放在小屋最里侧的一个角落。

宽床依然存在，粉色的床单、粉色的枕头和床罩很零乱地散开着，如同舞台的道具。她走进屋开始整理着宽床上的被子，她发现了粉色枕头上的一小根长发，这显然是周英留下的。她面对这根头发，站了很久。

她整理好了房间后就决定消失，在她离开的时候，简睡得正香。已经是下午，她下了电梯，在大街上走了一段，抑制不住的泪水从腮帮上流下来，融进了春天的味道之中去。她感到很混乱，来自春天深处的一种混乱，一个是简，一个是刘季，在两个男人之间，她的混乱持续着。她又回来了，她又开始上电梯，她无法割舍那张窄床，对那张窄床的爱此刻使她的身体正沿着电梯上升。

她怀抱着一只纸袋正在上电梯，纸袋中装满了金黄色的面包，她饿了，她相信简也同样饿了，他们都有好几个小时没吃东西了。在电梯上升时，她似乎重新回到了往昔。

往昔是与纸袋中的金色面包有关系的，有很多次，她和简就这样抱着一只纸袋上电梯，然后在房间中生活一个周末。因为她除了与简谈恋爱之外，她还肩负着给简做人体模特。她站在了门口，尽管如此，她还保留着简给她的房门钥匙，大多数情况下她都不使用这把钥匙。此刻，她在掏钥匙，她不想让敲门声把简的梦境破坏。

她开了门，掩上门，把纸袋放在桌上，然后静静地坐在简的身边看着简。简好像听见了她的呼吸声，她那微微的呼吸使她的胸部起伏着。简醒来后梦幻般地抱紧了她。两个人就这么紧紧地拥抱着，无法分开地拥抱着。

在被她打扫得光洁明亮的房间里，现在似乎只留下了他和她的气息。简开始讲述他和那个女孩的故事。在那个女孩扑进简的怀里之后，女孩就离开了医院，只是每周去医院做几次治疗。当女孩在无意之中知道自己患了绝症之后，她面对着简提出了一个愿望，那就是让这房子里增添一张宽床，她想让简抱着她睡觉。因为她已经看到了自己有限的生命，简答应了女孩的要求，并亲自为女孩买来了一张宽床。在女孩最后的时光中，简就一直抱着女孩睡觉。简说：当我感觉到她的身体在我的怀中变得越来越虚弱时，我不知道怎么办，我不知道用什么办法去挽救她。她总是用双臂抱着我，她好像根本就不愿意放弃生命，然而，她的手臂松开了，她走了。

简和女孩的故事其实很简单，就像吴豆豆想象过的那样简单。正是这种简单使她离开了简，此刻她悄悄地把那枚戒指从手指上退下来。她本来是戴着戒指去会见刘季的，每周都是那样，在她穿上刘季为她买的衣装时，她也会戴上刘季馈赠给她的钻戒。

她把手指上滑落下来的钻戒悄悄地放进包时，她知道不能把她与刘季的故事告诉简，她不知道这是为什么，总之，她就是不想让简知道戒指和她的故事。简和她开始品尝着那些纸袋中的金色面包，尽管简的眼神很忧郁。当然，这忧郁是已经死去的女孩子带给他的，而且，那个女孩最后的时光是和简度过的。女孩给简留下了忧郁，正是这忧郁感染着吴豆豆，她想让简快活起来，为了让简快活起来，她似乎已经原谅了简，而且对简的理解越来越深。

简伸出手来抚摸她的身体，此刻她闭上了双眼，她知道在那个女孩最后的时光中，简的手一定也抚摸过那个女孩的身体。女孩之所以想与简躺在那张宽床上，是因为女孩渴望着不死。

一个渴望着不死的女孩会怎样呢？每当这时，吴豆豆就会把那个女孩想成是自己，她假设着自己是那个扑进简的怀抱又已经患上了绝症的女孩子。不错，如果她是那个女孩子，她会渴望着一张床，在那个特殊的时刻，女孩之所以渴望着一张宽床是因为渴望着躺在大地之上，那湿润而温暖的大地，那生长着植物和盘绕着根须的大地。

于是，宽床来临了，简不得不把窄床移动，让那张宽床有自己的位置，而且是有一个舒服的、明快的、显赫的位置。当吴豆豆假设着自己是那个女孩时，她想着自己穿着白色的睡衣躺在简的身边。

她渴望拥抱、抚摸、热吻，所有即将离开人世的人所渴望和期待的，在那个女孩身上都具有，在假设是那个女孩的吴豆豆体内同样上升着。所以，当简伸出双手抚摸着吴豆豆时，她一次又一次理解了简对一个即将离开人世的女孩子的那种爱是动人心弦的。

在此基础之上，她充分地理解了简，她似乎不再抵抗那张卧室中的宽床了。当那个下午，她和简回到卧室中的窄床上做爱时，她知道在宽床旁边，她是一个多么幸运的人儿呀，她可以延续生命，可以把自己完全地交给简。

在这样的时刻，她竟然一点也没有想起绿波荡漾的泳池和刘季的那张宽床来。也许是简的世界充满了动人的谜，她想一层又一层地解开这个谜，也许是她和简的窄床上荡漾出的幸福使她暂时忘却了泳池、戒指和另一个男人。

她重新回到了简的怀抱，回到了那张窄床上，那么，难道她就可以轻易地退下那枚戒指吗？难道那个为她戴上戒指的男人会轻易地放她走吗？

一个下着细雨的春天的星期六，她终于朝着台阶下的轿车走去，她已经有很长时间没见刘季了，她寻找了一个很好的理由用来搪塞他，她正在准备考研究生，所以时间紧一些。他似乎很理解她，这次是她给他去了电话，她说她想见他一面，她想把一件东西还给他。

她已经把戒指装进了那只盒子里，她要亲自把那只盒子交还给他。这件事情她已经想了很久，自从与简再次回到简的那张窄床上之后，那枚戒指总是在她和简约会之后，通常是她走出简的房子，下电梯时，戒指在坚硬地摩挲着她的身体，而不是摩挲着她的手指。

当她决定把戒指交还给刘季时，她的心已经不再混乱了。她钻进了车厢，刘季的目光在她脸上环绕了一圈后开始转动着方向盘。“想去泳池吗？”刘季问她。

她困惑地好像点点头，然后又摇摇头，她把那个戒指盒从包里掏了出来，她说：“我想把这枚戒指还给你……”“为什么……”他把方向盘转动了一下，然后伸出右手拉住了她的手，“你不能再碰我了……”“我已经碰过你了……而且是你愿意的……你今天怎么了……豆豆……”“我想好了，请你把这枚戒指收回去……好吗？”“你如果不说清楚，我怎么可能把亲自戴在你手上的戒指收回去呢……”她的嘴唇颤抖着：“我爱的是另外一个男人，不是你……”她并不知道他已经驱着车出了城，轿车已经来到了一条高速公路上。她并不能感受到，另外一个男人的心情，她想不起来除了那戒指盒之外的什么，她只想尽快把那个戒指盒交还给他，结束她青春期的一种经历。然而他与她不一样，他已经是一个成熟的男人，当他把一枚戒指戴在她指头上时，对于他来说，这是他和她之间的一种庄严仪式。

而她，理解不了这种仪式，同时也进入不了这种仪式，所以她不在乎这种庄严仪式。她把手抽出来，也许是简给了她力量，她把那个戒指盒放在他的膝头，她感到他的身体晃动了一下，他一边旋转着方向盘，一边侧过身看了她一眼。在他的目光和她的目光极其短暂的碰撞中，轿车突然迷失了方向，向着高速公路之外的栏杆猛烈地撞击而去。

两个人当场昏迷，他的前额受了外伤，她的脸颊和裸露的手臂都受了外伤。是高速公路的交通警察在出事地点发现了他们，并把他们及时地送进了医院。当他们醒来时，躺在同一间病房之中。

她不知道她的脸贴上了药纱布，当她睁开双眼看见刘季头上缠满的绷带时，她吃了一惊，身体翻动一下感觉到了疼痛，车祸降临得太突然了，以至于她丧失了记忆。只有看见刘季头上的绷带，她才回忆起了出车祸之前的一切。刘季比她伤得要严重一些，但幸运的是两个人都从突如其来的昏迷之中相继醒来了。

伤得虽不重，但需要住院一周。吴豆豆就这样消失了，她给萧雨打去了电话，让萧雨帮她请假一周。她是站在医院住院部的磁卡电话机前打的电话，她本想给简也去个电话，但她又放弃了这个念头，因为她不想向简解释这场车祸是怎么发生的。

导致这场车祸的当然是那个戒指盒，吴豆豆执意要把戒指盒还给刘季，然而刘季又是一个极其认真的男人，他怎么也想不到，在不久前亲自戴在吴豆豆手指上的戒指会如此快地失去庄重的仪式。吴豆豆如此快地改弦易辙，让他措手不及。在高速公路上，当吴豆豆把那个戒指盒放在他膝头上时，整个车身似乎都颤抖起来，就在那一刹那，车祸发生了。

两个人不得不躺下来，他们很少说话，他们似乎都被车祸猛然向前撞击的那一秒钟笼罩着。两个人都在庆幸自己还活着，只是外伤而已。一周以后，当医生揭开吴豆豆脸上的药纱布时，她并没有意识到自己脸上已经留下了一条永恒的伤疤，而且不仅如此，在她的肩膀上、大腿上也留下了几条伤疤。

不过，当医生揭开刘季头上缭绕的绷带时，她吃了一惊，一道伤疤从刘季的前额上凸现出来。她本能地伸出手去，终于触到了她最怕面对的事实：她的手碰到了脸上的伤疤。

她痛苦地，甚至是绝望地寻找着镜子，最后终于从住院部的一位护士那里看见了一面小方镜。当时那位女护士正掏出镜子，看着自己的脸，她走过去，跟女护士说了一句话，镜子就来到了她手中。随即是镜子从她手中滑落下去，变成碎片后的声音。

她看见了腮帮上的一块伤疤，而且这伤疤在她看来是那样的难看，完全改变了她的脸。刘季走过来抓住了她的手说：“豆豆，你要冷静一些，有一天这伤疤会慢慢地消失的，我刚才已经问过医生了，只是需要时间……”

刘季已经办理完了出院手续，刘季说：“豆豆，我送你回学校去吧，一切都会过去的……”刘季要了一辆出租车把吴豆豆送到了学校门口。这是生活，无论吴豆豆用尽了多少力量想回避这个世界，然而她仍然得回学校去。刘季告诉她，他得去处理车祸的一切后患，过几天他会给她打电话。刘季说话时脸上好像罩上了一层阴影，他前额上的伤疤好像在抽搐。

吴豆豆站在校园门口，这正是学生们上课的时间，所以对吴豆豆来说，在这样一个时间回到宿舍去，决不会碰见太多的人。她垂下头，尽量避免同任何的目光相遇，而且走路很快，当她站在宿舍门口时，才发现自己的包还丢在那辆车上，她想起了那枚戒指，这就是说那枚戒指也留在那辆车上了。

她只有等待，她倚靠在门上，呆滞的目光交织着一种悲伤，她想起了简，她不知道应该如何去面对简，如何解释这脸上和身体上的伤疤。现在，她唯一的选择就是逃向宿舍，逃向她的蚊帐。

走廊上已经响起了脚步声，她听见了萧雨和夏冰冰说话的声音。她无法避免不让夏冰冰和萧雨看见她脸上的伤疤，当然毫无疑问，她的伤疤给她们带来的是惊叹号。对吴豆豆来说，编撰一个故事就可以遮掩这个与伤疤有关的故事了。这个故事当然与车祸有关，只不过她讲述这个故事时，删除了刘季的存在。刘季没有出现在这场与车祸有关的情节之中，因此对吴豆豆来说，她可以面对宿舍中的女生了。因为车祸大家都感叹人生的猝不及防，而没有悲叹吴豆豆的那段不了之情，更没有悲叹一个戒指盒带来的悲剧。

这悲剧是伤疤，它留在了吴豆豆身体上、脸上。当萧雨对她说她脸上的伤疤一点也不难看，就像一片玫瑰花瓣时——吴豆豆已经钻进了蚊帐，几乎每个女生春夏秋冬都在宿舍中吊起蚊帐。也许她们都在寻找自己被分割过来的一小片世界。

在悬挂起的蚊帐中就像寻找到了自己撑起的一面帐篷，吴豆豆终于抑制不住那种悲哀，藏在被子里抽泣起来。尽管她的哭声很隐蔽，然而，她的抽泣声仍然泄露出来，使宿舍中的女生忙着来安慰她。

萧雨站在蚊帐外面说，我保证，你脸上的伤疤一点也难看，它确实像我所看到的一种玫瑰花瓣，就像花纹……好看极了，就像画上去的花纹……很特别……

吴豆豆似乎听见了这声音，她在枕头下摸到了一块镜子。这镜子从她进大学的第一天开始就已经放在枕头下了，不知道为什么，她从中学时就保留了这种习惯，在枕头下放一面镜子。因为她的外婆在世时曾经告诉过她，女孩子到了某种年龄，如果在枕头下放一块小圆镜可以赶走妖魔鬼怪。

小圆镜从中学时代就放在了枕头下面，她从未感受过妖魔鬼怪的存在，她只是感受到那面小圆镜每晚都在她枕头下，似乎可以照见她的灵魂。每一次当她躺在床上从枕头下面摸到那面小圆镜时都可以感受到自己的灵魂存在于镜面上，所以，她把这种习惯带到了校园生活之中。

当萧雨把她脸上的伤疤比喻成玫瑰花瓣时，她的心在抽搐着上升；而当萧雨把她脸上的伤疤想象成是画上去的一种花纹时，她开始止住了抽泣之声，她很想看看自己的脸，所以她从枕头下面摸到了那面小圆镜子。

拥有温暖的小圆镜是从少女时代开始的，也是从她生活的过去游移到现在时光的镜子，她记不清有多少次她躺在床上，举起小圆镜子，犹如在自己的世界中寻找到了一个可以照亮自己的世界。而此刻小圆镜晃动着，而她的心开始颤抖着。

她是多么希望，在一面小圆镜中看到萧雨站在床边向她描绘关于一块伤疤的世界啊。然而她看到的仍然是一块伤疤，一块深凹进去的伤疤。医生告诉过她，她还很年轻，经过时光的递嬗，这伤疤总有一天会复原的，不过，需要漫长的时间。她必须等待，用极大的耐心去等待时间的流逝。

她忧伤地把小圆镜放回枕头下，然后叹了一口气。此刻，她听见了走廊上叫唤她的声音，萧雨对她说：你的电话，需要我帮你去接电话吗？她想起了简，这一定是简来的电话，她已经在简面前消失好久了，简一定在寻找她。

她下了床，钻出了蚊帐，她控制不了自己的情绪，她是多么希望能够听见简的声音啊！她奔向走廊，奔向电话，在那一刻，她似乎忘记了脸上的伤疤。当耳朵贴近了电话，确实是简在找她，简说：“豆豆，我就在你楼下，今天我必须见到你，我有事情与你商量。我已经有两星期没见到你了……你到楼下来吧，好吗？”

吴豆豆没有拒绝去见简，她拒绝不了，她觉得简的声音很温柔、很亲切，而且简的心情好像很灿烂。她被这一切感染着，似乎对伤疤的悲哀感正在慢慢地减弱。她开始回到宿舍换衣服，去会见简肯定是要换衣服的。与简见面意味着与简约会。

而且她已经想好了，如果简问她脸上的伤疤是怎么一回事，就告诉简出了一场车祸。萧雨、夏冰冰她们不是已经相信了她所说的那场意外车祸了吗？

而且她似乎已经在萧雨的话中得到了某种启示和安慰，她想，我应该把我脸上的伤疤看成是两种意象，玫瑰花瓣和画上去的花纹。

她下了楼，她完全没有预感到自己会有如此大的勇气站在简的面前。简坐在摩托车上，似乎还没有看见她脸上的伤疤，因为她出门时，萧雨递给她一副墨镜。萧雨戴墨镜是最近的事情，萧雨递给她的就是萧雨戴过的墨镜。她明白萧雨的用意，因为她刚在被子中哭过，眼眶是红色和潮湿的。但她并没有想到，萧雨的墨镜很宽大，盖住了她脸上三分之二的伤疤，这使得简在当时并没有看见她的伤疤。

她上了摩托车，简驱着车把她带回了简的居处，简在上电梯时突然问她：“豆豆，你怎么戴上了墨镜……我更喜欢你不戴墨镜的模样……也许是你戴上墨镜，我就看不见你的眼神了……你在想什么……”

当他们进了屋后，简摘下了头盔，并且帮吴豆豆也摘下了头盔，简说：“豆豆，现在进屋了，你可以把墨镜摘下了吧？”吴豆豆并不知道那副深黑色的墨镜已经遮掩住了三分之二的伤疤。

她取下了墨镜，前来拥抱她的简突然大声问道：“伤疤，你脸上怎么会有伤疤？”吴豆豆的心跳动了一下，怯声说道：“一周以前，我碰上了一场车祸……”吴豆豆避开了简的目光，她感觉到简的目光很惊讶，简仿佛变成了另外一个人。

“车祸，谁为你制造的车祸，我怎么不知道这场车祸……”简走过来看了看那道伤疤说：“你不知道你的伤疤有多深吗？告诉我，你坐在什么车上发生了车祸……难道仅仅发生了车祸就完了吗？”

她扭过头去，她的泪水抑制不住地流了下来，泪水流在了那道伤疤上，她感到有种刺痛感，因为泪水是咸的。简伸出手把她的身体强硬地扭转过来说：“你必须非常诚实地告诉我这一切，到底是怎么一回事，好吗？我需要的是你的诚实。”简拉着她的手坐了下来。

吴豆豆觉得简根本就不好对付，因为简不是萧雨和夏冰冰。她开始正视这个问题，并认为简说得很对，她必须诚实地把这一切真实地告诉简。她坐在简的对面，简的目光一动不动地看着她，需要她出售诚实的灵魂。

她开始讲述与另一个男人的故事。当她讲述时，她脸上的伤疤就像萧雨所描述过的玫瑰花瓣和花纹一样闪现在她脸上，她由那一座绿波荡漾的泳池开始讲起来。

在她投奔向那座泳池时，正是简外出的空隙，她根本就没有想到要背叛简，也根本就没有想到要投向另一个男人的怀抱。而当简回来时，一个女孩突如其来，她就是周英，她就是简昔日的女友，她带着对简的迷恋突如其来地扑进简的怀抱时，吴豆豆不得不忍受着这种迷惘逃离而去。

然而，逃跑是有限的，她逃向了泳池，逃向了刘季的车厢，逃向了刘季的花园小洋房，最后逃向了刘季的怀抱。因此刘季掏出了戒指，为她的手指赋予了一种永久性的性别之圈套。起初，她并不太怀疑这种圈套，也不拒绝这种圈套，因为在她看来，她所爱的简已经彻底抛弃了她。

她不得不讲述那个戒指盒，因为有了它，她不得不去找刘季。就在她把戒指盒放在刘季膝头上的那一刹那，车祸发生了。这就是她的脸上为什么留下了永久性的伤疤，还有她身体上，当然，简此刻还没有看见她身体上的一系列伤疤。

她把与伤疤有关的故事讲完了，她十分诚实地讲述了每一个细节，包括自己与刘季发生的性关系。然后当她感觉到再也没有语言表达自己的不幸时便垂下了头，她期待着简伸出手臂来拥抱她吗？

她垂下了头，她感觉到气氛有些不对劲，简好像也垂下了头。当她讲完故事时，简一声不吭，两个人都垂下了头，这不是她所期待的结局。她之所以诚实地把一切告诉简，是因为她深信简能够理解她，就像她后来理解简和昔日恋人的关系一样。

然而，当她鼓起勇气仰起头来看着简时，她看到了简颓丧的神态。简依然垂着头，但简已经开始说话了："豆豆，你知道我今天叫你来是想告诉你什么事吗？我要出国了，我父母已经为我办好了到欧洲一所艺术院校读书的一切手续。我本想告诉你，我的计划，我想先到欧洲去，然后在那里落下根以后，再把你接出去……然而，我想现在已经没有这个必要了……我想我们就此结束一切吧！”

“为什么，这是为什么……”吴豆豆突然发疯似的站起来：“简，为了爱你，为了把那个戒指盒交还给刘季，我脸上留下了伤疤，还有我身体上也留下了伤疤……”吴豆豆发疯似的突然开始脱衣服，她要让简看看她身体上留下来的伤疤。

当一件件衣服从吴豆豆身体上滑落下去时，简也发疯似的说：“可你背叛了我，这是你背叛我留下的烙印……”简站在一侧，看着吴豆豆的裸体。这裸体曾经一次又一次地留下了他抚摸她时的指纹，而如今，他的目光充满了嘲讽，他不住地说“背叛”这个词语。

他的目光终于彻底让吴豆豆绝望了，她冷漠地开始拾起地上的衣服。尽管她的内心已经坍塌，然而她还是高傲地站在简面前穿衣服，她已经无法再忍受简的目光。这一点也不像简，在她看来，简充满了同情心，可现在面对她身体上的伤疤，简的目光中却激荡起了一种恶。

正是她无法忍受的这种恶，一种嘲弄似的恶，一种想把她抛弃的恶，终于使吴豆豆拉上了裙子的拉链，扣上了最后一个衣扣，然后她就这样带着她脸上的伤疤以及掩藏在身体中的伤疤离开了简。

在她拉开门的一刹那，她似乎还充满了最后一点期待，她希望简扑上来拉住她的手，她也许就会留下来。然而简竟然没有扑上来，简的理智比她认识中的另一个简似乎要强烈得多。于是，她走了，下了电梯。

她本能地在绝望之中寻找到了一条铁轨，这是火车站延伸到城郊的铁轨，当她站在铁轨上时，火车的轰鸣之声还没有从风中飘来。就在她想象着如果有一辆火车迎面而来时的情景时，她突然在绝望中期待着生。

火车已经来了，离得还很远的时候，从风中飘来了火车那激扬的轰鸣之声，她离开了轨道。尽管轨道两侧的野草锋锐地划破了她的膝头，她还是逃离开了轨道。

她站在轨道之外再一次感受着自己身体上留下来的伤疤，她想起了萧雨的比喻，在萧雨看来，吴豆豆脸上的伤疤既像玫瑰花瓣，又像画上去的一种花纹。突然，她似乎寻找到了一种秘密的安慰，一种绝望之后降临的宽慰使她在郊外乘上了一辆中巴车开始回城。

第二章　移　情

偶然在我们生活中就像窗户和一道门，是在我们无意之中敞开的。萧雨怎么也没有想到参加完母亲的婚礼之后的一个星期六，她会与牙科医生相遇。说实话，如果不是牙科医生向她打招呼，她早就忘记牙科医生了。

因为她跟牙科医生相识是在旅途上，而那时候正是她一心一意想见到凯的时候。她没有想到她人生中真正的一次旅途是那样寂寞，因为凯，她的旅途中似乎看不见美丽的风景。而就在这时，当她脆弱得像一只小虫时，牙科医生来了。

站在身边的牙科医生因为失去了恋人走上了旅途，从而成为她旁边的一道影子。站在身边的牙科医生似乎从看见她的时候就看见了她的眼泪，所以牙科医生走上前来是为了安慰她。然后她和牙科医生短暂的机缘就被隔开了，虽然牙科医生给了她诊所的地址和电话，然而，她似乎已经把那张纸条弄丢了。因为，在那个特定的时刻，她的心已经跟着母亲的车轮在奔驰，她只想尽快地结束旅途生活，出现在凯的面前。

然而，凯从火车上带回来的一个女孩，因为长久的发烧而取代了她。当她在那个晚上离开凯的老房子后就再也不想去见凯，当然，不知道为什么，凯也从来没有给她来过电话。然后是母亲披着婚纱的隆重婚礼，当母亲的婚礼结束之后，她又找回了自己。

凯已经在她变奏着花纹的身体上留下了伤痛，于是牙科医生出现了。她根本不知道在这个星期六的上午走上了这条街道，而这条街道正是牙科医生开诊所的街道。牙科医生穿着白大褂站在她面前，好像是梦一样萦绕着，她想起了与母亲的旅途生活。

牙科医生把她带到了他的诊所，除牙科医生自己外，还有另一个穿白大褂的女医生。女医生很年轻，好像比萧雨大不了多少。牙科医生说你坐吧，他并没有介绍那位女医生，也没有把萧雨介绍给她。

这是一套民用住宅式的房子，因为在马路边，一楼的房屋都出租。所以，通向里面的房间有消毒室和休息室，萧雨似乎很快就回到了与母亲的旅途生活中。当牙科医生出现时，她看见了牙科医生那双真诚的眼睛，不知为什么，她从一开始就很信赖那双眼睛。

牙科医生说因为你没有给我留下电话，我无法去找你。牙科医生一边说一边把她引进里面的休息室，在这间十平方米的小小休息室里有沙发、茶几，沙发上有一床被子。牙科医生让萧雨坐下，然后给她沏了一杯茶。萧雨在大街上无目的地行走时，已经感到口渴，她也许正在寻找一家卖饮料的店，牙科医生就出现了。

她喝着那杯茶水，一口气就喝完了，牙科医生又给她往杯里加水。她看了看这诊所，她还是第一次走进牙科诊所，她对牙科医生笑了笑说："我的牙还没有痛过，今后会痛吗？"这是一个女孩子才能提出的问题。

牙科医生说："如果你牙齿不痛，说明你牙齿很健康，但随着年龄的变化，牙龄也会生病的。"萧雨听见了外面的女医生的高跟鞋发出的脚步声，牙科医生说："我昨天刚聘用了她，她刚从一所卫校毕业，我聘用她来帮助我消毒。"萧雨就把那个女医生改为了牙科诊所的消毒师。她要告辞了，牙科医生问她晚上有没有空，可以一块去看电影。她眨了眨眼睛，电影已经离她很遥远了，尽管校园里有电影院。然而，她的大学生活分为两个阶段，第一个阶段，是她刚进大学的时期，她忙于大学中的一切生活。第二个阶段，凯出现了，自从她跨上凯的那辆黑色摩托车时，就意味着她开始了约会，而约会是需要时间的。

总而言之，她已经有很长时间没有看电影了。她答应了他的邀约，两个人约定了时间，到新大街的电影院门口见面。当她离开时，她看见青年牙科医生久久地看着她的背影，她今天才知道他的名字，他叫薛涛。不过她更愿意称他为牙科医生。

她走到大街上，走了很远回过头去，依然看见牙科医生还站在诊所门口目送着她的背影，这是她离开凯以后感受到的一种温馨。她之所以那么快地答应与牙科医生去看电影，是因为她和牙科医生有了那段旅途的机缘。

机缘对我们每人来说都很重要，因为在机缘之中我们的命运会发生演奏曲。当萧雨和母亲的旅途开始时，牙科医生作为一个陌生男人出现在她面前，这只是机缘的开始，如果她和牙科医生不再见面，那么，那次短暂的机缘就留在了记忆中，永远中断了。然而，她和他再次相遇，绝对是机缘重新向他们敞开了大门。

他按照约会的时间已经在她之前站在电影院门口了。她远远地就看见了他，当她坐在公共汽车上时，她从窗外看见了他。他已经不再穿白大褂，穿着一套休闲服，站在电影院门口，完全是一种等待她的姿势。她好像被感动了一次，下了公共汽车，朝着他的等待走去。

这是一部美国电影，一开始就是一个热吻的镜头，占据了整个屏幕，萧雨的心被这个镜头燃烧着。她在黑暗之中忍不住又想起了凯，当她和凯接吻时，根本没有想到过有一天她和凯会分离，也根本没有想到过，凯会从火车上带回一个发烧的女孩，占据了那张窄床。

命运是多么难以预测呀，她坐在黑暗中好像并没有进入电影故事之中。当电影进入一个高潮时，男女主人公不再热吻，他们好像穿越了一片岗哨。看见这片岗哨，萧雨才意识到了这是一部战争爱情片，好像是二战时期的爱情。

电影中的高潮降临了，男女主人已经越过了一片岗哨，朝着起伏的丘陵跑去，那似乎是一个自由的出口，他们越过了国境线，获得了自由，出现了一条河流在松枝掩映之下。男女主人公在阳光明媚之中开始脱衣服，并扑进那条河流游泳，镜头突然变奏出一片绿色草地。男女主人公的裸体在草地上开始滚动，直至滚入一片绿草之中，然后男女主人公开始疯狂做爱。

这是电影的一个赤裸裸的性姿势，萧雨想起了母亲。而就在这时，牙科医生的手突然触摸到了萧雨的右手，萧雨感觉到一种心跳。她没有将手抽出来，她就那样静悄悄地感受着电影上的爱情故事，同时也感受着自己的心跳。

接下来，牙科医生的手始终把她的手抓住，直至电影剧终时，牙科医生的手也同样没有松开。她不敢去面对牙科医生的目光，牙科医生打了一辆出车把她带到了诊所。

她迷惑着，她仿佛仍然置身在那场二战时期的电影的热吻之中。因而，牙科医生将她带上出租车时，她还没有脱离那个热吻的场景，整部电影似乎都在燃烧，二战时期的碎片在燃烧，男女主人公的爱欲在燃烧。

而此刻，她的心似乎也在燃烧，牙科医生拉上诊所窗帘的声音就像一种旋律一样在她身体中回响。牙科医生走上前来揽紧了她的身体开始吻她时，她似乎还没有醒过来。

她闭上双眼接吻，她的青春期在这座诊所中燃烧着。而当牙科医生的手轻柔地从她衬衣下伸进去，触摸她的乳房时，她的身体受惊了一下。然后，她似乎期待着这种抚摸，她的乳房好像开始胀痛，好像开始有了欲求。

牙科医生开始说话，他说话时吻着她耳朵，他仿佛咬着她的耳垂说话：“我们到沙发上去，好吗？”她不知道他带她到沙发上去干什么？他喘息着说：“我好久都没有女人了，你知道吗？我们到沙发上去吧，我想要你的身体……”她听不见他的话，她只是辗转不出他的怀抱，她根本就没有力气来对付他，她好像也在喘着气，他抱着她来到了沙发上，她已经躺下去。

她本来是闭着眼睛的，现在却睁开了双眼。她看见他正在解开裤子的皮带，不知道为什么，她突然从沙发上站起来了，她恢复了理智。他似乎明白了她的意思，他把解开了的皮带重新系上，他走上前来搂了搂她的肩膀说：“对不起，我太冲动了，我已有好久没有碰女人了。”

她想着他说的话，他说已经有好久没有碰女人了这是什么意思。她马上寻找到了他在旅途中给她讲述的话题，他的恋人死了，离开他了，也许自从他恋人去逝之后，他就一直没有女人。然而她觉得牙科医生在电影中抓住她手的那一刻是美妙的，为什么他不保持那种美妙呢？

她离开了诊所，她只是觉得如果跟牙科医生发生性关系太快了，她好像理解了他的冲动，也许因为她已经被牙科医生吻过了。当一个女孩被一个男人吻过后的那种感觉，开始笼罩她之后，她就这样开始了与牙科医生的来往。

也许因为她已经有了与牙科医生在旅途中的机缘，所以这种交往并不困难。而且当她又一次遇见牙科医生的那天晚上就一块去看电影了，而且那又是一部有爱情高潮的电影，也许这一切都是机缘。

最为重要的机缘在于她被凯抛弃了。这是命运之中的机缘，无论她怎样否定，她都不能否认一个事实：怀着热烈的激情，当她前往凯的老房子，想把自己青春的身体献给凯时，出现了一只木盆，它变成浴盆，为那个发烧的女孩提供了一次幸福和温暖的沐浴。而她的恋人凯从木盆中抱起了那个从火车上带回来的女孩，并把那个女孩放在了窄床上。

这个事实已有足够的理由让萧雨离开凯，怀着迷惘的失落和伤痛的女孩萧雨，很快就在母亲中年的婚纱中看到了一种不幸或幸福的佐证。然而她需要疗伤，她需要新生活。

机缘重新降临在她身边，她见到了牙科医生并走进了他的诊所，当她决定与牙科医生一起去看电影时，无论她承认不承认，她都在试图忘记凯。她想用另一种方式忘记凯，因而她保持着旅途的记忆，保持着对牙科医生的信任。在上电影院之前，她回到了学校，因为上电影院也是约会，所以她洗了头发，披着肩上的散发着柠檬香波的长发，穿着她最喜欢穿的格子短裙，开始搭公交车去电影院。

她不拒绝他从电影院的黑暗中伸过来的手，这是她生命中的第二个男人的手移动过来，当然她的心跳动着。也许是为电影中热烈的爱欲镜头而跳动，也许是为牙科医生触摸到她手的这一瞬间而跳动。总之，她没有拒绝触摸和吻，当然，她拒绝了同牙科医生在诊所休息间的沙发上发生性关系。

她有无法说清的理性和障碍在包围着她，禁止她和牙科医生发生性生活。首先，她不喜欢那张长沙发，因为它放在诊所的休息间里，它缺乏隐秘性和温馨。与凯卧房中的那张旧式木床比起来，它缺乏情爱的诗意，而且它就置放在牙科医生工作的地方。在她的意识深处，动人心弦的性生活应该发生在美妙的环境中，比如电影中的那对情人，只有当他们彼此穿越了战争的岗哨和漫长的禁戒线之后，才寻找到了自由的世界。朝着山冈起伏波动的青草地，他们赤身裸体地开始滚动，然后发生了性关系，这是美妙无比的性生活。

而她呢，她问自己，为什么自己的世界中没有那样美妙的场景。当然，她过去认为凯的老房子是美妙的，她和凯睡过的那张窄床也是美妙的……然而永永远远也不会再产生把自己的身体献给凯的那种热情了。

当然牙科医生很聪明，从那以后，他不再把萧雨带到牙科诊所的休息间去了。她再也用不着去面对那张毫无诗意的沙发了。而且每一次她与牙科医生约会时，牙科医生都没有像第一次那样冲动过。她和牙科医生的约会很平静地进行着，这通常是星期天。因为每周的星期天是牙科医生的休息日。牙科医生喜欢带着她去看电影，屏幕刚刚有色彩，音乐和人出现，牙科医生就会伸出手来把她的右手抓住，放在他的掌心。电影完毕以后，牙科医生会带她到夜市去吃小吃。每次牙科医生都会把她送到公共车站牌下面，在她上站之前，牙科医生会吻吻她的腮帮。

她很少回家去，因为母亲的再婚给家里带来了一个男人。她对这个男人几乎没有多少印象，而且，她的继父总是沉默寡言。每次她回家时，都听不到他多说几句话，母亲开始关心她毕业后的去向问题。母亲说吴叔帮忙的时候到了，那天晚上，母亲说要请吴叔吃饭，主要是为了让萧雨在吴叔的帮助下找一份好工作。直到如今，萧雨都不知道吴叔到底肩负着什么样的职业。而且母亲说话时好像充满了许多难以解开的谜。

然而，母亲说得很对，她很快就要跨出校门了。时光总是在悄然地移动着脚步，每个人都不在意自己的脚步声。然而现在的时间总是变成过去的时间，而将来的时间也会变成现在的时间。

萧雨当然也期待着毕业以后能有一个美好的未来，她最想去的单位是电视台。当她把这个愿望告诉母亲以后，母亲说没问题，只要有吴叔帮忙就绝对没有问题。

这样一来，她就更觉得吴叔神秘了。母亲给她买了一件连衣裙，要让她穿上去见吴叔。她觉得那件连衣裙很漂亮，就穿在了身上，母亲说："我的女儿简直是一个美人……"她站在镜子前，母亲站在她身后，母亲说："凭你的姿色，你肯定能进电视台。"她看着镜子中的自己，觉得那并不是自己的原型，她找不到自己的原型了，因为母亲改变了她。

在一间神秘的饭店包箱里面。吴叔出现了。母亲带着萧雨早已静候在里面，不知道为什么，母亲没有带上继父去见吴叔，而且他们出门时，连继父的影子也没有看见。

萧雨总觉得吴叔跟母亲的关系很暧昧，从她陪同母亲去首饰城的那一刻她就已经感受到了。吴叔竟然把那样贵重的项链送给了母亲，而母亲竟然接受了吴叔的礼物，而且毫不推辞。

吴叔坐在母亲一侧，而萧雨坐在母亲身边，整顿晚餐都围绕着萧雨毕业的分配问题而展开了话题。母亲不时地举起杯来与吴叔对饮干杯，萧雨已经感觉到母亲喝多了，然而吴叔看上去却很清醒。当母亲开始变得语无伦次时，吴叔就用一双笑眯眯的眼睛看着萧雨说："你已经长成大姑娘了，没问题，我向你保证，你一定会进电视台的，一点问题都没有。"他一边说一边伸出手来摸了摸萧雨肩上的长发。

萧雨的心开始向往着自己的未来生活，这是她除了爱情之外，向往的另外一种生活。她沉醉在她刚与吴叔干完的那杯红酒之中，母亲已经醒了，她趴在餐桌上睡了几十分钟，好像又突然回到了现实中。

母亲开始驱车回家，母亲一边移动着手中的方向盘一边对萧雨说："你不用担心，在你分配的问题上，你吴叔肯定会帮忙的，我保证……因为，如果他帮不了这个忙，他就对不起母亲……"不知道为什么，母亲说话时的嗓音显得有些伤感，但母亲还是把车开回了家。继父来开门，母亲好像对继父的存在显得很冷漠。母亲也沉浸在对萧雨未来的命运之中，她似乎把这一切都寄托在吴叔身上，这使得萧雨对吴叔充满了期待。

半个多月后，吴叔给萧雨来了电话。自从上次跟随母亲去旅行之后，母亲就给萧雨配备了手机。萧雨不知道吴叔是怎样知道她的电话号码的，当她听见吴叔的声音时，好像受惊了一下，随即整个身体都在帮助耳朵倾听吴叔的声音。

她当时正站在校园的小径上，她刚从图书馆出来，腋下夹着两本书。吴叔让她如果有时间的话，这个周末到他那里去一次，他将与她谈工作的情况。她答应了吴叔，随即给牙科医生去电话，推辞了与牙科医生的约会。她给母亲打电话，问母亲是否有空陪她到吴叔那里去，母亲很敏感地问她吴叔跟她约的是在哪里见面。她照着在电话本上记下的地址念了一遍吴叔的地址：昆山路30号。母亲迟疑了一下说：“还是你自己去吧，母亲还有别的事情。”母亲隔了一会儿又给她来电话，告诉她跟吴叔见面，要穿漂亮点的衣服。

母亲的声音好像充满了许多暗示，她把自己的所有衣服想象了一遍，她似乎在用身体感受那些衣服给她带来的另一个时刻，一个脱颖而出的时刻，一个改变命运的时刻，也许这就是母亲给她的暗示。

这暗示已经在她体内潜移默化，催促她在那个特定的时刻，在那个星期六的下午，在出发之前，站在镜子前审判自己的形象。她终于在镜子中看见了自己，她发现了一个事实：自己正期待着镜子中的形象，那个穿上了白色连衣裙的女孩前去改变自己的命运，因而她竟然把那条从未用过的口红放在嘴唇上擦了擦。嘴唇出现了另一种色彩，那口红亮而艳丽，她很快抹去了口红。

昆山路是一条并不繁华的街道，竟然连出租车也很少看见，当她站在30号门牌下面时，突然看见了门卫，而且不是一般的保安，而是门卫。她无法说出这种感觉，门卫挡住了她要她出示身份证，幸好在她包里随身带着身份证，然而这还不够，门卫还要问她找谁。她只知道吴叔就叫吴叔，并不知道吴叔的名字，但是她有吴叔的电话号码，她把号码说了一遍，门卫看了看她，让她进去了。

她找到了吴叔住的那幢楼，这幢楼看来有些年代了。她敲开了门，吴叔开的门，吴叔看了看她神色有些怪，吴叔说："我不该让你到这样的地方来，我们换一个地方吧，你到昆山路朝左拐的路口等我，我会马上开车来接你，好吗？"

她显得很慌乱，她还没有进吴叔的房间，当然，这绝对不是吴叔的家，而是吴叔办公的地方。她按照吴叔的安排已经站在昆山路朝左拐的路上，这是一条很肃静的马路，当她站在那里时，就像一棵风中的树一样成了风景，她那白色的连衣裙一尘不染，而她的头发散发着香波的味道。

不到几分钟，一辆黑色轿车就已经来到了她身边，车门敞开了，她钻进车厢，吴叔戴上了一副墨镜对她笑了笑，吴叔说我会带你去一个松弛的地方，好吗？她感激地点点头。

轿车在不知不觉中已经出了郊外。吴叔说时候不早了，我们去一家农家小院用晚餐好吗？你一定喜欢吃农家菜。在一片树林中，出现了一座农家庭院，萧雨知道城市人近年来喜欢把车开到郊外的农家餐厅用餐。也许这也是一种时尚，吴叔带着她下了车，她没有想到，农家小院的餐馆也有包厢，而且吴叔好像跟开农家餐厅的人很熟悉，他们很快就给他们安排了一间包厢。

包厢几乎全是用木板相隔，木板上保持着一系列的纹露。木餐桌、木地板、木墙构成了一个小世界。无论如何萧雨都显得有些拘谨，好像始终有墙壁阻挡她与吴叔交流。

她和吴叔面对面坐在窗口，吴叔刚刚摘下眼镜，吴叔已到了中年，跟母亲的年龄差不多。吴叔说：“你的工作不用担心，我会为你安排的……”吴叔一边说一边用眼睛看着萧雨说：“你还很年轻，道路还很漫长，你一定会有一个美好的未来。为了你的未来，我想，我们应该干一杯，不是吗？”

萧雨很兴奋，因为在举杯之前，吴叔已经向她许了愿，这就是说她完全可以实现自己的愿望，到电视台去工作。吴叔说：“干杯……”她就把杯举起来了，她的嘴唇就像涂了蜜一样甜蜜，在这样的时刻，即使杯子里斟满了毒酒，她也会和吴叔干杯的。

这次会面让她心灵深处荡漾起对未来的向往，从农家小院用完晚餐之后，已经到了暮色笼罩四周的时刻。吴叔说："到我那里坐坐吧，这样你就知道我的住所了，今后有事，可直接到我的住所找我，好吗？"

吴叔驱着车，到了一片住宅区，萧雨只是觉得深褐色的暮色洒满了那片住宅区的楼房，她跟在吴叔后面。吴叔对她说如果今后你来找我，有人问你的话，你就说你是我的表妹，记住了吗？萧雨点点头，发现吴叔这人很奇怪，不过，她还是乐意做吴叔的表妹的。吴叔打开了防盗门，让她先进去，吴叔说："我独自一个人住在这里，你不用拘谨……"萧雨觉得奇怪，吴叔这么大年龄了，为什么没有家庭呢？

当灯光打亮之后，萧雨看见了一只摆在茶几上的镜框，上面有一个女人，一个男孩，还有吴叔，吴叔看见她在看镜框就解释说："那是我的家人，他们在另一座城市生活。"萧雨似乎明白了一点，吴叔属于那种两地分居的家庭状况。

吴叔拉上了窗帘，客厅很大，萧雨感觉到突然有音乐从客厅中升起来，这是流行的抒情音乐，吴叔说："我们跳支舞吧，好吗？"萧雨愣了一下，但没拒绝，因为她确实没有在吴叔的眼里看见任何可以伤害她的东西。

甚至，在吴叔的眼里闪现着一种爱，她不知道这是一种什么样的爱。她想起了父亲，不知道为什么，她享受父爱的时间是那么短暂，她不知道这是不是上苍的一种安排。然而在偶然的情况下她也会强烈地想念父亲，比如现在。

她和吴叔就这样伴着舒缓的抒情歌曲开始在隐秘的客厅中旋转，吴叔始终不说话，他的思绪好像飘得很远。萧雨敏感地感受到了吴叔的内心世界已经深入这暮色上升的夜晚之中，她不再想看不见的父亲了，而是回到了现实中来。她总共陪吴叔跳了三支舞曲，然后她想回去了。

吴叔没有再挽留她，吴叔说你可以到大门外的公共车站乘车，临走时，吴叔把他的住宅电话、住宅门牌号告诉了她。吴叔没有送她，只站在门口说了声再见，当她再次回过头去时，吴叔已经把门关上了。当她站在公共车站等候公交车时，她的手机响了，是母亲来的电话。

母亲很着急地问她："萧儿，告诉母亲，吴叔没有为难你吧？"萧雨笑了笑说："吴叔怎么会为难我呢？我陪吴叔跳了三支舞，现在我在等候公共汽车，我要回学校去……”母亲说：“你去了吴叔的家对吗？”萧雨点点头说：“吴叔已经许愿了，我到电视台去工作根本就没有什么问题……”母亲神秘莫测地笑了笑说：“母亲祝你心想事成。”

公交车始终没来，也许又碰上道路堵塞了吧。萧雨突然想起了牙科医生，她拨通了牙科医生的手机，她很想与牙科医生说话，在充满对未来的幻想之中，她很想把自己的感受告诉牙科医生。

牙科医生的手机为什么在这样的时刻关机呢，难道牙科医生一点也没有感受到她的存在吗？公交车还没来，她决定走两个站，在这样的夜色中，街道上依然有散步者，如果能与牙科医生在这样的夜色中散散步，谈谈自己的未来，那一定是一件很愉快的事情。

走了两个站以后，她突然发现离牙科医生的诊所已经越来越近了，已经有很长时间了，她并不知道牙科医生住在哪里。当然，她听牙科医生说过，他一直跟父母同住一块，过两年他就会用开诊所的积蓄买一套好点的房子。牙科医生曾经说过这样的意象，等到他能买一套房子时，到时候他就会向萧雨正式求婚。

她看见了灯光。她此刻已经站在马路对面了，她在夜色中笑了起来，她寻找的人肯定在诊所里，如果她前去叩门，牙科医生一定会高兴的。她在等绿灯，红灯似乎很缓慢，红灯始终燃烧着，宛如萧雨身体中正在燃烧着的那一团火光，它照耀着她对未来的幻想生活。

穿过马路时，她的心跳动着，想急切地奔向牙科医生。自从凯从她生活中消失之后，她就有了牙科医生，在这些日子里，除了没有把自己的身体献给牙科医生之外，所有恋人们举行的约会仪式她和牙科医生都在经历着。

她之所以一直没有把自己的身体献给牙科医生，是因为她期待着炽热之火把她笼罩的时刻。如果有那样一个时刻到来，她一定会把自己的身体交给牙科医生的。现在，尽管，她已经和牙科医生按照每个恋人的程序约会了很长时间，然而，她身体中的那一场风暴善未降临。

这种来自身体的风暴她曾经经历过，在与母亲的旅途生活中，她身体中的风暴来自她对凯的热恋，同时也来自她对生命之中降临的那张窄床的迷恋。也许那就是她生命中产生的第一次情欲之火，想把自己的身体献给一个男人的火焰，使她同时也看见了挫败她生命的场景，从那以后，她似乎就失去了热情。

在这样一个晚上，如果牙科医生守候在诊所里，是为了等候她的降临，也许怀着对未来的憧憬，她会产生爱欲之火。然而，当她把手放在门上时，她好像听见了别的声音。

在这个世界上，萧雨对声音是如此的敏感，然而在交织着她敲门声的声音里，她并没有意识到一个混乱的世界将在她眼前展开。门竟然没上锁，她推开了门，把门锁上，她想牙科医生也许在里面看电视，休息间里有一台旧电视。

然而，古怪的声音却从里面传出来，萧雨叫了声牙科医生的名字，通常她并不叫唤他的名字。她站住了，大约是被那些古怪的声音笼罩住了，牙科医生好像并没有听见她的叫声，她循着前面的声音往前走，牙科医生突然从休息间走了出来，他穿着一件白衬衣，但纽扣全解开了，露出了牙科医生的胸。牙科医生显得神情慌乱："萧雨，你怎么会来……"

牙科医生竭力要把她往外面引去，然而，萧雨觉得事情很蹊跷，好像休息间里还有人，她不住地回头，然而牙科医生挡住了她的目光，萧雨迷惑地说："就你一个人吗？""当然，就我一人……"牙科医生很肯定地说。

她更迷惑了，牙科医生为什么没扣上衬衣的衣扣，当她的目光往牙科医生的衬衣看去时，她发现了牙科医生的衬衣领口有一道红印子，好像是花瓣形状，萧雨很多年以后才知道，那是一个女人印在牙科医生衬衣上的嘴唇印，那个女人当然就是牙科医生聘用的女消毒员。

牙科医生扣上了衬衣说："刚才太热了，所以我解开了衬衣。"她相信了他。现在，牙科医生主动邀请她说："我们到外面走走吧，这房间里空气不好……"这正是萧雨所期待的，她同意了。

她挽着他的手臂，那种奇怪的感觉已经从她心中消失了，包括听到的声音也同时消失了。牙科医生好像很平静地倾听着她的声音，他们在夜色之中走了很远，她的心灵充满了甜蜜。

吴叔在另一个星期五提前给她来了电话，让她把自己的简历送一份给他，他们又约好了星期六晚上见面。这次见面的地点在吴叔家里，她事先给牙科医生去了电话，把约会推迟到星期天的下午。她还给母亲去了电话，母亲说："萧儿，去吧，你吴叔对你是会负责任的。"她很想告诉母亲跟吴叔在一起，会让她想起父亲来，然而，她感觉到母亲早已对父亲这个话题不感兴趣了。而且母亲生活也永远不缺少男人，她应该早就把父亲忘记了。

父亲永远也不会在她和母亲的现实生活中出现了。当她去与吴叔约会时，她乘着公交车，周末的傍晚，乘公交车的人很少，她坐在位置上，想着父亲带她回爷爷奶奶的乡村的夜晚，夜空明亮，群星闪烁。她过去以为，父亲会永远牵着她的手，父亲会永远站在她身边，这个现实永远地破灭了。

她记住了吴叔的门牌号，直到如今她还不知道吴叔到底是什么身份。然而，她已经隐隐约约感觉到了吴叔是一个有权力的人，因为吴叔对她的许诺之中包含着一种权力，还有吴叔戴着的那副墨镜也隐藏着一种权力。

为了未来，萧雨情不自禁地乘着公交车，向着吴叔的地址靠近，她的心灵洋溢着一种激情，她并不知道，她正在伸出双手攀缘着吴叔显现出来的权力之树，因为她的最大愿望就是进电视台，因为只有吴叔可以帮助她进电视台。

当她把手放在门上敲门时，才敲了第一声，吴叔就前来开门了。她嗅到了一阵花香，客厅里有三个花瓶都插上了玫瑰花，吴叔说："嗅到香味了吗？这是为你准备的玫瑰花。"

她感到受宠若惊，因为她来，吴叔竟然为她准备好了那么多玫瑰花。她有些感动，伸了伸舌头，把自己的简历交给了吴叔，吴叔看了看简历说："你条件很好，你就放心好了。"客厅里已经在不知不觉中又回响起了音乐，吴叔说："我们放松放松，跳支舞，好吗？"她当然没有拒绝，而且嗅着这花香，心情仿佛灿烂极了。

吴叔在这灯光下似乎显得很年轻，不过，通过吴叔她还是禁不住又想起了父亲。她把手伸出去交给了吴叔，因为想起了父亲，她总是对吴叔有一种无法说清的亲切感。而且，因为有了吴叔，她的未来慢慢变得清晰起来。

吴叔说："在这座大都市里，人会感觉到很孤独，吴叔可以每周都邀请你过来跳支舞吗？"她点点头说："你是我的恩人，我当然愿意陪你跳舞……"她本想说："你让我想起了许多年消失不见的父亲，跟你在一起，我好像跟父亲在一起的感觉，所以我愿意陪你跳舞……"

她答应了他，她不仅仅觉得他在某种意义上很像父亲，而且她还觉得他很孤独，就像他所说的那种孤独。这样的时间持续了很久，在每个星期六晚上她都会准时地陪他在客厅里跳三支舞，每当她降临时，他都会在花瓶里插上红色玫瑰花。

每当跳舞时，她都会沉浸在对未来的期待中，她之所以能长久地陪他跳舞，是因为吴叔在跳舞时举止很有礼貌。他从来没有做出过让她不舒服的举动，因而这种跳舞生活就延续了下来。除了跳舞之外，吴叔不断地送她小礼物，比如手表、手套、包、钱包等等。

在很长的一段时间里，她生活中有两条线，当然除了回家之外，事实上因为有两条线占据了她的生活，她已经没有更多时间回家了，而且她也用不着经常回家。自从母亲结婚以后，她深信母亲已经不会像从前一样孤单了，这是她回家少的原因之一。另外，除了校园生活之外，她生活中的另外两条线是那样脉络清晰，它就像已经凸现在她皮肤上的花纹，当然是绚丽而灿烂的花纹，可以呈现出来。

她一方面要奔向牙科医生，这是凯消失之后，她的第二个恋人，他的出现让她可以抚平凯留在她心灵深处的伤痛，他的出现可以使她的青春期不缺乏爱情。很长时间以来，在她看来，牙科医生一直很尊重她，除了挽着手散步或在分别时留下吻之外，他从不冒犯她的身体，也不要求她的身体做什么。事实上，跟牙科医生在一起时，她更愿意去看电影，或者去公园散步，她的身体似乎还没有产生不顾一切的爱欲。也许，时间尚未到达那种身体被爱欲燃烧的时期。

另一方面她要在约定的时间奔向吴叔的住所，她总是在那个特定的时间穿上去会见吴叔的衣裙。母亲后来嘱咐她说，去见吴叔时，不要穿那些妖艳的衣服。事实上，母亲的嘱咐几乎是多余的，因为她从来就没有像母亲说的那种十分妖艳的时装。

与一个中年男人跳舞，她要时时刻刻想到贴近这个中年男人的衣装，这是她后来才感悟到的事情。她渴望成熟起来，当她有一次穿一条短裙去见打着领带的吴叔时，她油然地感到不好意思起来，她感觉到了自己的幼稚。从那以后，她就尽可能地寻找让自己变得成熟起来的衣装。

尽管如此，她仍然在镜子中感受到了自己的幼稚。总之，她渴望成熟起来，奔向吴叔的住宅可以让她感受到一个中年男人的成熟。吴叔始终如一地用红色玫瑰花迎候着她，而且始终如一地放着那几首有些伤感的抒情舞曲，始终如一地从不侵犯她的自尊心，这让她同时有了安全感。她可以完全信赖吴叔了，她不再胆怯地伸出手去跳舞了。她和吴叔交谈着，脚步轻缓地旋转，为了未来，为了她心灵深处所期待的未来。通过与吴叔的进一步交往，她知道吴叔是在她生命中出现并因此改变她命运的人。

命运并不像她持续奔走的脚步声那样轻快，有一天中午，她接到了一个女人的电话。女人在电话中告诉她说，她是牙科医生诊所的消毒员，她有十分重要的事想跟萧雨谈谈，她现在已经站在校园门口了。如果萧雨同意的话，她们可以到校园外的那家茶馆去，女人说她已经看见了茶馆，正是中午，茶馆中没有一个人，是一个谈话的好地方。

萧雨来不及犹豫，她感觉到这个女人似乎确实有什么事急于与她交谈，而且她又是牙科医生诊所的消毒员，她去牙科医生诊所时一次又一次地与她见面。这个女人在诊所中总是戴着一只白色的大口罩，遮住了她三分之二的脸，只露出了一双大眼睛。萧雨很少跟她说话，因为消毒员似乎从没有空闲与她说话。

她想也许那个女人有事需要自己帮忙，因为牙科医生曾经跟她说过，她来自一座小镇，卫校毕业以后就来到了这座城市求职，他聘用了她。现在，她来到了那家茶馆，消毒员已经在等候着她。

消毒员第一次在萧雨面前露出了完整的面容，她长得很清秀，眼睛很大，只是皮肤黑一些，不过，轮廓很好看。萧雨感觉到消毒员似乎有无尽的心事，她刚坐下来，消毒员就说："我今天来找你，是来求你的。"

"为什么求我……你的家很遥远，我知道，如果你有什么事，请不必客气，我会尽力帮你的……"那一刻，从小在城市长大的萧雨的心中充满了对这个出生于小镇，前来城市寻找前程的年轻女人的怜悯之情。

消毒员突然流出了眼泪："萧雨，我知道你是一个善良的姑娘，所以，我才前来找你……我已经怀上了牙科医生的孩子，我之所以来找你，是请你离开他，我没有什么退路了，我已经怀孕了……"

萧雨的脸变得灼热起来，好像在火炉边，那剧烈燃烧的火焰就像刀片一样紧贴着她的面颊，还有她的心，她语无伦次地自语："你说什么，怎么可能，根本就不可能，牙科医生是我的男友……这样的事情你怎么能够胡编……牙科医生让你有了职业，你为什么不感激他，反而侮辱他……"萧雨抑制不住内心的愤怒，她突然觉得这个来自小地方的弱女人的心灵充满了丑陋，她一定要保护她跟牙科医生的爱情，一定要维护恋人的荣誉。

"萧雨，你难道不相信吗？"有一次你去找牙科医生，我和他正在发生着性关系，你出现了，牙科医生慌乱地穿着衣服去见你……难道你没有看见他的衬衣没扣上纽扣，难道你进诊所时没有听见声音……”

久已逝去的一幕场景通过消毒员的声音重又展现出来。萧雨仿佛在撕裂的灵魂中重又回到那个晚上，那是一个怎样的晚上啊，那是她心情最为美好的晚上。因为公交车迟迟未来，她散着步到了诊所，她是多么想把自己美妙的心情展露在牙科医生面前。

牙科医生出现了，从她倾听到的古怪的声音中走出来，因为她的心情太美妙，就像云一样缥缈又虚无。她似乎还没有进入那种古怪的声音中去，就已经从古怪的声音中走出来了。

以至于她相信了牙科医生对他衬衣的解释，她相信了他的解释。因为很快地，牙科医生就同她走在了夜幕之下的马路上，她挽着牙科医生的手臂，依偎着她，似乎想走到有繁星照耀的美妙世界之中去。

她怎么能想象到，在她怀着美妙的心情前去寻找牙科医生的时刻，竟然是牙科医生与女消毒员发生性关系的时刻呢？即使是现在，她仍然不相信，她摇摇头说：“不，我不相信。”

女消毒员说："事实上，这样的性关系已经发生很久了，从我进牙科诊所以后，他就要与我发生性关系……我以为我寻找到了一个可以终生依托的男人，后来，你出现了……我才知道，牙科医生并不爱我，他爱的是你……他只不过借助我的身体发泄他的欲望，仅此而已。然而即使是你出现以后，他仍然与我的身体保持着性关系……在牙科诊所的休息室里，在那张长沙发上……终于，我怀孕了……我还没来得及去告诉牙科医生……我就来找你了……我已没有任何退路，在这座城市，我除了认识牙科医生之外，就只认识你……帮帮我吧，你还有无限的前程，请怜悯怜悯我，把牙科医生留给我吧……"

女人突然站起来，跪在了萧雨的膝头前，萧雨拉起了女人说："你不要这样，你千万别这样……"萧雨一边说一边看了看四周，因为她突然感受到了这是她生活的区域，她突然感受到了世界就像一个风扇一样扇动着她的身体。她无法脱离开这个世界，所以她不希望熟悉的人看见刚才的情景。她嘘了一口气，周围看不见一个熟悉的人，午后的茶馆是安静的，那个女人站了起来，她感觉到一个世界即将坍塌下来。然而她还是不相信，她要去寻找牙科医生，她要当面去质问他，发生这一切到底是为什么。

她付清了茶馆的费用，就从女人身边消失了，她给牙科医生打电话，牙科医生好像戴着口罩跟她说话：“萧雨，我正在给一个病人洗牙……有事就到诊所来吧，好吗？”牙科医生似乎感受不到她内心被撕裂的那种困境。

她来到诊所时，牙科医生已经给病人洗完了牙，病人刚出门时，也正是她进门的时候。牙科医生摘掉口罩说：“萧雨，你好像有事？”萧雨面对着牙科医生注视着他的眼睛说：“你知道消毒员怀孕了吗？”“哦……她有两天没来上班了……她怀孕跟我有什么关系呢？”“难道真的没有关系吗？难道你和消毒员没有发生过关系吗？”

她省略了“性关系”，而换成了“关系”。因为对当时的萧雨来说，很难轻易说出“性关系”这个词汇。牙科医生说：“萧雨，我知道，她把一切都告诉你了……我并不爱她。作为一个男人，有时候我会有一种性冲动，而她又愿意与我发生关系……总之，我并不爱她……我爱的是你……因为我爱你，所以我从不勉强与你发生性关系……我在等待……如果你受到了伤害，我可以马上辞退她，让她从我们生活中消失……当然，我会给她一笔钱……”

她以为他会毫不犹豫地否定，而那也许正是她期待的。如果他能够坚决地否定，那就说明消毒员告诉她的事情并不成立。如果他否定了，那只不过是一个谣言，一个女人为自己制造出来的谣言。然而他不动声色地承认了这件事，而且他说话时的语调，把这一切都归咎于自己的身体之欲。萧雨与其说被震惊了，不如说被这个事实残酷地抽打了一次。当他说话时，她又一次经历了疼痛，而且他似乎并不感到羞愧，也没有感觉到他已经亵渎了他与萧雨的情感。

他把所有这一切都归咎于一个没有爱情而发生的性故事。这正是他使她感到无法容忍的地方，她浑身颤抖，然而还是倾听完了他的陈述，他的所有陈述都充满解脱，因为他对消毒员无爱情，他与她发生的性关系只不过是性欲望的表现而已。

她终于感受到了前所未有的亵渎，牙科医生站在她面前，恬不知耻地亵渎了她内心神圣的爱情。她抽身而去，从此以后她再也不想见到牙科医生。当牙科医生追上她把她抽搐的身体再次拥在怀里时，她突然不能接受对她身体的这种巨大的亵渎。她挣脱着，用尽了力量，来自厌恶的力量，来自愤怒的力量，甚至来自仇恨的力量。

然后她挣脱了他的怀抱。牙科医生与萧雨的爱情故事就在她挣脱出去的那一刹那彻底消失了。当她坐在公园深处的椅子上捂住手帕抽泣时，她把两次爱情归咎为经受不住考验的爱情。

第一次爱情与窄床有关系，这张窄床充满了她和凯睡觉的故事。尽管两个人躺在同一张窄床上，却保持着身体的贞操，两个人都维护着这一切，而一旦出现了另一个女孩，凯从火车上带回来的那个女孩，那张窄床，浪漫而多情的窄床就经受不住考验了。凯把女孩的裸体放在了窄床上。

第二次爱情同样经受不住考验，她想起了牙科医生的性冲动。当他们因为机缘再次见面时，牙科医生把她引到了诊所的休息室，她把引诱到了沙发上。她拒绝了牙科医生的性冲动，同时也抑制住了牙科医生的性冲动。然而，牙科医生并没有因为她的出现而经受住爱情的考验，他依然与诊所聘用的消毒员有染。

经受不住考验的爱情带来的悲伤使她流出的泪水彻底浸湿了那条手帕。她哭红了双眼，离开了公园。从此以后，她与牙科医生的机缘永远地丧失了，再也激荡不起任何漪涟。

周末的一条线消失之后，剩下的就是通往吴叔的另一条线路。她期待着未知的前途来弥补身心遭受亵渎的伤痛。当然，通向吴叔的路充满了红色玫瑰的香味，还有抒情舞曲的旋律。而且当她成为吴叔的舞伴时，她总是能寻找到一种安全感，似乎只有吴叔才不会伤害她，似乎只有吴叔才可能给她带来对新生活的期待。而且还不仅仅如此，有着父亲一般胸怀的吴叔，让她感觉到失去的父亲又回来了。

有一天她偶然乘公交车经过牙科诊所的那条街道，她看见了消毒员，那个从小镇来的女人戴着口罩站在门口正在晒太阳，暖洋洋的太阳照在她开始隆起的腹部，一切都证明着她与牙科医生发生性关系的前因后果。

公交车很快绕过了那条街道，就像已经转换了风景带，她将去见吴叔，她将陪孤独的吴叔跳三支舞曲。她已经快毕业了，时光在递嬗着，翻拂着日历，而她的身体交织着的花纹已经被她带到了新的时光中。

第三章　背　叛

阳光洒在夏冰冰的脸上，使她觉得已经重新寻找到了一种新生活。她终于寻找到了工作：家教。很长时间以来，她反复思考，因为无法承担她藏在旅馆衣柜中的那种耻辱，她决定寻找一份校外的钟点工职业。

她是在校园的一个烧烤铺上理解了这个道理的。当时，她坐在一个角落，她又冷又饿，刚淋了一场大雨，她无意之中乘着公交车经过了市百货大楼的花园街道。当她的目光看着窗外的人行道时，她看见了赖哥和他妻子。

难以言喻的事情出现了，他妻子竟然挽着赖哥的手臂在行走，两个人行走得很缓慢，好像在散步，又像在私语什么，根本不像赖哥所说的那样。由于下着雨，赖哥撑着一把红雨伞，他们依偎得很近，头碰头地朝着前走。夏冰冰已经好久没见到赖哥了，她下了公交站，她有一种古怪的念头，想跟在赖哥他们的影子后面，走一段路。

她没带雨伞，她似乎没有感觉到天在下雨，然后，她只是感觉到了嗓子在冒烟，她需要倾听。事实上，她是想询问赖哥，为什么跟他妻子依偎得那么紧，他不是说跟他妻子没感情吗？他还说过要跟他妻子离婚。

这种古怪的念头终于使她的脚步追上了前面的影子，赖哥无意之间回过头来看见了夏冰冰，然后令她感到难以忍受的是赖哥好像一点也不认识她，目光只在她身上停留了片刻，又移开了。然而，继续撑着伞朝前走。

她终于意识到自己古怪的念头有多可笑，于是她开始放慢了脚步。转眼之间，赖哥和他妻子就从她的视线之中彻底消失了。

她全身湿透，终于迷惘地走到了烧烤铺，她的嗓子冒烟，然而她希望能咀嚼一种十分辛辣的东西，坐在烧烤铺里，独自一人，她开始咀嚼着一块撒满辣椒的鸡翅。那种辛辣味可以使她抑制住的泪水闪现而出。

尽管拮据，她还是为自己要了一瓶最便宜的啤酒，她一边喝着啤酒一边看着烧烤铺中进来又出去的人。她突然看见了一面镜子，一个人付账时的场景，让她悟出了一个最为简单的道理：如果她想彻底摆脱与赖哥的关系，就必须还清赖哥从他包里抽出来的那些钞票，她眼睛似乎已在迷惘中看到了一线希望。

第二天，恰好是一个星期六，她一早就带了一张事先准备好的纸牌，上面写着两个字：家教。那是她悄悄地在宿舍中为自己准备的纸牌，当时，宿舍中没有一个人，所有的女生都不在，她有了一种置身于家的安全感。然后她带着希望站在一座立交桥上。

她有许多次无意之间经过了这座立交桥，上面站满了求职的人，有从四川、广东、浙江来的木匠，有从四川来的保姆，当然也有寻求家教的青年学生。她当时根本没有想到有那么一天，她也会跻身在立交桥上的队列之中，用无助的目光寻求支持。

她寻求家教的另外一个原因，是为了母亲。母亲的职业不稳定，不断地换工作，她希望用家教换来的薪水支持一下母亲。她胆怯地，然而是坚决地把那张纸牌举在自己胸前。

那张纸牌如同人生的游戏牌，使她陷入迷惘的眼睛透出几丝期待，她想起了父亲，她知道这一切的一切都是因为父亲。然而，她一点也不埋怨父亲，她根本就不恨父亲，相反，她为父亲死后有了一座属于他的碑墓而高兴，她觉得为父亲做这些事都是值得的。

她之所以想起父亲，是眼前开始交织着一只酒杯。直到如今，她还不知道为什么父亲那么喜欢喝白酒，那种辛辣之味真难受，难道仅仅是为了寻找一种麻醉自己的方式吗？

一个男人正朝着她胸前的纸牌走来，这个男人戴着一副眼镜，他更关心的事就是她胸前的纸牌，而不是纸牌后面的她。他来到她身边突然站住了，他跟她开始交谈，他问了问她的情况，然后才开始端详她的面容，他点点头说："好吧，你就跟我到家里去看看，每周六你都来辅导我女儿，我会付给你高薪的，好吗？"

她把那张纸牌无意间扔在了天桥上，她跟在这个男人身后，她的希望就这么简单地实现了，这是她意料之中的也是她意料之外的。男人递给了她一张名片，在她上车之后。

男人的车停在天桥不远处的停车场上，她很难想象，这个看上去年仅三十来岁的男人已经有女儿了，生活是多么难以解释。她钻进了车厢，男人递了张名片给她，她看见了他的名字：韩林涛。其他的字太小，她还没有看，过后她仔细看了看这张名片，才知道这个青年男人竟然是一家广告公司的经理。

韩林涛领着她上了一幢二层楼的房子，她当然从未见过这样的小洋楼。她的身份、地位与这样的小洋楼从来没有关系，如果不是家教，她怎么会跑到这样的郊外。这确实是郊外，对她来说是已经出了城的郊外，她唯一关心的是公交车有没有通向这片刚刚矗立起来的住宅区，他似乎感受到她在寻找什么。他对她说，每周星期六的上午 8 点整，他都会准时用车去接她。

一个小女孩正孤单地被锁在房间里，尽管房间里到处是玩具，然而，她还是看到了小女孩的无限孤单，这个女孩刚好七岁，已经上小学一年级。当她看见这个女孩时，又吃了一惊，她很难把这个七岁的女孩跟韩林涛联系起来。然而，韩林涛确实是这个七岁女孩的父亲。

家里很豪华，对于从小生活在底层社会的夏冰冰来说这种豪华只在画报上看见过。她站在客厅中回不过神来，韩林涛走上前来把一杯橙子水递给她时，她还在想着那个家教的梦，而当梦实现时，她却惶惑不堪。七岁的小女孩站在不远处看着她，仿佛在看着一只玩具，一只从不认识的新玩具。

她设想，从此以后，每个星期六，她都出入于这里，与这个年仅七岁的小女孩在一起交流生活，她是女孩的家教老师；她设想着从下周六开始，她就将开始一点点地积蓄一笔又一笔钞票，她想起了埋葬父亲的坑，坑刚掘开时，她嗅到了泥土的潮湿味。那味道至今仍是那么潮湿，保持在她身体的记忆深处。然而，父亲之所以拥有了那个坑，拥有了能够躺在大地怀抱的权利，是因为赖哥为父亲买下了那座墓地。

她突然觉得赖哥并没有错，赖哥在他们一家最为困难的时候，帮助他们，帮助父亲睡在了大地上。她的心灵又开始充满着一种感觉，所以，她决心开始积蓄。如果钱可以偿还清赖哥的恩情，那么她的选择是对的。

没有人知道在那个星期六早晨，她早早起床是为了什么。她把自己洗得很干净，头发光亮，衣服散发出一种春天的气息，她在8点钟以前已经站在学校门口的台阶上，没有人知道她站在台阶上是为了等待。

韩林涛这个名字对她来说是陌生的，如果不是为了家教，她永远都不会认识这个名字。当然也不会认识这个男人，那时候她还没有注意到韩林涛家里没有女人，只有他跟七岁的女儿生活在一起。

车很准时地在8点钟出现了，他为她圈定的8点钟仿佛是魔圈，使她钻进了车厢。她似乎看不清楚韩林涛镜面下面的眼睛，不过，她也不想研究他的眼睛。她第一次发现自己的目的如此明确，她要工作，她要尽早还清赖哥为父亲掏出的钞票。这个目的使她心平气和，她知道为了这个目的尽早地实现，她会付出代价。

韩林涛把女儿交给了她，就出门了。他临出门时告诉她，冰箱里有东西，中午让她陪女儿吃饭，他下午就会回家。这就是她的工作，陪同七岁的女儿做作业，辅助韩林涛七岁的女儿学习。这个工作比她想象中的要简单得多。四周以后，韩林涛把一个多月的薪水付给了她，总共 800 块钱。

韩林涛付给她薪水的时候，正是他的女儿跟夏冰冰相处很友好的时候。只要夏冰冰走进韩林涛家的客厅，那个七岁的女孩就会扑进她的怀抱，叫她夏阿姨。

当她第一次领到她四个星期得到的薪水时，她的心情很激动。夏冰冰知道钱产生的魔力是无法解释的，如果赖哥不是一次又一次在她们一家最为困难的时候为父亲买下了墓地，为父亲付清了住院费，她怎么会一次又一次地把感恩的心累积起来，最终用身体来感恩呢？钱就这样奇迹般地来到手上，她知道她的人生已经发生了魔幻般的时刻：她终于靠自己的价值寻找到一张又一张的钞票了。

她掩饰着自己的慌乱和欣喜，无所谓地把韩林涛交给她的 800 元钱装进包里。她不想让别人看见她的目的，她不想让住在洋房中的这个 30 岁的男人看见她灵魂被钞票围困时的声音。

然而，当韩林涛把她送回学校的那一瞬间，她迫不及待地想把这些钞票放进一个安全的地方去，在这个世界上，她似乎还没有寻找到一个十分安全的地方。家对于她来说同样不安全，因为她不想让母亲看见这些钞票，母亲会问她这是为什么，她从哪里弄来的钞票。在她家里，钞票是一个十分敏感的问题，在夏冰冰的记忆中，母亲和父亲一次又一次的战争都是为了钞票。父亲用来之不易的钞票去换酒喝。而母亲呢，只有砸碎父亲的酒瓶，内心才能得到一种安慰。

父亲死于酒瓶，在父亲死后仍然离不开钞票，所以赖哥慷慨地掏出了钞票。因为只有用钞票才能够为父亲买到一块墓地。所谓墓地，就是父亲的床，父亲可以躺在墓地上超度灵魂了。而且，如果母亲看见这些钞票，母亲只会想到赖哥。除了赖哥，这个世界上谁也不会为夏冰冰掏出那么多钞票，这是母亲站在夏冰冰面前总结出的世俗真理。

然而这个真理并不可能永远地笼罩着无助的夏冰冰，

自从她躲进衣柜中以后，似乎她的身心已经被侮辱。她去做家教已经在无意之中背叛了对赖哥的那种感恩之心。所以，她决定不把钞票藏在母亲大人的眼皮底下。

藏在宿舍的箱子里同样也不可能，在宿舍里，一切都似乎缺少秘密性，而且她从来没有给箱子上过锁。她不知道如果她突然之间给箱子上锁，那会不会成为一个秘密，她不想在别人面前一次又一次地积蓄她的钞票。因为赖哥对她的伤害太大，所以她要去寻找银行。

没过多久，她就在离学校很近的地方寻找到了一家银行。当她拿着两个多月的家教费往银行走去时，她知道她在寻找灵魂，她要把那个丢失在赖哥衣柜中的灵魂重新找回来。所以，她往返于去家教的路上，她已经与韩林涛家的女儿成了好朋友。至于男主人韩林涛，从一开始就接送她。终于有一天，七岁的小女孩因为生病了，叫唤着要找妈妈。

直到现在，夏冰冰才第一次意识到这屋子里没有女主人。当时，韩林涛不在家，只有夏冰冰陪着小女孩。夏冰冰问小女孩到哪里才能把她的母亲找来，小女孩突然哭了起来说：“妈妈走了，妈妈不要我们了。”夏冰冰给韩林涛打电话，告诉他小女孩病了。半个多小时后韩林涛赶回家，然后小女孩见到他又要找妈妈。

韩林涛和夏冰冰把小女孩送到了医院，医生说要住院，因为已经染上了肺炎。夏冰冰一直守候在小女孩身边。星期天晚上就在她要回学校时，一个女人来了，小女孩一见到女人就躺在病床上叫了声妈妈。

韩林涛见女人来了，便走出了病房，夏冰冰趁机悄然离开了医院。她想，那个女人也许就是韩林涛的前妻，看上去他们俩早已没有关系了，两个人甚至连招呼也不打，形同陌生人。

当她刚下电梯时，看见韩林涛从另一辆电梯上走了出来，韩林涛说："我可以送你回家，她母亲来了，可以守在她身边……"韩林涛已经打开了车门。其实，夏冰冰并不需要韩林涛送她，因为医院门外就有公共车站。

韩林涛说："夏冰冰，你觉得我这个人怎么样？"夏冰冰感到很茫然，她不知道韩林涛为什么要问她这些。韩林涛说："你快毕业了吧……"韩林涛的目光看了她一眼说："如果毕业了，你可以到我的广告公司来求职，好像现在也不分配了……"夏冰冰这才想起离毕业已经越来越近了。而他的话对她的前程是一种暗示，她开始考虑毕业以后的求职问题时，赖哥出现在了她身边。

她本想离赖哥越来越远，有些时候每当她想起赖哥时，她甚至希望赖哥的妻子能够永远留在这座城市，永远也不要离开赖哥。因为这样一来，赖哥就会永远没有机会来见她了。

她后来慢慢地理解了赖哥之所以把她藏在旅馆里的衣柜中，是因为害怕她与赖哥的关系被他妻子知道。总的说来，赖哥就是害怕。她想如果旅馆中没有衣柜，不知道赖哥会把她藏在什么地方。

这个问题纠缠了她许久，而且这是一个荒唐而悲哀的问题。每当这个问题上升时，她就会回想旅馆里面还有什么藏身之处，除了衣柜之外。转而她又想，在这个世界上，如果她和赖哥继续发生肉体关系，如果他老婆来了，也许赖哥依然会把她藏起来，他会换不同的衣柜把她的身体藏起来，在安全时再让她跑。她能跑到哪里去呢？世界是多么小啊，她可以跑到学校去，可以跑出旅馆之外，然而如果再让她面对那样的困境，她真的要发疯了。所以，她希望赖哥的老婆永远居住下来，然后，当她把钱积蓄够了时，她就会把当年赖哥掏出的钞票全部还给赖哥。那时候，她也许就不会欠赖哥什么了。

赖哥竟然又捧着一束灿烂的玫瑰花站在女生宿舍楼下，而且这一次赖哥站在楼下叫唤着她的名字。当她把头探出窗外时，她意识到赖哥又自由自在了，这说明赖哥的老婆已经离开了这座城市。

这说明赖哥并没有忘记她，赖哥举着那束红玫瑰正向她招手，仿佛在说："下来吧，投入我怀里来吧，宝贝。"她的头开始眩晕起来，赖哥叫唤她名字时，似乎已经引起了整座女生宿舍楼的注意，许多人都不约而同地把头探出了窗外。她们将头探出窗外，只是为了一种青春期的好奇，她们想在这个男人急不可耐的期待之声中看到是一个什么样的男人，有勇气站在楼下叫唤夏冰冰的名字。当然那些把头探出窗外的人都已经满足了她们青春期的好奇心，一个男人怀抱着鲜红的玫瑰仰起头来时，玫瑰的花瓣彻底怒放着。她们抓住了夏冰冰的一个故事情节：这个男人是来给夏冰冰献玫瑰花的。这个逸闻，这个故事中热烈的点缀，这个插曲，这个抒情歌曲般的场景很快就会在校园中弥漫开去，犹如他手中怀抱的玫瑰香气。

夏冰冰已经把头探出了窗外，她后悔极了，如果不把头探出窗外，她就可以藏起来。不过那样的话，赖哥的叫喊声可能会更热烈，很可能会震撼着更多人的耳朵。那样的话，将有更多的人把头探出窗外。

于是，夏冰冰下楼去了，怀着一脸的愠怒，她站在赖哥面前，还没等她开口说话，赖哥就已经把那束红色玫瑰花献在了她怀里。那些把头探出窗外的女生就在这一刻，在她们认为是世界上最为抒情的、激动人心的时刻，不约而同地鼓起掌来。

仿佛已经置身在舞台上，这舞台滑稽可笑，这远不是她所向往的舞台，而且她也从未向往过舞台。夏冰冰从小就被父亲和母亲的争吵之声蒙蔽着，生活是那样的黯淡，每当阴影袭来时，她就想跑到城市中废弃不用的地方去哭泣。而现在，她和赖哥，一男一女仿佛在表演什么。

然而，她和一个男人到底在表演什么呢？难道是爱情吗？然而，她从赖哥那里从来就没有感受过什么爱情，而且她的内心世界也从来没有产生什么伟大的、动人的、沉醉的爱情。她还来不及拒绝，一束红色玫瑰花已经在她的怀抱，而窗台上的掌声就在她头顶、在她耳边、在她生命的旋涡之中响了起来。

她看见了赖哥的笑脸，他笑得如此开心，她从未看见他，一个男人在她面前如此笑过，难道他是被四周的掌声沉醉了吗？赖哥说："我们走吧，我们走吧！"

她真的想离开这里，离开那些目光，从窗口探出来的目光突然一下子把她包围，令她感到羞耻，而不是激动，令她感到绝望，而不是欢欣。她希望快点藏起来，所以，当赖哥说"我们走吧"时，她马上响应这召唤。

她不知道把那束灿烂的玫瑰花放到哪里去，她一路上抱着那束花寻找着藏身之所，直到进了赖哥的车厢，她才知道可以把那束红色玫瑰花放在车厢中。现在，她嘘了一口气，把玫瑰花随便放在后座上，这束红色玫瑰花似乎完成了它的使命，它使得夏冰冰的故事在校园中流传下去。

夏冰冰坐在车上，这并不是她愿意的事情，然而，她十分无奈地上了车。她开始有些埋怨父亲了，如果不是为了替父亲感恩，她根本就不会坐在赖哥的车上，她根本就不会从赖哥怀里接过那束玫瑰花；如果不是为了父亲，她也根本不会背负着耻辱被藏进衣柜之中去。

简言之，她所做的一切都是为了父亲。这一点她早就明白了，她抵抗不了这事实，所以，她把自己献给了赖哥。赖哥笑眯眯的脸仿佛已经挣断了缰绳，赖哥说：

“她终于走了……”赖哥已经在不知不觉中把她带到了旅馆。

这是她想永远逃避的旅馆，然而在这个星期六的晚上，她不得不面对旅馆。当她看到安然无恙的衣柜时，她难以想象自己竟然赤裸裸地藏在里面，在衣柜中颤抖，在衣柜中忍受那种耻辱。

赖哥好像早已经忘记了把她藏在衣柜中的场景，赖哥开始吻她，首先吻她的耳朵，吻她的脖颈和胸，她的胸已经开始裸露出来。就在他把手伸进她的乳罩下面时，她突然说：“不，不……”然而，她的拒绝比起他的情欲来说太虚弱了。

他的情欲湮没了她。当她躺在他赤裸裸的怀里时，她知道，他一次又一次地想要她，上午他把自己的老婆刚送走，而他下午就已经带着红色玫瑰花去找她了。她感受到了赖哥对他老婆的背叛，也就是对婚姻的背叛。她不明白的是，既然赖哥要背叛，为什么不背叛得彻底一些，为什么要把她藏在衣柜里面呢？

她站在浴室中好好地冲了一个澡，她看着自己的裸体。她出了旅馆后就打开了自己的存折，她看了看，距离她心目中的那个数字还很遥远。然而，她已经有了希望，有了离开赖哥的希望，她越来越觉得不舒服，与赖哥发生性关系越来越让她恶心。然而，性关系依然发生着，当我们的身体被奴役时，我们就会在奴役之中无法去面对灵魂。所以，我们甚至顾不上与灵魂面对面地说话，夏冰冰就是陷入了这样的困境。

当她不得不告诉他星期六不能前来约会时，赖哥显得很敏感，他突然贴近她说："我会很快与她离婚的，但需要时间，我们不能让她知道你与我的关系，否则她就会像一只黑蜘蛛一样缠绕我们……"

赖哥把老婆比喻成一只"黑蜘蛛"时的神态很滑稽，他好像从来没有对自己的老婆产生过情感。而事实却完全相反，夏冰冰曾经看见他和老婆撑着同一把雨伞，头碰头地紧挽手臂，在她看来，赖哥是很害怕老婆的。

当然，她现在才感觉到赖哥既害怕老婆，也害怕夏冰冰。他害怕夏冰冰离他而去，他害怕夏冰冰没有耐心去等待。所以他要牵制夏冰冰，然而他牵制夏冰冰的办法只有一个：使用钞票。当赖哥知道夏冰冰的母亲再次失业之后，就悄悄地为她母亲办了一份营业执照，在夏冰冰家不远处的街上租了一间铺面做小食品买卖。

这件事夏冰冰很久以后才知道，那时候夏冰冰的母亲已经经营小食品商铺很长时间了。母亲一见面就讲赖哥的好处，当时夏冰冰置身在母亲的商铺之中，母亲心情好多了，似乎已经寻找到了自己真正的位置。而此刻的夏冰冰像是已经望见了又高又沉重的山峰，赖哥的身体就是那座山峰，压在她身上，让她喘不过气来。

当赖哥好不容易弄清楚夏冰冰在做家教时，夏冰冰已经快毕业了。在毕业前夕，韩林涛与她做了一次谈话，当时，她正站在韩林涛家的客厅中，韩林涛把薪水全部付清。因为临近毕业的几周内，她不能来韩林涛的家里做家教。当韩林涛跟她谈到未来的求职时，她答应毕业后来韩林涛的广告公司求职。

韩林涛送她回学校的路上，突然对她说："冰冰，你已经跟我交往有一段时间了，我想送你一件礼物。韩林涛取出了一只盒子，里面有一块手表，那是一块瑞士名表，韩林涛在一个红灯口亲自把那块表戴在了她手腕上，说："我等你到我的公司来，好吗？"她戴着那块手表，从韩林涛的轿车上下来时，感受到了生活的另一种希望。

就像那块表一样给她带来的是时间，她久久地看着手腕上这块名表，它小巧玲珑地嵌住了她的手腕。她仿佛变成了另一个夏冰冰，当赖哥伸出手来时触摸到了她手腕上的表带，在赖哥的记忆中，夏冰冰是不戴手表的。赖哥拉住她的手腕看了看说：“这块表很名贵，谁送你的？”夏冰冰不吭声，她望着别处，她很不情愿地与他在一起。她已经想好了，等她工作以后，一定会把那些钞票如数还给赖哥的。

赖哥没有再问她那块表的故事。她和赖哥坐在公园深处的一把椅子上，这是黄昏，赖哥用车把她带到了这座郊区公园。她本想拒绝这场约会，她真的没有时间，而且她不愿意。

突然她看见了韩林涛的女儿小玲玲，韩林涛牵着他女儿的手正在散步，正朝他们坐的椅子走来。远远地，那个女孩就发现了夏冰冰，远远地那个女孩就叫出了“夏阿姨”，并向她跑来。

韩林涛追上了女儿，同女儿一块站在夏冰冰面前，韩林涛的目光很异样地看了一眼赖哥，又看了一眼夏冰冰，然后就牵着女儿的手很有礼貌地告辞了。赖哥注视着他们的背影，问夏冰冰他们是谁。夏冰冰说是她家教时的人家。

赖哥吃了一惊问她怎么去做家教？夏冰冰不吭气，赖哥说：“你需要钱，你可以告诉我……”夏冰冰听到赖哥又一次提到了钱，她突然忍受不了这一切，她说："我们家欠你的钱，总有一天我会还你的。"

她走了，她决定从这一个刻起再也不与赖哥约会了。她真的这么做了，每当赖哥打电话来时，她总是寻找种种理由搪塞这一切。她会用各种语言把自己捆绑起来，让自己的身体不再去会见赖哥。

她终于明白了，很长时间以来自己的身心已经陷入了一个圈套，那就是落入了赖哥用钞票来贿赂自己的一个又一个圈套之中。所以无论是心灵和身体都难以承受这种贿赂，夏冰冰明白了，自己轻易地把这个圈套归纳为一个感恩的范畴，事实上是为自己寻找到了进入圈套之中的借口。她开始第一次害怕这个圈套，所以，她需要独立，她需要求职，她已经顺利地拿到了毕业证书。

在毕业的晚会上许多女生都抱头痛哭，不知道她们把泪水洒出来是为了什么。夏冰冰坐在一个角落，在大学期间，每个人都有自己的故事。这些故事在校园中被流传着，夏冰冰的故事与赖哥有关系，赖哥怀抱红色玫瑰花，站在女生宿舍楼呼喊夏冰冰的名字，以及夏冰冰冲下楼梯从赖哥手中接过鲜花的镜头，已成为校园中最抒情的神话。然而，每当夏冰冰听见这个神话时，她就觉得生活是永远带有蒙蔽性质的。那些把头探出窗外的女生，那些怀着青春期美梦和幻想的女生们，怎么会知道夏冰冰从赖哥手中接过玫瑰花时的烦恼，甚至是厌恶呢？

所以，鲜红的玫瑰花蒙蔽了女生们的眼睛，当这个神话被美好地流传起来时，有谁知道夏冰冰正在挣扎，谁也看不见这种挣扎，因为谁的生活都取代不了夏冰冰的生活。所以，鲜艳的、代表着浪漫和亲情的玫瑰花献给了夏冰冰，这个神话越是被流传着，就有许多女生渴望着有一个白马王子不顾一切地前来献花。有一段时期，几乎许多女生都有这样的梦幻，连睡梦中也飘满了红色的玫瑰花瓣。每当夏冰冰的影子出现时，女生们，甚至还有男生们都抬起头来，越过校园中的足球场、环行跑道、林荫小路、游泳馆和餐厅的许多距离，想看见这个生活在玫瑰花神话中的女孩到底是什么模样。

而夏冰冰呢？谁也不知道，而且谁也看不见那束红色玫瑰花已经被她随意扔在了赖哥的车厢中。当然，玫瑰花的结局是悲惨的，当它结束了玫瑰花浪漫的使命之后，就会被赖哥在打扫车厢时扔出去。那时候，与夏冰冰有关系的玫瑰花神话已经开始流传了，而这束花却枯萎了。

现在，总算抑制住了泪水，夏冰冰坐在一个角落，因为玫瑰花神话，她总是引人注目。一看见她，人们就会自然而然地看见玫瑰花神话的意象，所以，她总是不习惯在醒目的地方出现。她看见许多人在流泪，她知道，流眼泪可以使女孩子们变得智慧起来，所以，她们需要流泪。

她自己呢？她经常在十分迷惘的时候跑到郊外父亲的墓地，在层出不穷的墓地上，她总是会在小径中走到父亲的墓地前。她跪在地上，她终于在这个世界寻找到了一个流泪的世界，而且，她用不着手帕，她可以让泪水洗着自己的面颊，而且轻风很快就会吹干她的泪水。这是世界上最好的流泪之地，除此之外，她似乎不想在任何地方洒下自己的泪水。

因为她不流泪，女生们把她归为有爱情和玫瑰花滋润的女孩子。在别的女孩看来，她是幸福和快乐的象征。毕业晚会上，没有多少男生邀请她跳舞，只有一个男生邀请了她，男生的双眼环绕着她的目光说："在班上的女生里，你是最为含蓄的一个女孩子，如果没有那个男人给你献玫瑰花，有可能我会有勇气给你献上一束红玫瑰……”男生的意思是说，他已经没有这个献给夏冰冰红色玫瑰花的机会了。夏冰冰由此想出了这样的理由，人们都认为她已经有真正的白马王子了，这是男生们不邀请她跳舞的原因吗？

跳完那支舞曲她就从毕业晚会上永远地消失了，当人们正在狂欢的时刻，她拎着箱子、行李来到了校园外。在这之前，她已经为自己租到了一间小屋，而且那间小屋已经按照她想象中的样子布置了一遍。她不想回家与母亲同住，那就意味着她始终是一个人。因为她想摆脱母亲的监控，母亲总是把她和赖哥扯在一起，仿佛她和赖哥之间有一根红线缠绕。当然，这正是母亲想象之中的那根红线。

沿着这根红线往下走，母亲永远都会看见这样一幅画面：夏冰冰和赖哥终于结合在一起了。这种画面感经常在母亲眼前出现，也许唯有如此，母亲也才能得到某种宽慰。因为在某种意义上来说，在一次又一次艰难的时刻，总是赖哥出场，他用金钱贿赂夏冰冰的同时，当然也同样贿赂了夏冰冰的母亲。

另外一个原因，夏冰冰之所以租房住，是想让赖哥寻找不到她的行踪，她要在毕业之后割断她与赖哥的联系。赖哥在之前只会到女生宿舍和母亲那里去寻找夏冰冰。

当她安定下来之后，她开始去求职。这是韩林涛的广告公司，循着名片上的地址，她在一座崭新的办公楼里寻找到了韩林涛。当时，韩林涛正坐在一张宽大的办公桌前打着电话，他一边打电话一边看着夏冰冰，他用目光暗示着让夏冰冰进屋来。

夏冰冰今天的着装与她做家教时的着装完全不一样。很久以前，她就已经开始为自己寻找一套求职时穿的服装，因为求职对夏冰冰来说很重要。假如她很快求到职，就意味着她早一天还清赖哥的那一笔笔钞票。她不允许自己碰钉子，她只许自己成功。

韩林涛久久地看着她的着装，她以为自己的着装有什么纰漏，便紧张地低下了头看了一眼自己的脚尖。韩林涛说："夏冰冰，你就留下来吧……"韩林涛一边说一边走过来，对她说："你的办公室就在我隔壁，在你的办公室里有我为你准备的服装、首饰……从今天开始，你必须穿上那些服装、戴上那些首饰……这是为了工作，我们是广告公司，失去了客户，我们的广告公司就将名存实亡……还有这是你的薪水……你的工作就是拉广告……当然，我会带你出场……我会训练你……”

夏冰冰来到了隔壁的办公室，里面有镜子，完全不像在办公室，仿佛在家里，还有衣柜，衣柜里面挂满了时装。韩林涛走进来说：“这些衣柜中的时装都属于你自己，你想怎么穿就怎么穿。不过，你不要有什么负担，你穿所有的服装都是为了帮助公司拉来广告业务……”

这是一个与她想象之中的世界迥异的世界。然而，只有她手中的那只纸袋才是真实的，它不像那些衣柜中昂贵的服装一样令她迷惑。因为这只纸袋装着她刚得到的薪水。

太阳照耀着这座办公大厦，广告公司租了其中的23、24层楼。在这座办公大厦上有律师事务所，有不下六家广告公司，还有各种各样的办事处。她站在露台上，在她的办公室外有一片大露台，当她朝下看时，身体有些眩晕，她从未在这样高的地方往下看过世界。在这一刻，世界是不真实的。

然而世界却是真实的，她如此快就求到了职，并领到了第一个月的薪水。那些不可思议的丰厚的薪水，尽管给她带来了措手不及的快乐，但同时也给她带来了惶惑。她还不理解韩林涛所说的那些话意思，就在她迷惘地看着楼下的大千世界时，韩林涛出现在露台上，他温柔地说："你有青春，你的青春可以征服世界……然而，你必须学会利用你的青春，因为青春对每一个女人来说永远是有限的……"

韩林涛的话并不让她费解，她手里握着那只纸袋，意想不到的薪水难道是青春给予她的回报。她并不反感韩林涛的话，并且有一种感激之情，因为在一个求职艰难的时代，她如此之快就寻找到了自己的位置。而且在这座看上去很现代的办公大楼上，她已经有了自己的空间。这露台是属于她的，只要有情绪，她每天都可以置身在这空旷的露台上朝远处眺望。尽管这座城市的高楼遮挡住了美妙的视线，然而，眺望总会给人带来一种新视角。夏冰冰从小生活的空间都很低矮、很潮湿，又看不到远处。几米之外，就被烟囱和老房子挡住了视线，那是旧城区，她住在那只旧巢中的时代已经过去。尽管后来搬了家，住进了商品房，她家仍然住在一楼，那是没有阳光的楼层，似乎只有母亲和父亲砸碎酒瓶的时刻，屋子里才会爆发出火花，那是战争的火苗。

只有置身在这里，夏冰冰才感觉到一种突如其来的好运气已经降临到自己的头上。所以，她非但不对韩林涛刚才的话反感，而且她还感激她。她站在露台上，突然觉得这一切都是韩林涛给她带来的：宽大的、可以眺望的城市空间的露台，以及纸袋中的丰厚薪水都是韩林涛给她带来的。

当然，对衣柜中那些优雅的时装，她还来不及穿，她还不知道那些衣服的意图，以及穿上这些衣服的意义。三天后的早晨，当她刚打开办公室门，韩林涛就给她来电话说，让她选一套衣柜中的时装穿上，中午他要带她去谈广告业务。尽管韩林涛就在隔壁办公室上班，但他却没有亲自来告诉她，而是打来了电话，而且韩林涛的语气之中有一种威严得无法拒绝的东西。

三天来她第一次放下了交际手册，这是韩林涛给她抱来的一系列的书籍。现在她觉得她必须服从这声音，因为她已经等待这声音好久了。事实上，三天来她曾经无数次推开过衣柜的门，她难以想象这些衣服穿在身上的感觉，那是一种幻觉。

然而此刻，幻觉已经变成了现实，她不由自主地想起了穿行在小商贩们的廉价商场上讨价还价时的场景，夏冰冰从那时就知道自己的身体渴望着好看的衣服穿，而那一刻，也正是她遇见赖哥的时刻。

她已经好久没见赖哥了，赖哥给她来过电话，他老婆神出鬼没地降临到这座城市，并在这座城市找到了工作，其目的就是要监控赖哥的生活。因而赖哥在电话中无奈而坚定地告诉她：“我会有更多机会找她谈离婚的事情，请相信我，冰冰，我一定会离婚的。当然有很长一段时间，我们不能见面，我们要学会保护自己，因为我老婆就像狼一样凶……”夏冰冰搁下电话后，感觉到一阵悲哀，并不是因为赖哥的老婆降临到这座城市让她悲哀，而是赖哥的声音让她悲哀。

从某种意义上讲，她获得了某种解脱。因为赖哥的老婆出现后，她就用不着与赖哥约会了，那一次又一次让她感到灵魂被侮辱的约会当然与一只大衣柜有关系。

谈到衣柜，让我们重新回到现在。

现在对夏冰冰来说是令人心跳的、美妙无比的时刻，她终于有一个极好的理由可以穿上衣柜中的时装了。韩林涛曾说过这衣柜中的时装就是她的工作服，是属于她的。

她把门掩上，而且锁好，现在，世界变得不安全，她开始脱衣服。在如此短暂的时间里，她总共试了八套时装，面对着镜子，她简直感觉到那镜子已经幻变了魔法，把一个从未展现过的自我展现在眼前，那好像是来自时装书中的名模。

然而，她却是夏冰冰，经过了反复的验证以后，她还是决定穿着那套短装出发。因为这是与她在小商贩们的廉价市场上买回的一套短装一模一样的款式，只不过那是一套仿制品，也就是赝品。当她用身体感受到这套时装时，才感受到了赝品的粗糙，然而如果没有现在的位置，如果没有韩林涛改变了她的命运，她也许一辈子也感受不到那些粗糙的仿制品。

穿上这套短裙，这套既流行又优雅的时装，也可以证明她还沉溺在青春期的遐想之中。

这遐想把她就这样带到了另一个世界，韩林涛驱着车，而她就坐在他旁边。韩林涛说今天要征服的是一家企业，如果征服了，他们就会拥有几百万的广告。韩林涛说："夏冰冰，就靠你了，你要利用你的青春去战胜他。"

她想那个他，韩林涛所说的他也许不是一个女人，而是一个男人，她有些惶惑。那身短装的颜色是柠檬色的，既不是燃烧，也不是熄灭，只是一种探测，一种跃跃欲试的探测。就这样，夏冰冰的另一种生活开始了。

这是一场酒宴，在回荡着音乐的包厢中，他们迎来了四个男人，韩林涛把夏冰冰安排坐在一个四十多岁的男人身边。她知道，这就是她要征服的目标。这是她从交际书上看到的目标吗？也许是，也许不是，也许是她从韩林涛的目光中看到的目标。

目标既然已出现，就要征服他，夏冰冰的心跳着，她的左侧坐着韩林涛，右侧坐着那个男人。侍者们开始上酒，这是一种红颜色的酒，就像赖哥献给她的那束红玫瑰花一样鲜艳。该死，在这样的时刻，本不该想起赖哥，尤其不应该想起那束红玫瑰花来。然而，也许在她的记忆深处，已经铭刻下那束给她带来神话的红色玫瑰花，那是一束火花，使她的双眼灼痛。

韩林涛的足尖轻轻地碰了碰她的足尖，使她回到了现实之中。韩林涛除了讲述广告之外，已经举起杯，韩林涛干了一杯，然后让夏冰冰跟旁边的男人干杯，这个四十多岁的男人拥有一家上千万的企业。

夏冰冰举起了杯子，这个被压抑的女孩突然就在那一刻爆发出了清亮的嗓音和眉目含情的语言。那个四十多岁的男人望着她，似乎在穿透她那青春的骨髓。怀着对韩林涛的无限感激，怀着对命运的魔法式的笼罩，夏冰冰举起杯来，面对着那个四十多岁的男人，与他干了一杯又一杯的红酒，周围在座的男人们不断地鼓掌。在掌声中，韩林涛把准备好的广告合同书上让那个男人签了字。在掌声重又响起来时，夏冰冰溜进了洗手间，对着马桶开始呕吐。当她吐完了胸腔中的全部酒精时，才意识到有生以来头一次，如此疯狂地饮酒。

然而第二天以后，她才知道，这次呕吐是值得的，因为几百万广告费已经打在了广告公司的账户上。当韩林涛递给她一张存折时，她吓了一跳，上面有以她的名字存下的几万块钱。而韩林涛却告诉她说，这是她应该拥有的广告征服费。

她征服了那家企业的老总难道就是因为自己喝了几杯红酒吗？除此之外，是因为她的青春吗？她面对着那张存折，很长时间都喘不过气来。因为这存折上的数字实在太令人震惊了。然而，这是她的存折，已经写着她的名字：夏冰冰，这就说明这存折已经与她的人身权利联系在一起了。

存折上的数字完全可以让她还清赖哥的钞票数额。当她突然意识到这个现实时，她的身体突然有一种解脱之感，她决定去找赖哥，然后带着赖哥到银行去。

她给赖哥打电话，赖哥好像正驱着车，赖哥说："冰冰，你好像有急事，非要现在见我吗？"她说她在百货大楼的人民银行门口等他。她握着那份存折，已经来到了人民银行门口。

半小时后，赖哥的车出现了，但赖哥给她打电话说："我已经看见你了，冰冰，但我不能下车，你上车来吧，我想带你去一个地方看看……"她本不想上赖哥的车，但她理解赖哥的意思，赖哥之所以不下车来，是为了保护他自己，当然也是在保护夏冰冰。

赖哥驱着车往外走，当然是往城郊走，这是赖哥认为很安全的地方。当车停下来时，夏冰冰知道赖哥有话要告诉自己，然而还没等赖哥开口说话她就说："今天我本想到银行去，把欠你的钱还你……"赖哥捉住她的手说："为什么总是钱，你近来为什么总是跟我谈到钱的问题……""因为你与我之间的问题就是钱的问题？""难道有这么简单吗？"

这是郊外的一座公园门口的小树林里，赖哥把车停在了小树林，赖哥说："我知道你毕业了，我还知道你已经找到了工作，这很好……""所以，我可以还你钱了……”“我不会要你的钱，当初我帮助你，并不是因为我有钱……我之所以帮助你……是因为我喜欢你，我不愿意看到你痛苦……”赖哥重又捉住她的手，她挣脱了他说：“我根本就不相信这一切，你之所以付出了金钱，是想捆住我……”

她看见赖哥不断摇头，但赖哥突然变沉默了，看样子，赖哥根本无法解释这一切。因为在赖哥为夏冰冰家付出金钱时，确实已经在不知不觉中地捆绑住了她。赖哥再一次捉住她的手：“冰冰，难道你跟我在一起，跟我睡觉，跟我做爱，你难道对我从来没有情意吗？”夏冰冰愣了一下回答道：“我之所以跟你在一起，只是为了感恩……你知道吗？那压得我无法喘息的感恩的滋味吗？我之所以把我的身体献给你，也是为了感恩……然而，我不能让这种情绪笼罩我一生……我根本对你产生不了爱情……而且我来到世上从来没有体会过爱情是什么东西……”

夏冰冰迷惘地停住了，她突然被爱情这个词语所笼罩，这个从未在她语言中产生的词语，这个在她阅读父亲作品时荡漾起的词语，犹如树梢之中闪出的蔚蓝色一样绵延着她的身体，她期待地仰起头来。然而，只有那么一个瞬间，她又回到了现实之中。

她身边站着的这个男人已经消失了吗？不，她原来以为他已经消失了，但他并没有消失，他在离她不远处，他仿佛陷入了困境，他扶着一棵树，看着地下的一道阴影。

她走过去，她想把写着她名字的那个存折给他。然而，还没等她取出存折，他就说："冰冰，不管你相信不相信，我都要告诉你……从我看见你的第一眼开始，起初我只是同情你……还记得旅馆外的那条小巷吗？那条充斥着小商贩们的小巷，我就是在那里认识你的……后来，我喜欢上了你……不管怎么样我就是喜欢你……我愿意为你做一切……这就是我掏出那些钞票的感受……但我没有想到会这样……好吧，现在，你走吧……"

夏冰冰看到了另一个男人，这个男人仿佛被他刚才的声音击败了。他颤抖着，扶着一棵树，她听见了他刚才的声音。然而尽管这声音听上去是那么真挚，然而对于夏冰冰来说，她与赖哥的关系仍然是一种金钱关系。

她掏出了那个存折，然后靠近赖哥把存折递给了赖哥说："我还是要还你，我们一家欠你的钱……"赖哥笑了笑说："好吧，把你的存折给我，先寄存在我这儿，我会替你保管好它……你走吧……”夏冰冰转过身去，她觉得赖哥的笑很苍凉，然而她已经转过身去了。

她感觉到压迫她身体的一块石头已经离开了她。当赖哥从她手中接过那个存折时，她感觉到她终于背叛了想把自己一生交给赖哥的那种想法。在夏冰冰看来，那种想法是如此愚蠢。

她打了一辆出租车，她知道身后的那个男人给她带来了性，给她带来了人生艰难处的援助。然而她始终不相信他说的话，因为从她献出身体时，她就带着满身的感恩想把自己给予他。而当她被他藏进衣柜时，她遭遇到了人生中最大的耻辱。现在她脱离了他，她渴望爱，那是她期待的一种从未有过的情感。

第四章　姿　色

当简把吴豆豆推回去时，并没有把她推到悬崖边缘，也没有把她推到火车和铁轨交织的声音之中去。简只不过把带着伤疤的吴豆豆推回了一个男人的怀抱，这个男人就是刘季。

吴豆豆已经对简死了心，然而这只是说明在那个时期里，她终于与简丧失了缘分，与刘季产生了无法割舍的机缘。因为她和刘季都承担着伤疤之痛，很显然，伤疤的痛很快就会过去。然而，伤疤留下的阴影却是长久的。

当刘季很久以后把车祸之事处理完毕，前来会见吴豆豆时，吴豆豆已经举行完了毕业晚会。她不知道那天晚上流了多少泪，吴豆豆在流泪，好像萧雨也在流泪，当然除了夏冰冰之外。在她看来，夏冰冰似乎是冷漠的，她坐在晚会的角落，也许正沉浸在那个玫瑰神话之中。夏冰冰的玫瑰神话每个人都知道，当吴豆豆回头看见夏冰冰坐在角落时，她就在想，也许只有夏冰冰是幸福的人，因为她寻找到了那个献给她玫瑰花的男人。

而刘季就在这样的时刻出现了，刘季站在毕业联欢晚会的台阶之下吸着一根香烟正在等她时，她和萧雨正在手拉手跳舞，两个人都拒绝了跟男生跳舞。因为两个人都流了足够的眼泪，萧雨不久之后就可以到电视台上班，她已经实现了自己的愿望。而吴豆豆，她的求职生涯是迷惘的，也可以这样说她根本就没有去求职。

因为她总是缺乏自信，因为她脸上带着一道伤疤。

尽管萧雨一次又一次把那道伤疤比喻成一片玫瑰花瓣，然而在看着镜子时，她仍然觉得那道伤疤很难看。她好几次都戴着简历出发了，其中一次她戴上了一副墨镜前去一家化妆品代理公司求职，那个人看了她的简历后让她把墨镜取下来。那个人是一个男人，正用一双灼热的目光看着她，从她进屋之后，他就在她身体上停留了片刻。当然，她对自己的体型是自信的，还在她做简的模特时，简就称她的身材充满了魔鬼般的魅力。

然而她却怎么也无法取下那副墨镜，就这样，她收拾好自己的简历走了出来。从那以后她就再也没有勇气去求职。当她走出礼堂看见台阶下的刘季时，吃了一惊，她以为与简的故事已经结束了，与刘季的故事也同样因一场车祸而结束了。

刘季向她走来对她说："去我那里吧，带上你的行李，我知道你已经毕业了……"她久久地看着刘季的眼睛，在黑夜里，她看到的只是刘季脸上的伤疤。她没有拒绝，在那一刹那，她突然做出了一个决定，马上跟刘季结婚，只有刘季的怀抱才是她可以藏住伤疤的去处。

她身上带着两种伤疤，前一种伤疤没有留下烙印，它是简给她的，它留在了她的心灵深处，简与她最后一次见面毫无疑问已经使她心灵留下了看不见的伤疤；后一种伤疤是她与刘季在一场车祸之中遭遇到的伤疤，如今，那伤疤就在她脸上，在她身体的肌肤之上。

现在，她上了宿舍楼收拾东西，刘季在楼下等她。在这样的时刻，女生们都想在宿舍中度过最后一夜。尽管夏冰冰已经提前租到了自己的出租屋，然而她还是想留下来，明天再走。至于萧雨，她过几天会直接到电视台报到。

她只想快一点从这夜色之中撤离校园，她将从这座校园中带走毕业证书，尽管脸上留下了伤疤，她却有了一本毕业证书，她知道当她求职时，这本毕业证书对她很重要。她拎上箱子出门了，她不让女生把她送到楼下，她不想让大家知道她跟着一个男人走了。

这个男人到底是她的谁，当他给她戴上戒指的时候，她并不想嫁给他，所以，为了简，她又把戒指还给了他。然后车祸就发生了，历史记住了这样的一个时刻。她下了楼，他从她手中接过那只箱子，他领着她穿过校园小径来到了校园外的一座临时停车场，她上了车。

她并不知道这个男人是她的谁，然而她现在却想嫁给他。在这个男人的拥抱中下，她似乎才可以藏起来，从而藏起那道伤疤。

回到刘季的家，她很想问刘季有没有找回那个戒指盒，她现在真的需要它。所以她从进屋之后就在房间里搜寻着，她已经熟悉刘季的家，她熟悉卧室中的宽床，熟悉洗衣机和马桶及沐浴间的自动蒸汽按摩装置。这个家就像是一个天堂，如果没有简就不会留下这些伤疤。

现在因为寻找不到戒指盒，她产生了另外一种欲望，到沐浴间去，到那个天堂般的浴之世界中去，只要身体躺下去就会忘记世上不愉快的事情。她朝着浴室走去，她脱去所有的衣服，把自己显露在浴室的镜子下面，在她走进浴缸之前，她看了她身体上的伤疤。远远看去，确实像萧雨所说的花瓣，镶在身体上的玫瑰花瓣。

那一夜她睡在刘季的怀中，他们没有发生性事，他们只是平静地躺下去，他们似乎都很累，很快就进入了梦乡。第二天早晨，她醒来了，她第一句话就对刘季说："我们结婚吧！"

刘季没有回答她的问题，她又说了第二遍，刘季说："再过一段时间吧，让我们都好好想想这个问题。"她突然觉得刘季变了，刘季再也不是那个把订婚戒指盒送给自己的男人。而且刘季那时候说过，等到她毕业了就跟她结婚。

她感到心慌，便迫不及待地问刘季，这是为什么。刘季用手搂了搂她的裸肩说："我们去游泳好吗？你已经有多久没有游泳了？"她看着刘季的眼睛，她似乎在刘季的眼底深处看见了那座游泳馆，那绿波荡漾的泳池。

她兴奋起来了，穿上了衣服，从那个时刻开始，有很长一段时间，她都生活在那绿波荡漾的泳池中央。一个多月后的一天上午，当她穿着泳装回到泳池上喝着一杯柠檬汁时，她随意展开了一张报纸，在一个框定的广告栏里她发现了一家服装公司招收模特的消息。她被这个消息久久地笼罩着，然后她坐在阳光下面，看着自己身体上的伤疤，那些伤疤——宛如粉红色的花瓣，当然是萧雨所说的玫瑰花瓣。

她决定去报考服装公司的模特，而且没有跟刘季商量，刘季正忙于在城市的另一边修建另一座游泳馆。他几乎只在夜里才回家，她根本就没有时间跟刘季商量，而且她说不清自己能否会应聘上模特。

刘季在那个早晨没有回答她提出结婚的问题，而是巧妙地把她的身体引向了游泳馆。这是不是一种艺术呢？

总之，从那个时刻开始，吴豆豆似乎也忘记了自己提出的这个问题。

她沉浸在游泳池给她带来的快乐之中，而此刻她又沉浸在报纸广告给她带来的期待之中。她望着绿波荡漾的水波纹，就在这一天，或者说就在那一刻，吴豆豆已经在不知不觉之中克服了伤疤给她带来的虚弱或不自信。她站在游泳池边，似乎望见了自己不确定的影子，她决定前去应聘服装模特。

而就在她报名之后，她突然发现自己怀孕了。她知道她已怀上了刘季的孩子，她不断地告诫自己不可能，但是医生告诉她确实怀孕了。那正是刘季忙碌不堪的季节，她甚至连跟刘季说话的机会都没有，刘季要很晚才驱车回来，躺到床上就呼呼大睡。刘季已经被另一座游泳池笼罩住，刘季告诉过她，那座游泳池可以给他带来下半辈子的财富。

她现在才知道了刘季追求财富的另一种生活，这是她过去不了解的。当一个男人忘我地为财富而奋斗时，她失去了被抚摸的意义，刘季的手来不及抚摸她的身体就已经进入了梦乡。当然，孩子是在她刚住进刘季家的第三个夜晚受孕的。

第三夜是一个激情荡漾的、充满肉欲的夜晚。下午，他们双双在泳池中并肩游泳，然后在一家西餐厅用完晚餐，她喝了一小杯葡萄酒，他喝了一杯半红葡萄酒。当他驱车回家时，他开始在车上亲吻她，每到一个红灯口，他都会利用短暂的空隙前来吻她。

这个吻燃烧起了两个人的情欲，使他们在回到家后就开始做爱。那是一个散发出肉欲的夜晚，吴豆豆的孩子就是在那天晚上怀上的，他的精液在激情燃烧之中终于在她的子宫中存活了，变成了一个小生命。

在她报名后的第二天晚上，她终于等来了刘季。他回家来了，但不是自己驱车回来，而是一个女人驱车把他送到了家门口。当那个女人站在门外按响门铃声时，她前去开门，门一开，那个女人就把刘季交给她说："他喝多了……"女人几乎是架着他的肩膀前来开门的，所以门一开就意味着吴豆豆要用身体托住刘季的肩膀。等到她把刘季托到沙发上去，那个女人已经驱车走了，吴豆豆连她的模样都没有看清。

她无法把酩酊大醉的刘季弄到楼上去睡觉，就只好让刘季睡在沙发上。她失去了与刘季交流的机会，第二天早晨，她认为机会来了，因为刘季已经醒来了。他好像刚洗了一个澡，又变成了活生生的刘季。刘季正要出门，他好像并不记得昨夜的情景，他很麻木地看了看吴豆豆，这一点吴豆豆早就已经感觉到了，最近刘季看她的神色有些困倦，而且很漠然，难道与昨夜送刘季回家来的女人有关系吗？

尽管如此，吴豆豆还是走上前去贴近他说："你知道我怀孕了吗？"他愣了一下即刻否定道："不可能，不可能这么快就怀孕……你别开玩笑……我不愿意你把这个玩笑开大了……"吴豆豆不理解他说话的意思，便认真地说："如果我真的怀孕了，你说应该怎么办？"他拎起了手中的那只箱子说："如果你真的已经怀孕了，那就尽快地到医院去做人流。"他说完这句话又从箱子里把一沓钞票放在她面前的茶几上。

他走了，留下了那沓钞票。吴豆豆浑身颤抖，这不是她相处了很长时间的男人，然而，当她看见那沓钞票时，她想起了很久以前，她在无意之间看见的那个女人。当那个女人说刘季抛弃她，向刘季索要一笔钞票时，刘季满足了她的要求，给了那个女人一大笔钞票。

那是吴豆豆第一次看到那么多的钞票。此刻她感到了一种绝望，很难想象这个男人就是爬在她身上与她陷入激情荡漾的肉欲之中去的男人。也很难想象这个男人就是曾经送给他结婚钻戒的男人，好像这一切都变得不真实。

难道刚才的刘季才是真实的刘季吗？她望着那沓钞票，她很快出了门，到了医院。就在那一天，或者说就在那一刻，吴豆豆突然感觉到子宫中的孩子已经离她而去，再也不会重新返回到她的子宫中来成长。

带着这种悲哀她离开了刘季的家，当然她需要钱。在她进入刘季的家时，她所花的都是刘季给她的钱。现在既然刘季已经把钞票放在了茶几上，就意味着她会带走那沓钞票，因为她一无所有。很多年前，当她拎着箱子从一座小镇火车站搭上一辆火车时，她就向往着大城市，她希望在一座大城市扎下根，她渴望在繁茂的根须下进入梦乡。

带着茶几上的一沓钞票，她拎着箱子离开了，只留下一张留言条，她没有提到自己到医院堕胎之事，她只说她已经找到了别的住处，所以离开了。就在那一天，或者说就在那一刻，她异常平静，拎着箱子租到了一间廉价的出租屋。

她找到自己绵延在城市的根须了吗？当她躺在出租

屋的小床上睡觉时，她想到了她睡在上铺的小床。现在，她不准备攀缘任何人的手臂，她只想触到根须，因为她喜欢游泳，当她在小镇的湖泊中游泳时，她的身体触到过水草，那些漂荡在她生命中的须带曾经缭绕过她的身体，如今仍然在缭绕她的身体。促使她离开刘季的是勇气或迷惑，在她跟刘季生活的这段时间里，她觉得刘季越来越陌生，她越跟这个男人相处，就越不了解他。

更令她迷惑的是当她怀上刘季的孩子后，当她站在刘季面前，把这个事实告诉刘季时，刘季的冷漠以及对她子宫中孩子的拒绝。所以，她被这种冷漠推到了医院的人流室，当她躺在床上，倾听着各种金属器械在她身体中摩擦时，她在痛苦中一点也不后悔。因为她需要继续前进，她仿佛在爬山，她不能停下来；她仿佛在旅行，如果说刘季曾经是她的驿站，而她现在需要朝前走，继续朝前走，她不能停下来。就此停下来，她就会变成溺死在刘季的游泳池和刘季的洋房中的女人。

她不愿意变成那个溺水者，所以，她带着那沓钞票出门了，她深信有一天会把那沓钞票还给刘季。钱，她知道继续朝前走，需要钱，所以，她租下了小屋。现在，她似乎已经变得自由多了，没有简和刘季束缚她，没有简的窄床和刘季的游泳池包围她的身体，她睡了一个无忧无虑的好觉，做了很多模糊不清的长梦，一觉醒来就已经看见了曙色。

曙色正挂在窗口，窗户很小，然而她却可以站在窗前看见曙色，今天是她求职的日子。也许是因为青春，刚刚堕胎的身体竟然恢复得如此之快，她突然发现自己的身体已经承受了一个痛苦的、不为人知的秘密。

除了她知道之外，没有任何人知道她已经短暂地为一个男人怀过孕，一个精子本来已经在她子宫中复活了，变成了生命。然而，她却残忍地掐灭了那个嫩芽，这是她必须承担的痛苦。除此之外，她必须永远承担这一事实，这是一个秘密，在无人知晓的情况下，承担者将更加需要勇气。她走出人流室时，她就像许多年轻的女孩一样无男人陪伴，只在休息间躺了半小时。在她躺下去时，左侧和右侧的床上都躺着一个年轻的女孩子，她们的年龄几乎与她相近，她们望着天花板，独自承担着这一痛苦。当完成了堕胎之后，在身体如此虚弱的情况下，她们没有啜泣，也不需要男人陪伴在她们身边。

也许给予她们子宫中精子的男人，根本就不知道那些精子已经长成了生命；也许她们就像吴豆豆一样，需要继续前进，因为她们年轻的子宫负载不了那个小生命在子宫中生长的过程，所以她们悄无声息地承担了堕胎的艰难使命。

她们不需要男人陪伴，就像吴豆豆一样，她们与给予她们精子的男人的关系，只是一种短暂的不可靠的关系。事实上，在这个世界上，没有任何永久不变的男人与女人之间的可靠关系。吴豆豆已经经历了与简的关系，直到如今，她与简最后一次见面时的撕裂之痛仍然在折磨她；很快地，她又经历了与刘季的关系，那种越来越陌生的、越来越冷漠的关系，使她果断地堕胎，使她选择了离开的结局。如今，此刻，吴豆豆置身在服装公司的求职之地。

当应聘者让她脱衣服时，她突然开始犹豫了，在那一刹那，那个特定的时刻，吴豆豆再也不是那个喜欢裸体睡觉的女人，再也不是那个置身在简的雕塑室中一丝不挂的、为简做模特的女人。她的身体记载着历史的烙印，在这一刹那，她突然失去了脱下衣服的勇气。

然而，周围的女人们都在脱衣，她们用各种各样的方式脱衣，她们没有吴豆豆的犹豫。因为在这样一个特定的场景之中，她们需要展露出三分之一的裸露，因为服装公司应聘的是模特，服装公司要组织一支模特队，每个前来应聘的女人都在积极地脱衣服。

终于，吴豆豆拉开了拉链，她穿了一件简洁的连衣裙，需要她拉开链条，她融入了这群脱衣女人的声音之中。现在，她置身在几十个女人中间，她的伤疤显露出来了。她对自己说：如果像萧雨说的那样，那是镶嵌在她身体上的玫瑰花瓣，如果是这样的话，命运就会给她带来好运气。

一个男人走了过来，他就是服装公司的总裁，他的目光在吴豆豆的肩膀上停留了几秒钟，这是一个令人窒息的时刻。吴豆豆希望这位年轻的总裁能够看见萧雨看见的那种意象，被玫瑰花瓣镶在自己身体上的粉红色意象。接下来是等待，在以后的三天时间里，连空气也充满了等待。吴豆豆的命运出现了奇迹，在服装公司应聘的模特名单中留下了她的名字。

她想，她之所以成功，一定是那肩膀上裸露的伤疤变成了镶嵌在她肌肤之中的玫瑰花瓣，她很想见到萧雨，但她似乎已经与整个世界脱离了联系。自从毕业晚会结束之后，拎着箱子跟随刘季离开之后，她就与世界失去了联系。

她只有独自举杯庆贺那个时刻，她买回了一瓶红酒，拉上窗帘，把红酒倒进酒杯里。她举杯的那一刻无疑是在庆贺自己寻找到了自己的位置，因为从这个时刻开始，她才真正地感受到了驻足在这座城市，寻找到的根须。

即使是她身体上留下的伤疤也无法剥离她在这个世界上寻找到自己的位置，从她举起酒杯庆贺的时刻，她似乎也在庆贺那块伤疤，她已经携带着痛苦的历史继续前进。

经过了长久的时装模特训练之后，服装公司的第一次表演选择在游泳馆，并且是泳装表演。当吴豆豆知道这个消息后，她希望不要选择刘季的游泳馆。因为当她准备离开刘季的时候，就希望永远不要见到刘季，就像她再也见不到简一样。

然而命运却要安排她与刘季再一次见面。当她随同时装队进入游泳馆时，她并不知道这就是刘季新开张的游泳馆，直到她穿上泳装的时候，一个影子飘然来到了镜子前。

那是一张男人的脸，她看到了伤疤，她慌乱了一下，这张在世界上已经被她告别的脸突如其来，投射在镜子中央，与她的脸相镶在一起。但是这张脸很快就闪开了，没有太多地打扰她。她没有想到自己的第一次服装生涯竟然在游泳池边的层层台阶上，难道是因为她与这个男人的泳池关系仍然缠绕不息吗？

有一点是肯定的、毋庸置疑的，此刻的吴豆豆再也不可能是躺在刘季洋房中的那个女人，那个寻找不到自己位置的女人，那个除了在游泳池中寻找到泳姿之外，再也寻找不到身体姿态的女人，现在她穿上了泳装。

在所有女模特之中，只有她独自一人，肩膀上镶着伤疤。也可以这样说那是命运中镶在她身体中的玫瑰花瓣，这是萧雨创造的意象。这个意象始终伴随着她，这种意象使她在模特队中展现了最独特的姿色。

很多女人一生都没有展现过姿色，因为她们不知道姿色可以征服世界，尤其可以征服观赏者的眼睛。有那么一种女人，从很小时就在不知不觉地展现姿色，吴豆豆就是其中的女人之一。

吴豆豆第一次展现姿色是在小镇上，她不知不觉地在湖水中开始游泳，裸着手臂，不知不觉的泳姿已经使她的身体一边成长，一边向往着未来。吴豆豆的第二次姿色是裸体睡觉，她把这种脱衣的姿色发挥到了极致，带到了女生宿舍中。只有她一个人喜欢裸体睡觉，当她在宿舍中脱衣时已经在展现自己的姿色，在同性之中展现姿色。吴豆豆第三次展现姿色是在简的雕塑室中，这时候，她的裸体肩负着为艺术服务的职责，这是一种神圣的职责。吴豆豆的第四次展现姿色是在泳池中央，当然，是刘季把她带进了泳池。她当着一座泳池，同时也在当着刘季的面，在泳池中再一次不知不觉地展现姿色。吴豆豆第五次展现姿色的时候是在性的过程之中，当然，在前面与简的生活之中性就已经在两人的青春之恋中开始了，在性的姿色之中，吴豆豆经历了两性生活短暂的美妙和漫长的迷惘期……

而她真正的姿色是从此刻才开始展现的，这代表着青春和个人主义的姿色已经融进了社会的舞台。在表演的时候，吴豆豆觉得很快乐，她喜欢上了表演，即迷恋上了时装模特的生活。而且她发现刘季一直在观赏着她，而且给予她掌声。事后刘季站在泳池边缘，那已经到了表演结束的时候。

她感到刘季的目光已经环绕了她的身体一圈，仿佛她的身体变成了环行跑道的中央，刘季正环绕着她的身体在跑步，终于跑完了最后一圈，终于看到了目标。刘季说能不能请她用晚餐，她笑了笑说：“我没空。”刘季突然伸出手来当着众人的面抓住了她的手说："给我一个机会好吗？"她转过身去，尽管刘季已经抓住了她的手，然而她却没有被俘虏，她转过身去时，突然与另一个人的目光相遇了。

那个男人，那个检验过她三分之二裸体的男人，就是服装公司的总裁，他站在一把太阳伞下正望着她。事实上他已经看见了刚才的一幕，刘季把她的手抓住的那一刹那，他站在太阳伞下，突然使她感受到了一种暧昧的目光。那目光似乎在鼓励她，让她挣脱开刘季的手。

果然，她从另一个男人的目光中获得了力量，直到如今，她仍然在回味她应聘服装公司的模特那一天，她对自己的身体产生了动摇、失去了信心。尽管如此，她仍然裸着三分之二的身体面对所有的人的目光，一个男人向她走来了，她知道这个男人是谁，在考试之前，这个男人讲了话，他就是总裁。尽管他看上去年龄并不大，好像三十多岁，然而他却是一家服装公司的总裁。当他经过她身边时，她开始畏惧，她害怕这个男人看见她身体上的伤疤时把她否定。

她太害怕被否定了，这个时刻已变成她孤注一掷的时刻。然而这个男人肯定了她的存在，把她留在了模特队的名单之中，因而她才有了自己的位置。

现在，在无意之中，她的目光竟然与他的目光相遇了。正是这目光给了她力量，她巧妙地一笑就使刘季的力量减弱。于是，她把自己的手从他的手中抽出来，她礼貌地说："如果我有空，我会给你打电话的。然而，今晚不行，我没有时间。"她说完这话，就转过身走了，她走在女模特队的中央，使得刘季再也无法走进去把她的手抓住。

没有人告诉她，刘季之所以走上前去把她的手抓住，是因为刘季作为一个男人已经被她的姿色迷住。当然，刘季怎么也没有想到，那个被他的冷漠所笼罩的吴豆豆在离开他之前，完成了一次痛苦不堪的堕胎仪式。唯有如此，她才可以寻找到自己的位置。

被她姿色迷住的还有服装公司的总裁，当他约她单独见面时，她有些紧张。他请她用晚餐，当然这是半个多月后的一个晚上。在举杯时，他许愿说他会把她培养成顶尖女模特，她与他的目光重叠在一起，仿佛重叠在一汪水池之中。其中当然也有波纹，这种波纹是吴豆豆从未体验过的。从来没有一个男人重视她生命的存在，只有他，年轻的服装公司总裁。当总裁把手伸过来，从餐布上捉住她的手时，她没有拒绝，她只是紧张，因为总裁的手已经抓住了她的指尖，仿佛想把她托在空中，让她飞翔。那天晚上，她回到出租屋以后做了一个飞翔的梦，她从未做过这样的梦，身体会在空中飞翔着，无忧无虑地、轻盈自在地飞翔着。

这充分说明了在吴豆豆的潜意识中渴望着飞翔的愿望，她希望年轻总裁抓住她的手不放，这样她就能早日飞翔起来了。许久以后，在一个下着细雨的晚上，年轻的服装公司总裁与她共进晚餐以后，驱车把她带到了自己的单身公寓楼。

总裁一进屋就开始吻她，他的吻遍及了她的身体，包括肩膀上的伤疤，也留下了总裁热情荡漾之中的吻。总裁一边抓住她的手一边帮助她脱衣服，她闭上双眼，仿佛看见了那幅梦中的图像，她的身体已经越过了一层层的屏障，开始往空中飞去，那显然是吴豆豆一生中最灿烂的图像。

她仿佛在做梦，而她身体上的衣服已经一层层地被总裁脱下去。这是一个下着细雨的晚上，季节是在冬季，她突然感受到身体一阵灼热，仿佛热浪涌来，当一个人的身体进入了她的身体时，她才重新体验到了过去体验过的东西，她睁开双眼，在她身体之上是年轻的总裁的身体。

他压住了她的身体，而她并没有像梦境中那样飞翔起来，她仍然在天空之下。在一张床上，她有些迷惘，然而她很快就听见了这样的许诺：“我一定会把你培养成顶尖名模的……我一定会。”

从那以后，她经常陪同他用晚餐，他带着她换着不同的餐厅用晚餐。用完晚餐之后，他就驱车把她带到他的单身公寓楼。慢慢地，她感觉到自己已经无法离开他，无法离开她与他共进晚餐时的气氛，他们总是慢慢地品着一杯葡萄酒。他开始和她调情，就像调酒师在调制鸡尾酒的颜色，而当她进入他的单身公寓楼，他和她总是能保持着那种灼热的激情，一进屋就亲吻，然后做爱。

不错，就像他许诺的一样，他在有意识地培养她，他给她配备了单人练功房，他给她配备了一个舞蹈学院的老师辅导她……这一切都在使她的梦幻朝着目标前进，在她的手未被他抓住之前，她做模特只是为了生存而已，只是为了让她独立起来，在这座城市扎下根来。

她从未想到过要做什么顶尖模特，这个目标太遥远了，几乎不属于她。而当他的手从餐布上伸过来抓住她的手的那一刹那，他的声音引导着她，使她看见了一个未曾看见的目标，就是他使她有了一种飞翔的梦幻。

就在她竭尽全力地向着这个目标前行时，简突然来到了她的练功房中。简就站在她身边，她沉住气，因为如今的吴豆豆再也不是站在简的面前诉说着自己伤疤的女孩子，她已经在不知不觉地变换成女人。

女孩子转变成女人的速度是迅速的，也是缓慢的。而吴豆豆不知道自己到底是从什么时候变成女人的，总之，当她感受到自己变成女人的时刻，也许是从堕胎室中走出来的时刻，也许是拎着箱子离开刘季的时刻，也许是租到出租屋的时刻，也许是与年轻的服装公司的总裁在性关系中身体飞翔或下降的时刻……

简说："我回来是为了找到你，经过了时间的检验，我才又一次意识到你是我的最爱……我想带你到巴黎，你知道巴黎是一座什么样的城市吗？我想带你走，如果你想做模特，你可以到巴黎去做模特……"

简告诉她，让她考虑一下他说的话，他几天后又来见她。简一走出练功房，她就看着镜子中的自己，仿佛唯有注视自己，她才能再一次回顾过去。而此刻，当她刚想揭开自己已经忘却的、已经密封好的记忆时，年轻的总裁突然出现在练功房中。他告诉她说，为了她的脱颖而出，他将为她举行一场大型模特表演，当然也是为了公司明年的春装上市。他对她说，模特表演将在市体育馆举行，将有几万人看到她的表演，而且各家电视台将现场报道这次表演。他说，这是你进入顶尖名模的第一步。他在练功房中消失了，世界是多么奇妙啊，吴豆豆想，世界是多么充满诱惑啊。

消失了很久的简，在她认为是永不会在她生命中再现的简又回到了这座城市，而且竟然找到了在练功房中的她，而且竟然知道她的梦幻。想把她带到欧洲去的简，曾经伤害过她，而且给她身体上留下了烙印。简出现在练功房中的短暂时间里已经表达清楚了他的意思，而且，在她看来，简同样也从一个男孩变成了一个男人。

尽管简伤害过她，毕竟简是她的初恋，简给她带来了红色的摩托车，那是速度，那是一个女孩中初恋时的速度。除此之外，简给她带来了窄床，床是什么呢？在一个女孩没有碰到爱情之前，床只是这个女孩睡觉的地方和做梦的地方，而当她相遇到简以后，床的意义就不一样了。因为爱情，性开始来到了那张窄床上，她和他都以为性和爱情一样是永恒不变的。然而，他也给她带来了另一个女孩，一个即将离开人世的女孩，怀着无限的深情扑进了简的怀抱。这个瞬间使吴豆豆第一次意识到爱情的变幻莫测，从此以后，在另一个男人的怀抱中她得到了一个戒指盒。直到如今，她仍然忘不了那个戒指盒，当刘季给她戴上戒指时，那种气氛是庄严的。而当她为了简把戒指盒退还给刘季时，一场车祸随即来临。

那个戒指盒给她带来了第一个男人的求婚，也给她带来了难以蜕尽的伤疤。当然，这伤疤与简有关系，现在，简回来了，简只在她身边停留了几分钟，却给她带来了人生的诱惑。除此之外，是服装公司总裁给她带来的诱惑。因为她从来没有像此刻这样渴望着飞，也就是说她从来没有像现在这样目标明确，渴望着做一名顶尖模特。

过去的吴豆豆的梦幻是想扎下根来，当她搭上火车的那一瞬间，小镇突然在火车的轰鸣之声中消失了，她的梦幻之臂伸向了遥远的城市，她期待的梦幻只是希望一座城市就像根须一样缭绕着她的身体。

此刻，服装公司的年轻总裁把她的手抓住，引领她飞翔。在很长时间里，当她与年轻总裁发生性关系时，似乎性的高潮变成了飞翔在空中的快乐，所以她已经习惯了与他做爱。每当她被他脱光衣服时，她那轻盈的身体，承担着伤疤的身体就会情不自禁地被他引领着。

尽管他压在她身体之上，然而，她的身体却会被他的身体引领到尘埃之上，游离在树枝之上。那就是性高潮，她在飞翔，为她的目标而飞翔。所以她从来不跟他谈论爱情，当然，即使在他和她调情时，他们似乎也在远离爱情，他们谈论的总是与顶尖名模有关系的话题。

他引领着她的目标，如今，几分钟之前，他告诉她的话使这种诱惑进入了另一个现实的阶段，两个出现在不同时期的男人都在这个特定的时刻给她带来了充分的诱惑。

三天以后，简给她来了电话，简在一座咖啡馆等她，让她去赴约。她没有拒绝简，因为通向简的约会之路尽管布满了伤痕，却弥漫着某种初恋的味道，一种甜蜜、苦涩的味道。而且更为重要的是简再也不是那个雕塑系的男生，简从欧洲回来了，简已经变成了一个男人。

循着这种初恋的味道，她出现在那座咖啡馆，简早已等候在那里。简坐在咖啡馆的一个角落，目光里好像包含着忧伤和等待，所以，当吴豆豆搅动着咖啡杯时，简就迫不及待地问道："豆豆，你想好了吗？

你决定了吗？”

吴豆豆继续搅动着杯里的咖啡，她看到咖啡已经越变越浓了，她不能回答简提出的问题。简的手突然抑制不住从旁边伸过来，那时候吴豆豆刚放下调羹，简抓住她的手说：“豆豆，跟我走吧……”吴豆豆看着简，不知道为什么，简的迫不及待使她感觉到了宽慰，好像她已经看到了命运在捉弄着简，就像当年命运在捉弄着吴豆豆一样。

她把自己的手从简的手中抽出来，笑了笑说：“我们已经结束了，我不会再跟你走了！”这完全出乎他预料的话使她的目光显得那么坚决：“太晚了，我绝不会跟你走……”“为什么，难道你不向往巴黎吗？难道你不想进入巴黎服装界吗？难道你不再爱我了吗？”

吴豆豆从来没有像此刻这样正视过自己，她觉得在她品尝着的咖啡中有一种又甜又涩的味道，这正是当年那种初恋之味。当她初次品尝这味道时，她还是一个女孩，一个进入城市不久的女孩，她沉浸在这种味道之中，原以为那张窄床会永远地载着她和简进入未来……

她此刻突然意识到她与简的未来在很久以前就已经中断了，当她看见那张宽床之后窄床就已经消失了。如今，坐在她对面的男人，这个想把她带走的男人，事实上仍然生活在昨天，因为他根本进入不了她的现在。

现在意味着什么呢？当简的手再次抓住她时，她仿佛不是在飞，而是沉入了深渊……现在对吴豆豆来说，意味着回忆，但仅有回忆是不够的，回忆只是重负，回忆取代不了飞翔。那种飞翔的感觉竟然缭绕着她，为什么简不可以给她带来飞翔的感觉呢，简可以带她走，飞往巴黎。而且她当然不可能不知道巴黎是世界上最适宜模特发展的、出人头地的城市。然而为什么她会产生不了飞翔的感觉呢？

她在咖啡馆中拒绝了他，简似乎看到了他与她之间的缘分已经断了，他有些忧伤的双眼看着她，他似乎已经无法想象出还有什么可以再诱惑她。不过，他说他还有一段时间要留下来搞雕塑展览，如果她反悔了，同意跟他走，就给他打电话。他把名片给了她，她手里握着那张名片，她只是有礼貌地把它放进了包里。

事后，她并没有为这个决定而难受，因为她又到了与年轻的服装总裁共进晚餐的时刻了。每当这样的时刻降临，她总是感觉到身体在飞。因而她总结了一番与简的再次会面之后，告诉自己，她还是不可能与简一起走，因为她有了另一个男人。

在与这个男人的关系中，她知道他既是她的总裁，也是她的男人。只有她知道当她面对他时，他已经被她的姿色迷住，当然她也可以攀缘住他的手臂，飞翔在天空之中。

离模特表演赛的时间越来越近了，吴豆豆专心一致志地投入训练之中。她知道这个机会对她来说有多重要。而就在这时时装公司突然出现了一个女人，她带来了由她亲手设计的春天的时装。时装队的模特们都在议论，这个女人刚从巴黎飞回来，她是时装设计师，也是时装公司的副总裁，而且是时装公司总裁的未婚妻。当消息传到吴豆豆耳朵里时，她仿佛从飞翔的空中落了下来，她惊奇地发现，四周的目光都在她身上移动着。

从此以后年轻的总裁再也没有给她来电话约她共用晚餐，她依然在练功，在她的世界中只有T形舞台。她深信自己一定会成为顶尖名模，这就是她的目标。事实已经很清楚，那个气质优雅的服装设计师正是时装公司总裁的未婚妻，她有三分之二的时间居住在巴黎，在巴黎有设计室，所有时装公司的服装设计都来自她的理念。

这样说来，吴豆豆身穿的时装也是她设计的，她不得不承认这一事实。然而，她不明白的是年轻的总裁为什么拥有了自己优雅的未婚妻后，仍然会迷恋她呢？当然，她知道，年轻的总裁之所以迷恋她，是因为迷恋她的姿色。

也许是经历了初恋的失意，也许是经历了与刘季的两性关系，这些经历让吴豆豆的双眼变得忧郁，一种孤冷的忧郁，使得她与时装队的模特们区别开来，忧郁的眼神笼罩着她的身体，这就是她的姿色。

当年轻的总裁敲开她的出租屋时，她万万没有想到，在这样的时刻，他还会出现在她面前。年轻的总裁从未到过她的出租屋，她不知道他是如何找到她的。然而，他已经站在她的小屋中了。

他在不到十平方米的小屋中伫立着，突然伸出他的手臂拥抱着她说："她回来了，我不能带你到我的公寓楼去，但我可以来你的小屋约会，不是吗？"他拥抱着她说："她住不了多长时间就会回到巴黎去，她喜欢生活在巴黎，而不是生活在我身边，我知道，在巴黎，她还有别的男朋友……她只是利用我的服装公司来推销她在巴黎设计的时装，而我呢，当然同样也可以利用她的服装设计，她是一个有天赋的服装设计师……我得承认这一点……好了，不谈论她了，我们开始吧……”

他所说的开始就是性。他快速地去脱她的睡衣，当他敲门时，她已经穿上了睡衣。当她的睡衣从身体中滑动时，她突然感觉到了身体并没有飞翔起来，而是陷入了一团迷雾之中，犹如水草相互缠绕的状态，然而性已经在她的小屋中发生了。

事后，她睁大双眼看着他，这次性事开始得快，结束得也快，他穿上衣服站在小屋中显得也很迷惑，他突然弯下腰吻着她说：“我会让你成为顶尖名模的，一定会。不过现在我们的关系得充分保密，这是一个你与我之间的秘密，你知道吗？”

她转过头去直到他已经离开了才回过头来。她突然觉得她被利用了，就像年轻的总裁利用那个居住在巴黎的女服装设计师的服装设计，而同样，女服装设计师也利用了年轻总裁的服装公司推销她的产品。

然而，吴豆豆为什么觉得自己被利用了呢？她突然觉得年轻的总裁作为一个男人已经利用了她的姿色。就像刚才他利用了她的身体一样，这么说来，他一直在利用她的身体，而他利用她的姿色是为了快乐，利用她的身体是为了解决性问题。然而世上有许多女人，光光是时装公司模特队的女人每个人都灿烂如鲜花，为什么他选择了吴豆豆呢？

这样说来，他并不仅是利用，他是因为迷恋吗？吴豆豆熄灭了灯光，她能用手指尖触摸到自己的伤疤，她已经慢慢地喜欢上了那些伤疤，而且留在脸上的疤迹变得越来越像玫瑰花瓣。她问自己有没有在利用年轻的服装公司总裁，为什么跟这个男人在一起，总是有一种飞翔的感觉。即使在性高潮中她年轻的身体也在因此飞翔，难道自己是在利用这个男人引领自己的飞翔之路吗？

已经开始了时装表演之前的预演，这场小型预演在服装公司的T形台上举行。这也是吴豆豆与优雅的服装设计师直接碰面的时刻，因为她是时装模特队的头号模特，她必须穿女服装设计师设计的最显露个性的时装，所以两个女人面对面地站在一起。

很显然，优雅的服装设计师根本就不知道吴豆豆与年轻总裁的关系。她很欣赏吴豆豆的姿色，女人欣赏另一个女人的姿色是完全不一样的，尤其是一名服装设计师。她能通过另一个女人的姿色想象出她时装设计的风格来，由她设计的时装还未穿在吴豆豆身上，她就已经看到了她设计时装的未来，由此优雅的时装设计师很兴奋。

然而，吴豆豆看她的眼神却是异样的，忧伤而沉重的。因为她的目光负载着历史，她与年轻总裁的历史，一个女人与一个男人的历史。不知道为什么，女服装设计师极其欣赏吴豆豆，她突然把吴豆豆约到一家酒吧去。当吴豆豆接受这个约会时，内心忐忑不安，她猜想，服装设计师大概已经知道了她与服装公司总裁的关系。然而她没有拒绝。

两个女人坐在一家酒吧中，喝着咖啡，吴豆豆的目光一直回避着服装设计师的目光，她的内心漂着一团水草，那是她生命中前来缠绕她身体的水草。

她做好了准备，如果女服装设计师询问她与服装总裁的关系，她就要坚决地否认它。她要告诉这个女人，她与服装总裁没有任何关系，她必须去承担这个秘密，有些秘密是不能诉说的。这一点，吴豆豆已经慢慢地感受到了。

而且她清楚，让自己来承担这个秘密是为了飞翔之梦，是为了进入顶尖名模的梦，好像在这一刻，只有这个梦成为她生命中最为重要的梦，无法脱离她生命的梦。

女服装设计师喝完了一杯咖啡后突然告诉她："吴豆

豆，你已经具备了一个名模的素质。然而，我知道，这个环境不适宜你发展，所以，我想等到你参加完这次模特表演之后，我就带你到巴黎去。我会把你送到巴黎最好的时装模特队……你愿意吗？当然，你不必现在回答我，等到你参加完时装表演之后再回答我，好吗？”

这次见面让吴豆豆意想不到，她又重新面临着选择，而且她从女时装设计师的眼里看到的是真挚。而且她感觉到，女时装设计师并没有察觉到她与服装公司总裁的关系。她之所以带上她去巴黎完全是欣赏她的姿色。

毫无疑问，女服装设计师向她展现的未来已经开始诱惑她。在两个人分手时，女服装设计师告诉她，这是她们之间的一个秘密，让她不要告诉任何人。

在一个黄昏，年轻的服装总裁又敲开了她的门，那时离时装表演只有三天时间了。她愕然地望着这个男人，她知道在她和他之间一场性生活又即将开始。这并不是她的意愿，从第一次性生活开始时，她感受到的只有飞翔。尽管如此，一场性事已经开始了。但这不是风暴，它就像是一次被水草缠住身体时的挣扎，她在他身体之下挣扎着。她突然做出一个决定，参加完模特表演之后，就跟随女服装设计师到巴黎去。这是一个秘密，她从未告诉任何人，当然也不会告诉这个与她迅速结束性事的男人。毫无疑问，这是她和他之间的最后一次性生活。

三天后，吴豆豆在市体育馆的T形台上展露了她的姿色。很显然，她的姿色已经被更多的人看见，她的形象开始出现在报纸上，而且一家服装杂志很快就利用她的姿色做了封面。

当她开始秘密地收拾箱子时，没有任何人知道她要走。女服装设计师已经在飞机场等她，她拎着箱子出现在飞机场时，她看见了年轻的服装总裁站在女服装设计师身边。

这个男人压根儿不知道吴豆豆会跟着女服装设计师离开这座城市，当女服装设计师把飞往巴黎的一张机票递给吴豆豆时，年轻的服装总裁的脸色变了。每个人的脸色都会在一个特定的环境之中产生变化，然而，这已经成为定局，吴豆豆要飞往巴黎了。

在候机室里，她突然看见了简，简走近她看了看她的箱子说："我们还会在巴黎见面的，不是吗？"她笑了笑，开始跟女服装设计师上飞机。在机舱里，女服装设计师问她刚才的那个男人是谁，她笑了笑说："一个男人。"然后飞机开始滑动起来，她还是第一次乘飞机，而且是飞往巴黎。就在这一刻，她的身体真的飞了起来，仿佛长出了双翅，她对自己的梦幻说：时机到了，我会飞得很高，我要利用我的姿色去飞翔。

第五章　情　妇

母亲送萧雨到电视台报到的日子已经降临，母亲一定要亲自送她到电视台去，因为母亲强调了一个理由："多少年来，我一直希望我的女儿能够出人头地，自从我与第一个男人的婚姻失败以后我就希望我的女儿挣脱樊笼。"

当然，母亲所说的那只樊笼是一种比喻。当萧雨的人事档案顺利地进入电视台以后，母亲就站在电视台的大楼下。这座大楼是这座城市最高最醒目的大楼，母亲对萧雨说："你吴叔已经为你尽了力，很显然，如果没有你吴叔帮忙，你是无法进入电视台的。"

萧雨知道母亲说话的意思。如果没有吴叔，她根本就进不了电视台，她会陷入求职的困境。虽然她很快就会求到职，可那并不是她所期待的职业。她知道吴叔对她许诺过的事已经兑现了，从电视台出来后，母亲说应该去感谢一下吴叔。对母亲来说，感谢吴叔的最好方式就是请吴叔吃饭。因此，母亲订下了包间，让萧雨与吴叔联系。

母女两人坐在包厢之中，母亲把一套住宅房的钥匙交给了萧雨说：“这是我送你的礼物，因为从今天开始，你就独立了，从今天开始你再也用不着住出租屋了，母亲已经为你配备了全套的家具。”萧雨握着那串钥匙，感觉到心里很潮湿，她知道这对母亲来说并非容易。作为一个女人，母亲的全部收入都来源于高速公路上的修理站，可她并不容易，母亲经常身穿那些油渍斑斑的衣服钻到车轮下面去。

然而，母亲却尽了她的全部职责，为女儿准备了一套房子。吴叔来了，他进入包间之后才摘下墨镜，几个人开始举杯，三个人都祝贺萧雨顺利地进入了电视台。尔后，母亲开始举杯感谢吴叔，萧雨看见母亲的眼里噙满了热泪。那晶莹的泪水行将溶进酒杯时，母亲却巧妙地抑制住了它，不让泪水从眼眶中流出来。

事后，母亲建议去看看她送给女儿的新住宅，吴叔同意了，从包间出来时，吴叔又戴上了墨镜。当吴叔戴上墨镜时，仿佛离她们很远，即使离得很近，也形同陌生人。

萧雨隐隐约约地已经感觉到了，吴叔戴上墨镜时是为了拒绝别人的目光。在车上萧雨问母亲吴叔为什么一个人生活，为什么不把他的妻子从异地调来，母亲旋转着方向盘说："你吴叔并不幸福，然而他又不可能离婚。"

吴叔驱着另外一辆车在她们后面。母亲不时从倒车镜中看一眼吴叔的车，而且母亲把车速减得很慢，母亲突然问她有没有跟牙科医生来往。萧雨感觉到心沉了一下，感觉到嘴唇一下子变得失去了弹性，她把头转向窗外，看着迷蒙的秋色。

黑夜中的秋色是无法看见的，只能感受到，她记不清楚到底是从什么时候开始忘记牙科医生的，就像她已经记不清楚是从什么时候开始忘记凯一样。被爱情迷惑的时间似乎已经翻拂过去了，如今她并不孤单，她有母亲，还有吴叔。她之所以把吴叔看作值得她信赖的人，除了吴叔帮助她进入电视台的感恩之情外，最为重要的是她与吴叔的接触，这种接触就像使她寻找到了父亲式的中年男人。

在母亲送给她的新宅之中，吴叔摘下了墨镜突然宣布说他很快就会调离这座城市，到另一座城市去了，时间不会太长久就会离开这座城市。母亲愣了一下，具有浓郁的成熟女人风韵的母亲此刻的形象，怎么也无法与一个高速公路边的修理站师傅联系在一起。母亲的眼睛饱受着时间的沧桑，充满着一个女人成熟的语言，她看着吴叔突然说道："如果你走了，我们怎么办？"

萧雨突然觉得母亲是如此虚弱，而对她来说吴叔宣布的事是正常的，就像她毕业走向电视台一样正常。因为在所有阅读过的文学事件中，她领会到了一种真理，这就是人是在不断地迁移之中寻找到归宿的。

那些闪烁在文字事件之中的故事和人的命运总是充满了一次又一次的出发，因而构成了人生百态，使人的命运走向永恒，然而，永恒是看不见的，正像她无法看见吴叔所去的另一座城市一样。尽管如此，她仍然有些意外，因为从她求职以来，她就习惯了依赖吴叔的力量。她不知道吴叔为什么有如此大的力量，她不愿意揭穿这种背景，因为她的自尊心不允许她这样做。

从此以后，她从临时的出租屋搬迁到了母亲送给她的新宅，这意味着她有了自己的空间。然而，她进入电视台上班的那一刻，她就隐隐约约地感觉到在她周围荡漾着一种目光。

当然，这不是阳光在她周围荡漾的感觉，也不是阴影在她周围荡漾的感觉，而是目光的荡漾，那些目光充满了无法说清的感觉。有一次她回过头去，那些用目光荡漾在她身上的人突然聚在一起，仿佛在议论她，当然是看着她的脊背在议论。

她听不见他们的议论之声，因为她只是一个刚进入电视台的年轻女人，从她到电视台报到的那一刻，也许应该还稍早一些，准确地说当她租下小屋，不准备回家与母亲同住的那一刻，她就认为自己作为一个女人应该有自己独立的空间了。也就是说女孩子的岁月已经结束了，一个女人的生活应该开始了。

在一本有争议的书上，她知道了女孩变成女人是因为性，女孩子通过性生活从而使自己变成女人。然而，她至今仍然没有体验过性，即使是在凯的窄床上，两个人也是和衣而睡。就在她想把自己的身体献给凯时，木浴盆出现了，裸体的发烧女孩，那个从小镇上了火车的女孩被凯带回老房子的女孩占据了她和凯的窄床。从此以后，她和凯永远地失去了青春期的相互迷恋，她想她和凯的那种关系是爱情吗？这个问题至今仍然没有任何结论，而当她在那一刻想把自己的身体献给凯时，身体中充满了爱……在某一个瞬间，她的身体充满了爱，而为什么在另一个瞬间这种爱又消失了呢？

牙科医生的出现也许只是为了缓解她心灵中的创痛，然而她没有想到除了凯之外，还有牙科医生的公开声明，当牙科医生站在她面前声明他与女消毒员发生性关系，仅仅是为了解决男人的性问题，并没有爱情时，她知道她的精神遭遇到了一场践踏。这一切使得她与牙科医生那种毫无根须的爱情故事很快就瓦解了。

直到现在，她还是一个处女，然而，她却以为她已经变成了女人。因此，她把女人划分为两类：第一种女人是因为性生活而由女孩子变成女人的，第二种女人则是因为与性毫无关系的另一种身体的烙印而变成女人的。她把这种烙印诗意地变幻成女人身体的花纹。

当她回过头去时，她看见了站在她身后的电视台的几个人对着她的脊背在指指点点，她又一次感受到了自己身体上的花纹开始波动起来。回到家以后她就开始沐浴，她之所以沐浴是想看见自己的花纹。

身体上浅浅的花纹，这花纹当然不是母亲身体上的花纹，而是她年轻的身体淡淡的、粉色的花纹。经过时间的过渡，她已经缓解了很久以前看见的母亲和另一个男人的性姿势，那个终生的秘密也许要被她带到坟墓之中去。如今，她距离那座坟墓还很遥远，她的生活才刚开始。

不过，她窥视到的母亲身体上的花纹，却永远难以从她心灵深处彻底抹去。因为正是透过母亲身体上的花纹，她才看见了女人的身体上波动的历史，因而她深信每一个人、每一个女人身体上都充满了花纹。所以，当她看见吴豆豆脸上带回的一场车祸所留下的伤疤时，她在这伤疤之中同时也看见了玫瑰花瓣。这种意象也许是为了宽慰吴豆豆，也许是为了寻找到花纹的证据，因为她深信玫瑰花瓣就是一种花纹。

突然传来了很轻的叩门声，她以为是母亲，因为只有母亲知道她的新住宅。她匆匆裹上浴巾前去开门，在洋溢着红褐色的黄昏之中站着一个男人，他竟然是吴叔。

她惶惑地把吴叔迎进屋，吴叔随手把门关上，因为在浴室里待的时间太长了，所以，她不知道黄昏已经降临了。她想去开灯，因为客厅已经被黄昏笼罩着，颜色是黯淡的，犹如深秋季节的树叶。

她刚伸出手，还没碰到开关，她的手突然被吴叔的手抓住了。在深秋的黄昏之中，吴叔的手突然伸过来揽紧了她的身体，她没挣扎，她突然感觉到吴叔的手臂是那样宽广，到底有多宽广，她不知道。她屏住呼吸，她的呼吸仿佛在发烧，吴叔久久地揽紧她的身体，她那被红色的浴巾裹住的身体。吴叔吻着她的头发时，她的发丝还是潮湿的，同时也是纷乱的，因为她还来不及梳理。

她闭上双眼，她的惶惑变为了心跳。在拥抱之中，突然，她身体上的浴巾正在往下滑落，她想伸出手去拉住浴巾。然而，她的手被吴叔的手抓住了，于是，红色的，仿佛在燃烧的浴巾就这样往下滑落而去，仿佛已经无法裹住她的身体。

当然，一块小小的红色浴巾已经无法裹住她的身体，一个男人的拥抱就像山峦那样宽大、深厚，正在寻找花纹的萧雨此刻已经融进了这种拥抱之中。奇怪，她并不畏惧这种拥抱，也许在这之前，她与吴叔在抒情舞曲的伴奏下跳舞时，他们之间的舞姿就为这种拥抱做了前奏曲。所以，她熟悉他的手的温度，当然，她并不熟悉这种拥抱，然而，她却在这个黄昏接受了这场拥抱。

他轻轻地把她抱起来，朝着黄昏走去，当然，这座被黄昏笼罩的住宅不是辽阔的世界，它的世界很小，在这样的时刻，他拥抱她的目的很明确，在前面就是卧室，他抱着她朝卧室走去。

她如果不愿意的话完全可以挣脱出来，然而，她轻柔地闭上双眼，让他抱着她来到了她的床上，那是一张宽床，是母亲送给她的宽床，当然比不上母亲的婚姻之床那样宽大。

黄昏更浓烈的时候，她听见了他解开他衣领扣的声音，她还听见了他解开皮带的声音。奇怪的是，这些声音犹如她和他跳舞时房间中回荡的抒情音乐，它是那样缠绵，因而不免有些伤感，所以她的身体无法去拒绝这种声音。

她感觉到他上床来了，他慢慢地靠近她时，她有些紧张，因为她的肌肤已经开始感受到了他的裸体，然而他的裸体是温柔的，他并不急于覆盖她的身体，而是开始抚摸她。

她感觉到他的手开始在她的肌肤上滑动，这是她跟随父亲到爷爷奶奶的乡村去游泳的那条河床吗？她的身体突然飘动在那河床上，当他的手滑动在她私处时，她的身体痉挛了一下。然而很快，她就因此感觉到了自己用手抚摸自己的私处，远远赶不上别人的手抚摸私处那样舒服。

当她感觉到他的身体压住自己的身体时，她突然哭了起来，他突然停止了抚摸，吻着她的睫毛。因为她的哭泣和泪水，他从她的身体上下来了，他躺在她身边，抓住了她的手。就这样，一场即将开始的性被她的泪水抑制住了。

当夜幕笼罩下来时，他开始穿衣服，她仍然躺在床上，赤身裸体地躺着。她看着他穿好了全部的衣服，她早就已经停止了哭泣，当她把头埋在他的手臂上时，她就已经停止了哭泣。

他低下头来吻别她，然后他拉开门走了。在他离开之后，她嗅到了他留下的气息，但不是性的气息，而是他肌肤上散发出来的从他口腔中散发出来的味道。

那些逼视她的目光依然包围着她，她所在的办公室是电视台的新闻部，办公室很大，足足可以容纳 20 多个人上班。现在，萧雨越来越明白了她已经成为整个电视台的议论中心，而真正的议论磁场是从新闻部的办公室开始的。终于有一天，她隔壁的女孩告诉她，她之所以被人议论，是因为她有背景。而且她是因为与一个有权力的男人睡了觉后才进入电视台的。这个女孩叫小白，她刚大学毕业，几乎是与萧雨同一天报的到，她和她就是在报到处认识的。

小白把她拉到电视台外的咖啡屋中，提醒她要小心时，她明白了，她已经携带着历史进入了电视台。小白说："别人说你是充当了情妇之后才进入了电视台，这是真的吗？"

她望着小白的眼睛不说话，她想哭，想掩住面孔大声哭泣。然而小白却说："做情妇又有什么，要是你愿意做的事，就不要害怕别人说……那些说你坏话的人是因为嫉妒你。"

过后，她回忆了自己与吴叔的整个交往过程，这过程都应该是隐秘的，而且她从来也没有把自己与吴叔的交往告诉过任何人。她很奇怪，世界上的眼睛真是无处不在，到处在窥视别人的私生活。萧雨突然意识到了在这种流言之中，她已经变成了吴叔的情妇。

然而，难道她真的变成了吴叔的情妇了吗？每当想起有那么多人在背后嚼舌，不停地蜷曲着舌头，诋毁她的历史，她就感到不停地颤抖。因为毕竟她才毕业，刚刚面对社会，在这之前，她的历史是美妙的，没有人站在她的周围，指责她的生活。

为什么自己的生活别人会看得见呢？难道这些人长了另一双眼睛竟然能够看得见她与吴叔跳舞时的场景吗？然而，每一次跳舞之前，吴叔都拉上了窗帘，那是三层窗帘，无论那些人的目光如何尖锐也不能穿透窗帘呀。这时候她明白了，这些人的目光用不着穿透窗帘，他们可以想象。试想一想，像萧雨这样年轻漂亮的女人经常出入那道神秘莫测的大门，前去敲响吴叔的门，这意味着什么呢？而且她进电视台，又确实是吴叔推荐的，也许仅凭这一推荐就可以点燃许多人制造流言的灵感了。

难道自己真的变成了吴叔的情妇了吗？她想起不久之前发生的事，当她裹着浴巾被吴叔紧紧拥抱的那一刹那，这意味着什么呢？她不知道自己为什么不拒绝吴叔的拥抱，而且当她回忆起这件事时她竟然一点也不后悔。

她忍受不了这种流言的包围，她决定给吴叔打电话，然而，没有人接电话。她决定亲自去找吴叔，当她把手放在门上时，门开了，然而屋子里空空荡荡，吴叔搬走了吗？她站在与吴叔跳过舞的客厅里给母亲打电话，母亲说吴叔已经离开了这座城市，到另一座城市任职去了。

为什么母亲知道吴叔已经走了，而自己却不知道呢？她很快就明白了，这是因为她与吴叔之间发生的那种私人事件。她认为，那才是她与吴叔真正发生的私人事件，而在之前她与吴叔的一次又一次约会，都不带有私人性。因为在这之前她一直为了某种东西去寻找吴叔，第一是为了进电视台，第二是为了一种同情心，因为她感觉到吴叔在这座城市太孤独了。既然吴叔帮助她，她也应该帮助吴叔，而且她觉得与吴叔跳舞很安全，就像与父亲跳舞一样。

吴叔走了，就像谣传中的一样，她突然感觉到了可以在岸边抓住的芦苇秆。这种生活她体验过，当然体验过这种手抓芦苇秆的时代是童年，我们不得不又跟着萧雨的思绪再次回到过去：萧雨穿行在爷爷奶奶的村野之间，开始同村子里的男孩们学游泳，河岸上长满了绿色的芦苇秆。每当她感到害怕时，总是会游到岸边，紧紧地抓住绿色的芦苇秆。

现在，我们知道了，手抓芦苇秆的意象对萧雨是多么重要，吴叔走了，她突然觉得世界变得不安全起来。为什么她愿意一次次地陪同吴叔在抒情旋律中跳舞，因为每当吴叔的手抓住她的手，另一只手托起她的身体时，她感觉到了手抓芦苇秆的感觉。这就是为什么她在那个特定的时刻，裹着浴巾毫不拒绝吴叔的拥抱的原因。

在与母亲的交谈之中，她在无意之中探出吴叔的去向。在现代，寻找一个人是简单的，只要你知道这个人住在什么城市，你就一定能寻找到他。萧雨一次又一次被流言所包围，她知道，她仍然是整个电视台人云亦云的人物。这就是社会，仿佛必须有一个谈论的话题，人们的舌尖才不会失去弹性。当然，对饶舌者来说，也会从中获得快乐。这就是为什么有那么多嚼舌者不寂寞，他们要用舌尖寻找到语言的箭矢，射出箭矢的快乐是无法言喻的。就在这个阶段，漂亮的女人萧雨自然成为人们嚼舌的对象。

她依附着一个男人的权力，通过自己做情妇的交易从而顺理成章地进入了电视台。大多人都认为，在这个年代，电视台是名利场，很多人都是在电视台一夜成名的，所以，进入电视台并不容易。

而萧雨竟然进入了电视台，凭着她的美貌，当然，进入电视台的女人百分之百都有姿色，人们忘记了男人是怎样进入电视台的，人们没有习惯去追问这个话题。

所有遭遇到流言的都是女性，萧雨也不例外，何况她身后确实有一个男人。事实上，直到如今，萧雨都还没有弄清楚吴叔的真正身份。这是因为她不愿意面对这个事实，而且她不喜欢政治，作为一个女人，她想到电视台去实现自己的理想。

理想是什么？这就是萧雨落入俗套的原因，她在不知不觉之中仰起头来看见了电视台，而且人们的生活中每天都与电视相遇。电视可以让昨天的小人物一夜之间变成显赫的人物，这就是萧雨落入俗套的原因，也是她把进入电视台作为自己理想的目标的原因。

这个目标实现之后，流言却开始包围着她，而当她需要依附时，她却看不见岸边的芦苇秆了。不知道为什么，萧雨在一个星期五的早上乘上了飞机，这是她第一次乘飞机，而且座位就依附着飞机的翅膀，飞翔的感觉真好啊。而且飞机是朝着吴叔所在的那座城市飞翔，这是她乘上飞机的原因。在无尽的流言包围之中，她感到自己已经变得虚弱无比，所以，她想去见吴叔，因为在她的生命中，吴叔就是河岸上那些可以抓住的绿色芦苇秆。

飞机降临到另一座机场时，她的心跳动不已，寻找一个人并不艰难，她从下飞机时就戴上了一副墨镜，通过那些射在身体上的箭矢，她已经开始学会保护自己。所以她寻找到了墨镜，因为那天是阳光灿烂的日子，街上许多女人都戴上了墨镜。

很显然，墨镜有两种用途，一种是为了挡光，另一种是为了隐蔽自己。每个人都知道，我们是用目光来与别人的目光相遇的。因而，戴上了墨镜，别人就无法看见你的眼睛了，而且灵魂来自眼睛，因而人们把眼睛比喻成灵魂的窗户。萧雨戴上了墨镜很快就感觉到自由自在多了，因为她用不着让自己的眼睛与别人的目光相遇了。

当萧雨戴着墨镜终于在这座城市的电话中查到吴叔办公室的电话时，她高兴极了。然而她并没有马上拨通电话，她住进了一家饭店，要了一间很隐蔽的房间住进去，然后开始给吴叔打电话。

她听见了吴叔的声音时停顿了一下，当她的声音通过电话，到达吴叔的耳边时，吴叔惊讶地说："萧雨，你为什么会有我的电话，你在哪里？"在她看来，吴叔的声音有一种抑制不住的惊喜。从那一刻开始，她似乎又寻找到了可以在河岸上抓住的芦苇秆。

放下电话后，从那一刻开始，她就开始了等待。她洗了个澡，从箱子中取出了一套时装穿上，这是她衣柜中最好的一套时装，当然也是母亲送给她的时装。在以往，她总觉得电视台缺少让她穿上这套时装的气氛，到处都是流言，她没有任何好情绪穿着这套时装去上班。

现在，她穿上了粉色的时装坐在饭店的露台上等候着。她坐在露台上时依然戴着墨镜，这样她就可以悠然自得地等候了，她可以看见饭店的出口处，那银色的大门外站着侍卫，有车不时地从侍卫的迎候中进入院子。她想，吴叔一定会驱车前来，是的，不过，吴叔已经换了一座城市，因而他的车同样换了，但她知道，吴叔驱的一定是辆黑车。

中途，她到楼下的餐厅独自一人用了晚餐，因为吴叔告诉过她，他晚上来看她。她只花了 20 分钟就用完了晚餐，现在，没有任何事情比等待吴叔更重要了。

又是一个黄昏降临的时刻，吴叔敲门时，萧雨的心跳动着。当门敞开时，她就情不自禁地扑进了吴叔的怀抱。很显然，萧雨完全沉浸在见到吴叔的激动之中了。吴叔把所有的门扣锁好之后，才开始真正地拥抱她。

他们连灯光也没有开，也许是来不及开灯，也许是他们不喜欢被灯光所笼罩，因为在来自黄昏的光线中他们更能够产生疯狂。当萧雨一丝不挂地躺在床上时，她知道她已经抓住了岸边的绿色芦苇秆，所以，她要紧紧地抓住他不放。

她欣喜的面孔在床上扭动着，没有像第一次那样哭泣，没有一滴泪水流出来。因而，在她的面孔兴奋地扭动时，吴叔的身体已经进入到她身体之中去了，她发出了一声声的呻吟，吴叔用手蒙住了她的嘴唇。然而她的头颈依然在扭动，仿佛那些风中的花纹在扭动，直到她感觉到了吴叔的身体像岩石一样压在她身体之上时，她的头颈才停止了扭动。

黑暗像一块幕布一样开始笼罩着他们，吴叔抓住她的手说："如果我无法离婚，你还会永远与我在一起吗？"她在黑暗中肯定地说："我会永远与你在一起。"吴叔更紧地抓住了她的手，仿佛也同样想把她永远抓住。吴叔说："我会想方设法离婚的，因为我跟那个女人根本就没有爱……"她突然听见吴叔谈到了爱，这么说吴叔之所以用岩石一样的身体压住她的身体，是因为爱情。由此，她知道她用手抓住的不仅仅是河岸边的芦苇秆，这芦苇秆给予她安全，让她的生命不惧怕落入水底的危险。而且她还抓住了爱情，这是凯无法给予她的情感，也是被牙科医生亵渎了的情感。

吴叔说他不能留下来过夜时，她伸出手去拥抱住了吴叔的身体，然而她知道她是无法把吴叔因此而留下来的，并不是因为她的拥抱缺少力量。而是她和吴叔的约会需要隐蔽。所以，她理解了吴叔，她目送着他离去，当吴叔走后，她在床单上发现了真正的花纹。

她打开灯光，坐在床边，怀着一种复杂的感情看着那些梅花形状的图案，她知道从这个时刻开始她就是真正的女人了。她已经真正地经历了性。性使她感受到了疼痛，因而，疼痛可以让她变成女人。她洗去床单上的梅花图案，同时也洗去了一个秘密。

第二天黄昏，吴叔又来叩响了她的门，就像在风暴中又点燃了火焰，两个人的身体缠绵地在床上交织出燃烧的火焰，直到他们精疲力竭地彼此抓住对方的双手。在这样的时刻，萧雨甚至忘记了倾听，因为在这样的时刻，从流言中射来的箭矢已经无法伤害她了。

星期天上午她离开了饭店，乘上了飞机。她又要重新回到自己出发的城市去了，那座城市有她的人事档案，有她的母亲，有依然等待她而去的流言。只有降临到飞机场，她才知道，她又回到了现实。

在飞机上感受不到现实，因为云在缭绕，一次高空飞行，事实上是让人脱离大地，那个发明了飞机的人也许是最向往鸟儿翅膀的人，因为人不能飞翔，也不能变成鸟儿，所以，发明飞机的人模仿了鸟儿的飞翔姿态。

然而，人只能在空中飞翔中度过短暂的时光，在这有限的时间里，萧雨可以忘记现实，也可以忘记流言，也许是用流言射出的箭矢根本就射不到高远的天空中去。

还有一个时刻，她也会忘记现实，当吴叔的身体压住她的身体时，她就是在这身体下变成女人的。吴叔的身体像岩石一样紧紧地压着她，所以，她那柔软的身体也同样感受不到流言中射来的箭矢。

而此刻，她落在了地上，而且吴叔压住她的身体也不存在。然而流言依然从风中而来，像一支支锋利的箭矢射在她的脊背上。她出入于电视台的大楼，在这座大楼里她感受到的只有压抑和沉重，一件不可避免的事件终于发生了。

本来安排的一次采访活动突然被另一个女人代替了，那是又一个星期一的早晨，她去电视台上班，几天以前，她已经为这次采访做好了充分的准备，因为这是一次大型文体活动的采访。她作为这一活动的采访人已经做好了准备承担这次采访活动的全部程序，因为这次采访她就会从电视台众多的角色中脱颖而出。

然而她刚到办公室，新闻部的头就通知她说这次采访活动由另一个记者承担。她明白了，那另一个记者正是坐在她对面的女人，她去找这个女人，她坐下来问这个女人为什么抢了她的位置。女人不屑一顾地看了她一眼说："你用得着用那样的媚眼来瞪着我，你不就是一个男人的情妇吗？"

萧雨本能地扬起了粉红色的巴掌，凭着她的本能她可以掴在那个女人的粉腮上。然而她的手掌因为颤抖而犹豫了几秒钟，于是那个女人就仰起头来从她眼皮底下扬长而去了。

浑身颤抖的萧雨坐在办公室里当场草拟了一份辞职书递到了电视台台长的办公室，电视台台长恰好不在，她就把那份合同书交给了台长的秘书。然后她就这样乘着电梯下了楼，回到自己的房子里。

她奇怪自己竟然没有哭泣，她一点也弄不清楚自己为什么不趁机大哭一场。她面对着镜子看着自己的脸蛋，她想看看自己的那双眼睛有没有献媚，她想看看自己是不是变成了一个情妇。她失眠了一夜，决定到吴叔身边去倾听这一切耻辱。第二天早晨她又开始乘上了飞机的翅膀，很奇怪，她又坐在飞机的翅翼之下了。

飞机朝前滑动时，她的身心也在朝前滑动，仿佛只有这样，她才能扑进吴叔的怀抱。下了飞机之后她先住进了上次住的饭店，她喜欢上了这座饭店，尤其是当她住进这家饭店时，会感受到自己的秘密得到了保护。当她站在饭店的露台上时，她摘去了墨镜，现在她开始眺望着这座陌生的城市，如果没有吴叔在这座城市，她就不会对这座城市产生视觉的娱悦。

因为吴叔与这座城市联系在一起，似乎她的生命磁场也开始碰撞着这座城市。她听见了吴叔的声音，吴叔仿佛陷入了情网，吴叔在电话中告诉她，今晚他们共进晚餐。

下班以后，吴叔就来了，他依然戴着墨镜。当他进屋后来不及将墨镜摘下来就拥抱住了萧雨，她睁大双眼看着吴叔的墨镜，如果吴叔一直戴着墨镜的话，那么她就会看不见吴叔的眼睛。

吴叔走在前面，她走在后面，吴叔要带她到楼上的自助餐厅用餐，这是用屏风围成的自助餐厅。当他们坐在屏风之中时，吴叔终于取下了墨镜，她经受不住吴叔那双眼睛的笼罩，把自己辞职的事情告诉了吴叔。吴叔有些惊讶地看着她问她为什么辞职，她便把进入电视台以后听见的一切流言告诉了吴叔。

吴叔陷入了沉思，然后对她说："既然辞职了，你就来这座城市生活吧。不过，你我之间的关系不能让别人知道，我会把你安置好的……你懂吗？"她看着吴叔的眼睛点点头。她对自己说，难道像流言说的那样，我真是一个男人的情妇吗？

当天晚上，吴叔就让她退了饭店的房间，然后驱车带着她往郊外驰去。她对自己说，无论吴叔把我带到哪里去，我都愿意，哪怕夜幕会在此刻湮灭我们，我也愿意。

现在，她就已经被吴叔带到了一座郊外的房子里，由于是在夜里，她看不清楚进入住宅区的路，但她知道这是一个住宅区。吴叔掏出钥匙开了门，吴叔说："今后，你就住在这里吧，周末我会来看你的……"吴叔终于摘下了墨镜，用他特有的方式前来拥抱萧雨。

萧雨把头埋在吴叔的怀里，不管怎么样她总算逃离了电视台。在之前，她理想中的电视台会让她像电视中的节目主持人那样活着，使她光彩照人，但她没有想到，她历尽艰辛进了电视台，却生活在流言之中。

这个男人再一次让她寻找到希望了吗？从此刻开始她已经真正地失去了电视台，为此她一点也不后悔，而且她再也不做电视台节目主持人光彩照人的梦了，那些流言使她丧失了这个梦幻。也就是说萧雨已经被流言击败了，她经受不了这一关，她辞了职。当然，如果她不在电视台了，流言自然就会离她而去，就像现在这样，在一个完全陌生的环境里，她只认识吴叔，流言当然无法笼罩她，那些恶毒的箭矢也无法射在她年轻的脊背上。

吴叔就像往常一样从她裸露的脊背中抽身离去了。在一个星期里只有星期六和星期天她才能见到吴叔，而且是在夜幕笼罩之时，其余的时间她根本就无法见到吴叔。

流言没有了，空气、时间都显得异常寂静，一种无聊的寂静开始悄悄地从每个角落向萧雨袭来。母亲乘着飞机来看她，这是一个多月以后的一个上午，母亲奇迹般地降临在她身边。母亲的目光显得有些忧伤，她已经知道了萧雨在电视台辞职的事，而且她也同样知道了萧雨现在的生活状态。

母亲说她没有想到结局会这样，回电视台是不可能了。在母亲飞往这座城市之前，母亲去了一趟电视台，萧雨的辞职申请已经被批准，萧雨的人事档案一个多星期前已经从电视台消失了。再也没有可以挽回的机会了，母亲寄予萧雨的梦幻已经随同人事档案的消失而消失。

现在，母亲还不甘心，因为萧雨才 21 岁，在这样的时刻，母亲突然说："萧雨，我告诉你，吴叔是不会与你结婚的，永远不可能，你难道愿意永远做他的情妇吗？"

萧雨已经思考过这个问题，而且她也不回避与流言完全相似的话题，不错，她说："我已经做了情妇，我已别无选择，而且吴叔说过，他让我等待，他有一天会离婚的。"

母亲突然攥紧了萧雨的手说："他根本就无法离婚，如果他与你结婚，他的仕途就会毁于一旦，他愿意吗？你愿意吗？所以，母亲想带你回去……当然不是回到电视台去，而是回去寻找你的命运。在母亲看来，选择任何一种命运也比做吴叔的情妇好得多……"

萧雨从母亲手中抽回了双手说："我就是要等待，

我有时间等待，我就是愿意做他的情妇……这是我的命运……”母亲的手颤抖着，突然扬起来掴在萧雨脸上，母亲压低声音说：“我不得不告诉你，很久以前，母亲曾经是你吴叔的情妇，母亲也曾经充满过期待，你知道那种滋味吗？与你父亲离异之后不久，母亲就认识了吴叔……后来，他帮助我在高速公路上开了修理厂……我等待着，许多年已经过去了……然而，母亲比你要清醒一些，母亲已经寻找到了另外一个男人结婚，从某种意义上说母亲已经摆脱了他的笼罩。而你，为什么要步母亲的后尘，为什么……”

萧雨的身体仿佛在那一刻坍塌下来了，母亲揭穿了一个事实：她正在重复母亲过去的道路，做同一个男人的情妇。母亲揭穿了做情妇的艰辛旅程以及无妄的等待之路。此刻，萧雨的眼前突然出现了一片花纹，是母亲身体上起伏波动的花纹，是很久以前，她在无意之中看见的秘密：母亲和一个男人的性姿势。萧雨很想知道那个男人到底是谁？于是她疯狂地问道：“如果你诚实地告诉我一件事情，我就离开他，你有没有在很久以前把吴叔带回家……”她很想在最后一句话中问母亲有没有把吴叔带到家里的卧室中去，带到床上去，有没有跟吴叔发生过性关系……然而这样的问题她怎么也无法提出来，她的嗓音沙哑，仿佛被噎住了。

母亲迷惑地看着女儿说："为了让我们的私生活隐秘一些，我当然只可能与你吴叔在家里约会，而且是在你不回家的时候……"现在她隐隐约约地明白了，母亲就是与吴叔在家里约会的，这么说母亲也是在家里的卧室之中与吴叔发生性关系的。

她呆滞地望着夜幕，这郊区的夜幕，这滚动着看不见的云层的夜幕，只有几颗星星。她问自己，为什么会选择母亲过去的情人做他的情妇，为什么会走上母亲过去走上的道路呢？

她没有跟母亲离开这座城市，跟母亲待在一起，只会想起那些花纹，母亲裸露的身体，如波浪般起伏的花纹就像一种形式上的巫术会使她陷入无尽的深渊中。有一点是很清楚的，母亲的突如其来明确地宣布了母亲过去的那段历史，这段历史如同一幅镶嵌在墙上的风景画挡住了她的视线，她再也不可能忍受这样的事实——选择母亲过去的男人做情妇。

在母亲离开之后的第二天早晨，她已经收好了自己的箱子。本来，在这之前，她已经做好了生活在这座城市的一切准备工作，她买了一堆衣服挂在衣柜中，她还为家里添增了许多家具，好像她已经承担了一个女人做一个男人情妇的一切世俗生活，现在，她突然想尽快地离开，尽管她并不知道她应该到哪里去。

她把钥匙放在了茶几上，给吴叔留下了一张纸条，她这样告诉吴叔：我决定离开你，是因为我再也不愿意做情妇了，我累了。我想寻找到别的道路。

无数交叉的道路出现在眼前，然而萧雨还是拎着箱子打了一辆出租车来到了飞机场。她将飞回去，飞到她从小生活的那座城市去，她深信她的生活将在那座城市重新开始。

当然，现在她一无所有，过去她还有电视台的流言笼罩着她，她竭尽全力挣脱开了那些流言之箭，她又扑进了吴叔的怀抱。她并不恨吴叔，她已经一次又一次地总结过自己的历史，在她充满梦想时，吴叔帮助她进了电视台，尽管那是一个短暂的历程；在她被流言笼罩时，她辞了职扑进了吴叔的怀抱，这一切都是她心甘情愿的，是流言赋予了她情妇这个词语，而她果真做了吴叔的情妇。

历史就是这样被时光篡改着，如今她已经下了飞机，她回到自己的房间，这是母亲送她的房子。她在里面睡了三天三夜，拉下窗帘，不想见到任何人，也不想被任何声音困扰。三天以后，她把全部窗帘拉开，她让阳光洒进屋来，她终于感觉到新生活已经开始了。她既不是被流言笼罩、被箭矢射中脊背的女人，也不是住在那座隐秘的房子里做另一个男人情妇的女人。现在，她一无所有，她要走出去，从头开始。

当然，她只有一样东西，它附在她的肌肤上，那就是她身体上的花纹。这花纹是无法被剥离出去的，她可以删除电视台人事档案之中的名字，她也可以涂改掉自己做男人情妇的历史，然而她却无法洗掉自己身体上的花纹。

在一座高高的广告牌下，她突然看见了一张招聘广告，她似乎站在广告的招贴画之中。因为她的年龄、她的学历、她的户口都适宜去应聘，这是一家文化公司正在招收业务员。她决定去试一试，但她万万没有想到她会站在凯的面前，这个已经从她生活中彻底消失的男人正是这家文化公司的老总，也就是他在招收业务员。她一见到他就转过身，因为是面试，每个人都必须经过这一关，每个人都必须与凯见一面。

就在这短促的一面里，萧雨突然感觉到她在绕圈，她又重新绕回到了过去的圆圈之中去，所以她开始转身了。然而，凯已经走上前来抓住了她的手，凯说：“萧雨，很久以前，你离开了我，当然，你一定以为我生活中有了那个发烧的女孩，对吗？我现在告诉你真相，因为我们都需要真相……”萧雨突然回过头来说道：“不，我不需要真相，我不需要任何历史压在我的肩上……”

凯说：“那么，我们可以从头开始吗？就像我们之间什么也没有发生过，完全从头开始，好吗？”

萧雨说：“我只是来应聘的，我需要的只是职业……”凯明白了她的意思，她从此以后就做了文化公司的一名业务员。事后她发现凯仍然是单身，在凯的身边也看不见那个从小镇来的发烧中的女孩。

有一天黄昏，她挣脱了很久的一种现实重又出现在眼前，吴叔敲开了她的门。站在门外的吴叔脸上洋溢着一种快乐，他一进屋就拥抱住了萧雨，他从包里掏出一本证书，那是离婚证书。他对萧雨说：“你再也不用做我的情妇了，我会尽快娶你的，你愿意吗？”

萧雨不知道吴叔是怎样离了婚，她看着那本离婚证书陷入了困惑之中。她早就已经证明自己可以离开吴叔了，尤其是她已经证明了不再做一个男人的情妇，而且她深信吴叔也会放开她，就像放开当年的母亲一样。萧雨还记得母亲披上婚纱的时刻，吴叔订了一只硕大的花篮送给母亲。现在，吴叔竟然在这么短的时间就解决了婚姻问题，难道吴叔真的要让萧雨抓住他的双手，就像抓住河床边的绿色芦苇秆吗？

然而萧雨已经不需要抓住芦苇秆了，只有在一个特定的环境里，当她的命运缥缈无边时，她才想抓住芦苇秆上岸去，寻找到自己的方向。在萧雨的命运之中，有两个时刻最为特殊：一个女孩子产生梦想的时刻，她看见梦想是虚无的，所以她想把梦想变为现实，这个梦想就是进入电视台；一个女人被诋毁的时刻，流言带着有毒的箭矢射向这个女人脊背的时刻。很显然，在这两个不同的时间里，萧雨都置身于伸出手想抓住芦苇秆的时刻，她果然牢牢地抓住了芦苇秆，被她抓住的芦苇秆就是吴叔。在两个特定的时间里，她用不同的抓住芦苇秆的方式把梦幻变成了现实，从流言中逃出去，因而她真的变成了吴叔的情妇。除了母亲把她唤醒之外，更为重要的是她再也用不着抓住吴叔的手来实现进入电视台的梦幻了，而且她再也用不着抓住吴叔的手来逃避流言了。

一个多月来，另一个世界在帮助她摆脱一切，昔日的恋人就在旁边，那个单身男人总希望能够与她开始一种新的历史。此刻，吴叔带着离婚证书，仿佛解脱了一只沉闷至极的樊笼，来到她身边承受着一种最现实的生活。

很显然，这本离婚证书对吴叔来说是自由的、新生活的象征，而对于21岁的萧雨来说却是一种绳索。直到现在，她才知道，自己并没有爱上吴叔，而且并没有嫁给这个男人的那种激情。

吴叔留下那本离婚证书，第二天一早就飞走了，她不知道吴叔为什么非要把那本离婚证书放在她身边，难道是为了提醒她：萧雨做情妇的历史永远结束了吗？

当凯在一个朦胧的黄昏终于有机会与她共进晚餐时，凯突然把一个戒指盒放在她手上，开始向她求婚，她把那个戒指盒重新放到餐桌的另一边，拒绝了凯。当然，第二天，她就辞职了，离开了凯的那家文化公司。她之所以这样做，是因为那个红色的戒指盒已经无法激荡起初恋时的激情，她感到身体上的花纹就像波浪般起伏着，就像正在怒放的玫瑰花瓣弥漫着花香。她无法回到初恋之中去，当然也无法回到手抓绿色芦苇秆的时光之中去。

也许是因为命运中没有出现一个激动人心的时刻，所以她有勇气拒绝一切。她去见了母亲一面，她告诉母亲吴叔已经离婚了时，母亲正站在高速公路的修理厂的旧轮胎上面，母亲问她会不会嫁给吴叔时，她感到自己很轻松地笑了。母亲突然抓她的手说："想一想，你可以想一想这个问题。如果你嫁给吴叔，你就有一个保护人……"她笑了，她笑得那样轻松自在，因为她生活中已经没有一只樊笼可以笼罩她。

她到了邮局，买了一只邮箱，郑重地把吴叔争取自由的婚姻证书放进去，封好后寄给了吴叔。然后呢，她到了飞机场，她一无所有，只带走了身体上的花纹，她上了飞机，她要到一个没有任何历史的地方去重新为自己编写历史。

历史到底是什么呢？坐在机舱里，她刚要了一杯橙汁，坐在旁边的一个男人就开始寻找话题与她说话。这个男人理着平头，有点像电影中的杀手，但他的目光却透露出温柔。飞行的时间很漫长，足足有三个小时，她从未去过首都，这种陌生感很快就感染了旁边理着平头的男人，男人给了她一张名片。她以为这只是男人与女人在飞机上的巧遇而已，一旦下了飞机，就会迅速地忘记对方，更不会与对方相遇。

她错了，当她在首都的茫茫人海中穿行时，她再次与他相遇了。当时她正在人行道上快速地然而是迷惘地行走，她虽然抵达了首都，住进了一家小旅馆。然而，首都是茫茫无边际的大海，而她呢，只不过是一朵浪花而已。

一辆车在她身边停住了，他打开车门时，她吃了一惊，他说："上车吧，我可以送你一程……"她就这样上了他的黑色轿车，21岁的萧雨迷惘的神态很快就再一次引起了这个男人的注意。他没有问她到哪里去，他驱着车跟她谈论首都的街道，然后继续谈论首都的桥，然后又开始谈论首都的沙尘暴……轿车环绕着一环路向二环路前行，然后又向三环路前行，然后再继续前行，终于轿车停在了一家餐馆门口。他说他饿了，他问她饿不饿。她笑了笑，说自己开始饿了。

就在这个特定的环境里，她终于摆脱了过去的历史，凯给她带来了初恋似的花纹，牙科医生给她带来了情感被亵渎时的花纹，吴叔给她带来了做情妇留下的花纹，而此刻她坐在一个理着平头的男人身边。这个男人比她大不了多少，他不了解她过去的任何历史，而且他也用不着了解这些历史。她感到与一个新世界的机缘已经开始了，虽然她身体上的花纹在起伏着，然而，只有她自己知道那些花纹就像玫瑰花枝一样摇曳着。

第六章　男　人

夏冰冰的灵魂开始颤抖着，他正热切地看着她，他说："你怕什么，我不就是一个男人吗？难道你没有接触过男人吗？来吧，宝贝，男人就是那么一回事，男人就像……"她背转身去面对他，所以，他没有把话说完，她想，决不能脱下衣服，这是她的原则。

他就是广告公司面临的一个大客户，一个皮鞋商人，然而这些年来他的皮鞋风靡了南方的部分地区。在一次酒桌上，他请她出场去跳舞，她看了韩林涛一眼，他示意她去，她就去了。因为她知道韩林涛让她去她就必须去，要让皮鞋商人出钱做广告，这就是目的。

已近中年的皮鞋商人驱着车带着她到舞厅待了一阵，其实，皮鞋商人并不会跳舞，他去舞厅只是为了让夏冰冰陪着他在舞池中悠转。夏冰冰很高兴皮鞋商人是一个完全的舞盲，他几乎连脚步也不会走，不时地踩痛了她的脚。然而，皮鞋商人却有机会跟夏冰冰单独在一起了。

为什么一个舞盲非要把夏冰冰带进舞池中央去呢？许多男人向往着舞池，一个男人和女人——为此留下翩翩的身影的地方，一个尽可能踩着美妙节奏，忘却现实的地方。很显然，皮鞋商人当然也迷恋这种生活。

舞池，尤其是旋转着的男人和女人在舞池黯淡的灯光下，当然，这些灯光不全是黯淡，它像纠缠中的光焰由暗变亮，又由亮变暗，满足了男人和女人迷醉中的姿态。所以近中年的皮鞋商人带着年轻漂亮的夏冰冰进了舞池。

然而，不会踩着旋律交织在舞曲中，使他和她不得不从舞池中退出去，在车上他对她说："去我那里坐会儿吧。"她点点头，她就这样与皮鞋商人开始来往，皮鞋商人约她出来共进晚餐。这样的时间持续了一个多月，有一天，皮鞋商人突然把手伸进了她的乳罩下面，摸着她的乳头说："我知道你要什么，所以，如果你满足我，当然我也会满足你的需要。"

她抑制着自己的愠怒，把皮鞋商人的手轻轻从乳罩下抽出来说："我不想与你做那件事，我来并不是与你做交易的……”皮鞋商人笑了笑说：“我们还是脱衣服吧，你怕什么，我不就是一个男人吗？难道你没有接触过男人吗？来吧，宝贝，男人就是那么一回事，男人就像……”

她背对着他，他轻轻地走近她，她很想听他说完话，男人就像什么？男人应该像什么，男人最有发言权了，因为没有比男人更了解男人自己的了，女人根本就不了解男人。其实男人与女人发生了性、发生了情爱，女人也同样不会了解男人。然而，他突然停住了，他突然走上前来说：“对不起，你不是一般的女人……从今以后，我决不会再碰你，好吗？”

她离开了他，那天晚上她执意不让他送她走，她觉得自己的灵魂正在无助地挣扎出去。第二天早晨，韩林涛走到她的办公室问她与皮鞋商人的交易谈得怎样了？

“交易，什么交易？”她明白韩林涛讲的是什么，但她却佯装不知道。韩林涛突然靠近她说：“皮鞋商人还不想把广告费打进我们的账户吗？”她摇摇头说：“我不准备与他谈这笔广告费了。”“为什么？”韩林涛突然拍了拍她的肩膀说：“夏冰冰，为了我，你不愿意这么做吗？”

“为了你……”夏冰冰看着韩林涛那张脸，这张脸却突然变得温柔起来："我的广告公司，也就是你的广告公司，知道吗？我早就喜欢上你了，还在你做家教的时候，我就已经喜欢上你了……可那时候，你还是一个大学生，一个快要毕业的大学生……"

他靠近她说："我就像我女儿一样喜欢你……当然，我喜欢你是因为……"他突然捧起她的面孔热切地开始吻她。整间办公室都充满了她和他热吻的气息，当她和他终于停止了热吻时，她看着眼前的这个男人，他长得就像她幻想中的那类男人，他的鼻梁坚挺，双眼深邃，闪烁着火焰般的热情，毫无保留地在看着她。

夏冰冰就这样再一次陷入了热烈之中去。从那以后，她就跟韩林涛正式同居了。在她和他同居后的一个多月以后，韩林涛再一次请来了皮鞋商人一块用餐。在这之前，当她和他靠在同一只枕头上时，韩林涛就开始跟她谈论皮鞋商人，而她总是盯着屋顶，仿佛透过屋顶在盯着皮鞋商人的面孔，那个男人，那个舞盲，那个迫不及待地把手伸进她乳罩下面，催促她脱衣的男人，那个忙着道歉的男人。

她渐渐地睡着了，每天晚上，她都扮演着一个未婚妻的角色。因而那个女孩子也同样接受了她的到来，假日降临时，韩林涛会驱着车到郊区的公园中去效游。在公园中时，韩林涛扮演着一个好父亲和一个男朋友的角色，他总是举着一台照相机拍摄着最为动人的一瞬间，没过多久，那些照片已经装满了好几本相册。

然而在广告公司，她和他却保持着距离，因为韩林涛对她说过：“不要让广告公司的员工知道我们的关系。”她很理解他，因为她和他的关系如果一旦在广告公司公布，就会影响一系列的工作。当韩林涛在她耳边说起皮鞋商人的事时，她又陷入了迷惘之中。然而每当她迷惘时，韩林涛就会靠近她，热切地用自己的身体拥抱着她。

她意识到自己必须又一次与皮鞋商人交往时，已经重新坐在了皮鞋商人的对面。很长时间以来，她总是在依偎着韩林涛进入梦乡的时刻，在幻想她与韩林涛的美好未来时，忘记男人的手。当然，这双男人的手正是皮鞋商人的双手，当那双手伸进她乳罩之下，捉住她乳头的那一瞬间，她仿佛感受到了亵渎自己灵魂的印戳。然而，是韩林涛拥抱着她入睡，这是一个梦乡，也是一个沉浸在幻想中的迷醉场。

尽管如此，她仍然要面对现实。因为韩林涛一次又一次地在现实中提醒她："广告公司要生存下去，就像我们的爱情一样要生长下去，如果我们失去了客户……"他在暗示她，她当然知道，望着他的眼睛，她仿佛看见了过去，她一次又一次地往返于去父亲墓地的丘陵深处，父亲的死亡堆集起无数玻璃酒瓶，散发出酒味，顷刻之间变成的碎片尖锐地注视着她的眼睛。

赖哥已经从她的生活中消失很长时间了，当然她很宽慰的是赖哥与她最后一次见面时，她已经把那本存折交给了赖哥，尽管赖哥声明他为她暂时保管那本存折。不管怎么样，她已经与赖哥告别了。

现在，她理解韩林涛的意思，她仿佛在他声音中看到了那样的场景：爱情正在她心灵中和现实中生长，如一片茂密的苹果枝叶一样纷扬在她的世界。而广告公司呢，同样如此，从她进入广告公司的那一天起就时刻与广告公司的利益联系在一起。为此，她再也不是那个站在赖哥面前乞求着帮助的女孩子。

在她的私人存折上已经打入了一笔又一笔钞票。试想一想，如果当年她拥有存折上的这些钱，当父亲无助地躺在医院中时，她就不会依赖赖哥的那沓钞票来付清医药费。而当父亲需要买下一块墓地时，她会用自己的钱为自己的父亲买下一块芬芳四溢的墓地，献给父亲，让父亲躺在泥土之下从容地、轻松地超度自己的灵魂。

为什么许久以前的夏冰冰没有一本存折呢？如果是这样，她就不会变成那个感恩的女孩子，怀着感恩的心，当她把自己的身体献给赖哥时，她原以为自己会用一生来厮守着赖哥。因为在当时的夏冰冰看来，这个选择是世上唯一的选择。

当这本存折来临时，她已经与赖哥度过了那么多的岁月，她已经经历了被藏在衣柜中的耻辱。现在，夏冰冰抬起头来望着皮鞋商人的眼睛，她希望重新与这个男人交往，因为她必须为了她和韩林涛的未来争取到皮鞋商人的广告费，因为这是一笔遍及南方各个城市的广告代理费。

她决心已定，于是，她举起杯来，这只是一个开始。那天晚上以后，皮鞋商人又给她来电话了，他约她单独会面。她搁下电话就把这次的电话内容告诉了韩林涛。韩林涛拥抱了她一下说："宝贝，这次全靠你了。"

在洋溢着春天的花香之中，皮鞋商人驱着车想带上她到郊外去度周末，这几乎是城市人的习惯。郊区只是远离城市的一个乌托邦世界，皮鞋商人置身于郊区的乌托邦世界之中，突然对夏冰冰说："你想听我的介绍吗，一年前我已经离婚，我现在正式向你求婚，我是认真的……你可以考虑一下……"夏冰冰愣住了，但即刻摇头说："不可能的，这是不可能的。"皮鞋商人笑了笑拍了拍她的肩膀说："世上不可能的事有可能变成可能的事，我并不要你今天回答我，你可以考虑考虑。"

在与皮鞋商人度假的两天时间里，她都感到很轻松。事实上，当皮鞋商人带着她进入郊区旅馆时，她很害怕。也许是她太熟悉旅馆了，她的生活就是从旅馆开始的。

从她生命中突然敞开的旅馆，起初并不是旅途，而是男人。作为男人的赖哥从一条出售小商贩们的劣质服装中引进了旅馆，她当时看不见旅途，因为这旅途对于她来说是抽象的。只有作为男人的赖哥是一种活生生的现实，它就是旅馆，她进入旅馆不是为了住宿，而是为了一个男人。而现在，她同样跟着一个男人进入旅馆，但更为重要的是一次旅途、一次住宿而已。

她迫切希望有一间单独的客房，她害怕只有一间客房，那就意味着她要与皮鞋商人同居一室，那不是她期待发生的事情。她对皮鞋商人并没有情感，有的只是交易。

况且，如今的夏冰冰已经有了男朋友，当韩林涛在当下已经成为她的男朋友，兼未婚夫之后，她就从本能上排斥男人。

她已经不再是站在父亲酗酒的小楼上寻找出路的女孩子，她再也不是那个站在男人的对面被男人一点点拉进陷阱中去的女人。她以为自己已经开始成熟了，而且她认为是男人开始让她成熟的。

如果没有男人，她当然寻找不到帮助父亲付清医药费的现金，而且她和母亲根本就不可能帮助父亲在郊区买下一块墓地。那块墓地对父亲是如此重要，它的意义远远地超过了一块墓地。很长时间以来，夏冰冰终于可以一次又一次地往返于墓地，仿佛她并不仅仅是去访问父亲的墓地，而是去探究人类的问题。死亡是无法逃避的，因为每个人都最终一死。这样一来，墓地就变成了夏冰冰的隐秘去处，她一次又一次地独自一人去从容地面对墓地，似乎在面对墓地时，她会看见男人。父亲是男人，已经埋在墓地中，当然，这并不是她期待的结果。然而，男人的死亡使她对性特别敏感，当皮鞋商人第一次把手伸进她乳罩之下时，她知道，这是男人的前奏曲，男人期待的是性，触摸乳头只是开始。

她之所以渴望着有一间自己的客房，是为了避免与皮鞋商人面对一个空间。事实上，从她决定与皮鞋商人去郊区时，她就知道，她面对的是一个男人。当然，她决不会无缘无故地去面对一个男人，她怀着目的到了郊外。

她嘘了一口气，因为皮鞋商人并不要求她同室居住，他为她单独要了一间客房，全面满足了心理上惧怕的需要和生理上拒绝的需要。当她筑起墙壁时，奇怪的是皮鞋商人对她同样也筑起了墙壁，自从他向她求婚之后，他就再也不用调情、暧昧的目光来面对她了。

在两天时间里，他从来不敲开她的房间门，从来不进去，进入室内，从来不伸出手去触摸她的乳头。他仿佛变成了另一个男人，他深沉、幽默，目光变得缥缈起来。

这让她感到了另一种虚无，她好像无法去接近他，尽管他已经向她求过婚。然而，他却变得无法捉摸、高深莫测，他从来不谈广告合同之事，这令她感到了一种压力。因为她的身后就是广告公司，她的身后就是韩林涛。

她已经在不知不觉中维护着她的广告公司，在某种意义上说也是维护韩林涛。因为韩林涛不是一般的男人，他给了她职业、给了她高薪，当然也给了她爱情和对未来的期待。

签下那份合同书，她与韩林涛的关系就会更加纠缠在一起，不可分离地在一起。她总是在寻找机会，寻找一个合情合理的机会，然而这个机会似乎始终也没有来临。

直到他们在郊区度完假以后仍然未来临，因为在他们度假时面对的都是与合同书毫无关系的自然。她已经有多久没有面对自然了，难怪每当周末降临时，城里人都纷纷地朝着郊外奔跑。他们置身在郊外的森林公园，置身在郊外的新鲜空气之中，他们可以看见鸟在飞翔，清晨醒来时听见鸟鸣。他们在郊外享受着失去的灵魂生活，因为在自然的世界里，灵魂会变得单纯起来。

夏冰冰的灵魂变得单纯起来时，是她面对一只鸟飞翔的时候，当她推开窗户时，她呼吸到了一种交织在泥土和树枝中的新鲜空气，似乎完全可以净化人的灵魂，因为灵魂是朝着自然完全敞开的。

她的灵魂被净化着，于是，一只鸟儿飞来了，朝着她飞翔，又从她的视野中飞翔而去。在这样的灵魂净化之中，夏冰冰怎么也想不起来合同书，打进广告公司的钞票，韩林涛的身体压住她身体时的未来。

不仅仅是空气和鸟儿，还有林中的小路，当她和皮鞋商人并肩走在那一条条幽暗中洒落阳光的小路上时，两个人的灵魂似乎都已经充分地得到了净化。因而他们暂时忘却了俗世的目的，他们忘记了去探究世上的肉体之谜，当然也忘记了去探究金钱之谜。

大自然净化着空气，空气又净化着灵魂，当他们从郊区的自然中撤回城市的马路上时，夏冰冰才想起了自己的目的。然而，已经来不及了，郊外的短暂之旅已经在灵魂的净化之中结束了。

韩林涛看见夏冰冰的影子时，便急切地走近她。此刻，她已经从城郊回到了办公室，回到了那座大楼上，她说没有机会与皮鞋商人谈论广告之事，这时，韩林涛突然反问她道："机会，两天时间你都在干什么？"

韩林涛突然用一种陌生的声音、陌生的目光笼罩着她，她感受不到韩林涛在床上时的一点点温情。当她想解释时，她突然觉得那些新鲜的空气、美妙的鸟儿的飞翔之声是无法言喻的，她总不能对韩林涛说：是郊区的新鲜空气，是一只鸟儿的飞翔之声使我失去了这次机会。

韩林涛突然搂住了她的腰低声说：“你为什么不跟他睡觉呢？皮鞋商人也是男人，你为什么不利用一下你的身体……”夏冰冰呆滞地望着窗外，当韩林涛的手臂轻柔地拥抱着她时，她刚刚产生了一种甜蜜的感觉。

然而，这种甜蜜的感觉为什么会消失得如此之快呢？她克制着自己的战栗，她以为韩林涛是开玩笑。虽然这个玩笑大了一点，然而，她却把这当成玩笑。

当天晚上，她又开始和韩林涛做爱，当韩林涛和她热烈地结束了一场性事之后，韩林涛突然低声对她说：“宝贝，你的身体会把那个皮鞋商人征服的，就像你的身体已经征服了我一样。”夏冰冰睁开双眼看着韩林涛：“你是说让我与皮鞋商人睡觉，这是真的吗？”

韩林涛拥抱住她说：“如果你为了我们的未来，去跟皮鞋商人睡一次觉，我是不会在乎的……”她突然感觉到这些声音令她的身体迷惘起来，为什么她会感觉不到郊区的新鲜空气，鸟儿的飞翔之声呢？

为什么她必须去面对皮鞋商人呢？她无法说清这种东西。她前去面对母亲时，她意外地听母亲讲起了一个存折，那是她还给赖哥的存折。可母亲说一个多月前赖哥前来见母亲，他把存折交给母亲，让母亲转交给她，并告诉母亲说，他被总公司调到另一座城市去做代理商，近些日子就会离开这座城市。

母亲问夏冰冰为什么要离开赖哥。夏冰冰笑了笑，带着那本存折去见赖哥，在赖哥离开这座城市之前，她必须见见赖哥。时间并未过去多久，然而一种久逝的场景带回了一个又一个镜头：一个男人引领她进入旅馆。之后，一系列的生活就开始了，她冲下楼梯接受了赖哥献给她的一束红色玫瑰花。这是一个校园中被广为传播的美好乌托邦世界，这个世界就是爱情。

当赖哥来到她所指定的地点时，她已经感觉到这是她与赖哥最后一次见面了。看得出来，赖哥有一种被远方召唤的感觉，而且赖哥看见她时变得很平静，从两个人的目光之中看不出他们的过去。夏冰冰似乎再也看不见那只衣柜，装满她生命中耻辱的衣柜，而赖哥呢，燃烧在赖哥怀中的那束玫瑰花的火焰已经消失。当夏冰冰再一次掏出那本存折想交给赖哥时，赖哥说他要走了，他靠近她，也许是想最后拥抱一下她。然而，最终却伸出了手，握了握她的手，说了声再见。

夏冰冰寻找不到恰当的机会把那本存折交给赖哥，似乎在这个世界上，她与赖哥的关系已经随同风筝被折断了。她感到一种迷惘后的伤感，她又来到了父亲的墓地上，她在内心告诉父亲，赖哥已经离开了这座城市，当初赖哥为父亲买下这片墓地，确实实现了超度父亲灵魂的目的。

而她自己呢，正在往山下走去。她的生活仍然交织在墓地之外。

只有死者才躺在墓地，而活着的人，那些心脏依然在跳动的人却生活在墓地之外。夏冰冰的心跳加速，因为她还得去会见皮鞋商人，这是韩林涛压在她身上时给予她的力量，她觉得她已经无法推开压在身上的这个男人的身体。她的命运似乎已经和他紧紧地拴在一起了，是什么东西在微微地拂动，好像是钞票在吹拂，它们像雪花一样突然纷扬起来了。

当她面对皮鞋商人时，她已经来到车上，这是又一个周末，皮鞋商人依然要把她带到郊外去度假。在皮鞋商人看来，这是一种浪漫，因为皮鞋商人走在郊外的林中小路上时突然对她说："跟你在一起，我突然想感受浪漫，我不知道浪漫到底是什么，然而，跟你在一起时，我突然觉得那些钞票变得没有什么意义……"皮鞋商人望着天或地，望着眼前的树叶和交织在树叶中的向前延伸出去的小径，他似乎已经感受到了意义，所以他的手突然把夏冰冰的手抓住了，好像儿时的伙伴一样牵住了她的手。

夏冰冰好像并不慌乱，因为在这样的时刻，世界万物敞开着，他们就这样牵着手走了很远，又从很远的地方重新返回旅馆。依然是她自己住一间客房，皮鞋商人住在旁边。晚上，皮鞋商人带她进了舞池，夏冰冰突然看见了舞池中手拉手的男女，就在这时，她的手机响了起来。

是韩林涛来的电话，他告诉她，无论如何都要寻找机会，而且要付出代价让皮鞋商人签下广告合同。她是在舞曲的旋律声中听见手机响的，手机在包里，她从包里取出手机，来到了舞池之外。她望着迷乱的舞池，这一次她已经把合同带来了，合同就放在箱子里，在出门之前，她已经做好了充分的准备，一个女人向着一个男人走去的图像已经出现了。她从父亲的墓地往山下走去的时候就感受到了一个女人向着一个男人出发时的那种心跳。可笑的是这种心跳不是为了爱情，而是为了从这个男人手中获得钞票。

她和他已经走向了迷乱的舞池，很多人都是在舞池中央开始迷乱的，她望着他的眼睛，她充满了目的，而他则充满了浪漫，他轻声说：“想好了吗？有没有想好嫁给我，然后我带上你去旅行。我觉得我累了，我想在自然中好好旅行……你愿意随同我去旅行吗？”

她点点头说：“我愿意。”她眨着睫毛，她的睫毛很长，不是假睫毛，而是天生的眼睫毛。她用不着假睫毛，从小女孩的时候开始，人们就说她的睫毛长得很长，当她上大学时，她因睫毛长而成为漂亮女孩。每当她睫毛眨动时，一定是她有话想说的时候，他感觉到了，他说：“你是害怕难以脱离广告公司吗？别害怕，你可以辞职，然后你就自由了。我们可以无忧无虑地去旅行，去看大海，去看雪山……”

她的睫毛眨动着，然而她似乎随着他的声音去旅行，她似乎已经忘记了箱子中的广告合同书。所以，这次度假再一次使她无法去实现自己的目的。当轿车从城郊开往城市时，她想起了合同书，然而，机会已经失去了，再也没有她与皮鞋商人在舞池中伴随着旋律手拉手的时光。

韩林涛失望地看着她回来，从她的脸上韩林涛已经感受到了放在她箱子里的合同书并没有签上皮鞋商人的名字。她解释说因为那是郊外，她和他置身在大自然中，根本就没有机会。韩林涛突然转过身来用一种嘲笑的口吻说道：“难道你就没有一个机会和他上床吗？他不过是一个男人，难道你就不会利用自己的身体引诱他吗？”

韩林涛说话时身体没有压在她身上，这是在办公室，当她拎着箱子出现在办公室时，已到了星期一的早晨，她知道韩林涛一定在办公室等她。如果韩林涛说这些话时，身体压在她身体之上，那么她会以为韩林涛在开玩笑，她一直以来都把韩林涛的这类话当作玩笑，她从未把这些话当真，也从未感觉到韩林涛声音中的嘲弄。

现在，她抬起头来，她感觉到这不是一般的玩笑，因为这是另一个时刻，当韩林涛的身体没有压在她身体之上时，她是清醒的。这清醒使她可以面对面地看着韩林涛的面孔，而不是闭上双眼，沉浸在性爱之中。也许女人只有在这样的时刻才可以从男人的重压之下脱离开来，这是一个什么样的时刻，整座城市都沉浸在新的一天之中，明媚的阳光已经开始辉映这座城市。

夏冰冰刚刚同皮鞋商人结束了一个周末的度假时光。皮鞋商人与她在舞池中央手牵手跳舞，皮鞋商人在她眼前展现出了一幅旅途的画面。她这一生还没有真正地开始过旅行，尽管她的生命与旅馆有关系，她与男人的关系也正是从旅馆开始的。

然而真正的旅行还没开始，皮鞋商人在她眨动长睫毛时，已经在她眼前展现出了一幅图像：怀着无忧无虑的好心情出发，来到一条路上，看见了大海和雪山。

韩林涛突然又伸出手来拥抱了她一下说：“宝贝，你累了，失去这次机会不要紧，我们有的是机会……不是吗？我知道皮鞋商人很喜欢你……你还有机会继续与皮鞋商人来往……”这次拥抱并不像从前那样热烈，却再一次使夏冰冰失去了清醒。

男人对女人的拥抱起到了一种奴役作用。夏冰冰在韩林涛的拥抱之中又重新回到了韩林涛的世界里，那些郊外的小径、明媚的阳光、新鲜的空气制造的乌托邦是短暂的，只有这个时刻才是真实的。

母亲突如其来地猝死在商店里，当夏冰冰在母亲的抽屉里发现了一本又一本病历册时，才知道母亲在很多年以前就已经患上了心脏病。哭泣和痛苦之后必须举行葬礼，夏冰冰当然没有想到，母亲这么快就离开了自己。

很久以前，父亲撒手人寰时，夏冰冰身边站着的男人是赖哥，而现在，夏冰冰身边站着的男人是韩林涛。

尽管她已经与韩林涛交往很长时间了，然而她却从未把韩林涛带去会见母亲大人，因为在母亲心目之中，只有赖哥是一个可以托付终身的男人。

夏冰冰站在母亲的遗体前，她决定为母亲买一块墓地，时过境迁，如今的夏冰冰终于可以亲自为母亲买下一块墓地了。她再也用不着男人为母亲买下墓地了。这充分说明，夏冰冰的灵魂已经可以延伸在墓地上去，当她独自一人悄然出现在墓地上时，她没有让韩林涛陪她去。她变得格外清醒，只有死亡才让她如此清醒。

她可以独自带着钞票在父亲的墓地旁边买下另一座墓地了。当她把钞票掏出来放在墓地管理人员的手上时，管理人员在数钞票，而她呢，则在眺望着墓地，终于墓地管理人员已经数完了一沓沓钞票。她办好了一切手续离开墓地时，感觉到从未有过的欣慰。她知道，从此刻开始，她再也用不着男人来为母亲买下一块墓地了。她把母亲埋在潮湿的泥土下面，让母亲和父亲躺在一起，这种超度灵魂的方式使她沉浸在死亡的迷醉之中。

然而，韩林涛牵起了她的手，韩林涛参加了整个葬礼。这个男人的手拉着她往墓地之外走去，拉着她往山下走去。把她重新拉回到现实之中，母亲的离去使她感觉到在这个世界上她突然只剩下了形单影只，而韩林涛就是她在这个世界上的亲人。

之后，韩林涛为她准备好了手帕，擦干净了她脸上的泪水；之后，韩林涛躺在她身边，抚慰着她失去母亲后的伤痛；之后，韩林涛对她说，在这个世界上你还有我，我会永远陪伴在你身边，绝不会离开你。

母亲的去世使她独立地前去面对墓地，当她把母亲的葬礼举行完毕之后，她突然躺倒了。在这样的时刻，她确实需要爱，而韩林涛就是躺在她身边的男人，她似乎从这个男人身上再一次体验到爱情和抚慰。当她从这个男人身边爬起来时，她似乎又牢牢地坚定地站在了他一边。

她想为这个男人做这个男人想做的事，那就是攻破皮鞋商人的防线，无论如何都必须从这个男人手下签订那份广告合同书，这样的话就会实现韩林涛的愿望。她在他拥抱住自己的身体时，内心在默默地发誓，既然她已经做了韩林涛的女人，就一定要征服皮鞋商人。他的手指轻轻地在她身上滑动着，她被这种奴役驱使着。尽管自从母亲去世以后，韩林涛不再谈论与皮鞋商人签订广告的事宜，也许正是韩林涛的沉默激起了她的欲望。

她收拾了一个箱子，把时装放在里面，当然也把合同书放在最底层，然后告别了韩林涛。当她和他开始吻别时，她趴在他肩上突然升起了一个念头，她深信她会随同轻风而去，她会为了这个男人用尽一切代价前去征服那个男人。

她在他的目送之下出了门，她知道，她渐渐地明白了，她的灵魂已经出发，另一个男人在等她。她在三天前已经跟他联系好，她决定跟着他去旅行，她能感受到那个皮鞋商人在电话的那边激动起来的神态。

她见过他的另一种神态，完全不是一个皮鞋商人惯有的神态，他牵着她的手走在郊区的森林公园深处，他那孩子般的天真似乎想牢牢地牵住她的手，进入童年那无忧无虑的快乐之中去。她当然无法去想象这个男人的童年生活，那些遥远的生活是无法想象的。当时，他们手牵手好像前去追逐一只蝴蝶，或者前去追逐一群候鸟的声音。

然而为什么他们又要返回原路、返回旅馆，最后返回城市呢？她跟他通电话时，尽管感受到了他那激动的神态和声音，然而，她依然不会动摇她想把这个男人征服的念头。

没有办法，韩林涛似乎就在她身后，这种奴役的力量像镜子照耀着她；这种来自身心的力量像绳索捆住了她。当她拎着箱子走向这个男人时，她知道她肩负着韩林涛的希望，尽管她看见了皮鞋商人，他已经驱车来了，他没有把他的梦想仅仅当作梦想，他正在实现旅行的梦想，而且是他和她两个人。

两个人的旅行真正地开始了，夏冰冰肩负着重任，而皮鞋商人却是一身轻松。他驱着车在那天傍晚抵达了一座小镇，他把车停下来告诉夏冰冰，他就是在这座小镇长大的，他没有父母，是小镇上的一个孤儿，他几乎是吃百家饭长大的。后来他沿着铁轨走了很远，到达了另外一座小镇，然后就再也没有回去，然后进了城，然后靠皮鞋为生养活自己。当然，他一边擦皮鞋，一边进夜校上课，他的全部知识都来源于夜校。这就是为什么他由一个擦皮鞋的青年过渡到一个皮鞋商人。

她听着他的经历，他从未对她说过这些话，她坐在车厢里，坐在他一侧，她觉得皮鞋商人有点像自己，总是在靠着个人的奋斗。尤其是当皮鞋商人讲述少年的历史时，她仿佛看见了一个擦皮鞋的男孩在城市里走来走去，而她怎么也没有想到，就是那个男孩，后来竟然成为拥有庞大产业的皮鞋商人。

他穿着西装、系着领带，从她第一次见到他时，他就是这副模样。然而，通过她与他一次又一次的交往，她怎么也无法把现在的这个男人与最初的那个皮鞋商人联系在一起。

那个把手伸进她双乳之间捉住她乳头的男人给了她一种猥亵的感觉，而此刻的皮鞋商人正坐在车厢中，凝视着被黄昏笼罩的历史，正在回忆他的人生故事。

为什么她和他刚认识不久，当她去他的房间时，他就会轻松地把手伸进双乳之间捉住她的乳头？难道是他游戏的本能吗？她看着暮色中的小镇，想着他的孤儿生活，那没有温暖的童年生活，那失去父亲和母亲的成长时期。

他没有下车，他驱着车已经离开了小镇。这是夜色之中延伸在路上的旅途生活，直到午夜，他们才抵达了一座小城市。当车子进入一座旅馆时，她的手机响了起来，她打开车门，走出去，这是韩林涛给她来的电话。她站在一棵芒果树下讲电话时，才意识到他们已经进入了热带，这座旅馆中有几十棵芒果树。

韩林涛问她在什么地方时，她说刚刚抵达一座旅馆。韩林涛说：冰冰，不要忘了我们的爱情和未来。她知道韩林涛的意思是说：冰冰，为了我们的爱情和未来，你必须不惜一切代价与皮鞋商人有亲密的接触。

是上苍安排她和他必须有一个亲密接触的空间吗？他走过来告诉她说，今晚只有一间客房，因为他们来晚了，事先，他们又没有预订房间。他问她愿不愿与他同居一室时，她的胸脯起伏着说她愿意。她想，这就是为了实现韩林涛所期待的现实，这就是亲密接触的第一步。

她拎着那只箱子，她不让他帮她拎箱子，因为那只箱子中有秘密，事实上所谓的秘密就是那份合同书。那份合同书已经盖好了广告公司的公章，一旦他在合同书上签了字就有法律效力。

难道这真是上苍安排的时刻吗？她拎着箱子进了客房，他进了卫生间，她听见了他撒尿的声响，她听见了他冲马桶时的声音，男人的声音在这间客房中出现了，这就是亲密接触的开始吗？

她抑制着两种情绪：其一，她的情绪是焦虑的、惶惑的，因为她就要与一个男人同居一室，她的眼前总是会出现那样一幕，他对她说："你怕什么，我不就是一个男人吗？难道你没有接触过男人吗？来吧，宝贝，男人就是那么一回事，男人就像……"直到如今她还不知道作为男人的皮鞋商人会把自己比喻成什么……当他把手伸进她乳头之间时，这种猥渎已经永远地铭刻在心头。因此与她同居一室时，她害怕的就是去迎接这种猥渎。其二，她的体内燃烧着对韩林涛的那种感情，当她在这个世界上失去最后一个亲人母亲时，是韩林涛为她准备好了一块又一块手帕，是韩林涛牵着她的手把她引向了墓地之外的世界，是韩林涛抚慰着她并告诉她，他永远也不会离开她。为了这种感情，她必须去接触皮鞋商人。然而，在猥亵和亲密接触之中，她被身体中的功利折磨着。

皮鞋商人让她先在浴室洗澡，皮鞋商人显得很温柔，他说旅途很疲惫，洗一个澡以便于身体好好地消除疲劳。她开始启开箱子寻找睡衣，此刻，她的手触到了那份文件夹里面的合同书，此刻她感觉到这次旅行并不轻松，她的生命中承担着一份合同书。当她裸身在浴室中时，她看见了镜子，从她进入广告公司的第一天起，韩林涛就把一间挂满了时装的办公室给了她，那就是她的位置，韩林涛赤裸裸地告诉她说：要学会利用自己的身体。

这身体映现在镜子里，她又一次想起了生命中不能抹去的一段经历，这裸体曾经在另一座旅馆中的衣柜中颤抖着。那永远给她带来耻辱的衣柜并没有因为赖哥的消失而随同时光消失，相反，那只衣柜清晰地在她的生命中一次又一次地出现。

当然那种耻辱感已经慢慢地减弱，它出现在她眼前，只是为了让她自己回顾自己身体的故事，因为那个故事的结束，她有了现在。沐浴间之外就是男人和床，这客房中央只有一张宽床，她知道这是上苍的安排，她必须与这个男人发生亲密的接触。

她尽可能地在沐浴的过程之中回顾完自己的道路和人生经历，此刻她知道浴室之外的现实就是真正的亲密接触。所以当她走出浴室时，她上了床，她穿着睡衣躺在床上等着他的来临，他已经去了浴室，她听见了他沐浴时的声音。

与她想象中的完全不一样，她闭上双眼感受着他已经从浴室出来了，当她想象着他就要朝自己走来时，他的脚步声却在房屋中央停止了。那天晚上，他睡在沙发上，他很快就灭了灯，他以为她闭着双眼是因为睡着了，所以他没有跟她说话。

她已经很疲倦，她想着一个问题；那个把手伸进她双乳间的男人难道就是睡在沙发上的这个男人吗？他为什么不跟她同睡一张床，他为什么不走近她，前去抚摸她的乳头？

她很快就进入了梦乡，梦乡中延伸着一条小路，她跟在一个男人身后，无忧无虑地行走着，两边是正在开花的苹果树，这显然是春天的景象。当她睁开双眼时，她知道她在旅途之中，她起了床，皮鞋商人早已起床。她推开窗户，看见皮鞋商人正站在一棵芒果树下对着她微笑。

她的手机响了起来，只有韩林涛会在这个时刻给她打电话，她拉上窗帘，站在窗帘下面，韩林涛问了声早安，然后，韩林涛问她有没有开始与皮鞋商人亲密接触。她显得词不达词，韩林涛感觉到了，然后安慰她说："会有机会与皮鞋商人开始亲密接触的，因为他不过是一个男人而已。"

她站在房间里往下看去，一个男人依然站在芒果树下抬起头来看着她置身的窗户，她感觉到了那个皮鞋商人无忧无虑的目光时，同时也感觉到了自己的重负像石头一样压在身上。那块石头就像韩林涛的身体，始终压在她身上。

迎着热带地区的阳光，当他和她出现在一座热带植物园中时，她感觉到了热风把她的裙裾轻柔地吹拂着，当他们寻找到一块草地时，他们并肩躺在了草地上，望着蔚蓝的天空，她的心灵第一次变得很纯净，一丝杂念也没有。

他用手握住了她的手说："很多年没有这样的感受了……"他突然从草地上坐起来对她说："有你在我身边，似乎感觉到世界静极了，难道你就是上苍给我的那个女人吗？"

她就坐在他旁边，她情不自禁地把头依偎在他怀里，他伸出手抚摸她的发丝说："你愿意我们的旅行继续下去吗？"她点点头。

那天晚上，他终于不再睡在沙发上了，他主动地向她靠近。他坐在床头开始和她接吻，热带地区的风中洋溢着芒果树的香味，风越过窗帘轻拂着他们的嘴唇，轻抚着性爱之前的一切，包括肉体。

她被他压在身体之下，男人的性姿势大都是一种，只有当他们压住女人的身体时，他们似乎才有勇气对女人说："你想嫁给我吗？你愿意嫁给我吗？"不错，那天晚上当皮鞋商人压在夏冰冰的身体之上时，他表达的就是这样的意思。

而她呢，呼吸着被窗帘扬进屋的芒果树香味，她越是想忘记韩林涛，越是被另一个男人束缚着。因为她忘了关手机，整个房间里都响彻着手机的声音。他问她要不要去接电话，她摇摇头，否定了电话在响，同时也否定了让自己去接电话。

她尝到了他压住她身体时的激情，他伏下身去吻她的乳头，而且他一边吻一边自语道："我是爱你的，我记不清楚我是在什么样的情况下爱上你的……"这声音不是旋律，在那样的时刻却产生了抚慰她的力量。她的身体仿佛寻找到了敞开的理由，这个男人是爱她的，即使他用身体压住她的身体，也合情合理。尽管她并不爱他，也许她还没来得及去爱上他。

因为她的目的很清晰，她与这个男人交往只是为了签订一份合同书。这个理由超出了任何理由，而且，她不得不一次又一次地与韩林涛通电话。

这是一次让皮鞋商人献出无限柔情和激情的性爱，很难想象就是这个男人曾经游戏似的把手伸在她乳头上。现在看来，那不过是男人在特定情况下的游戏活动。

这个男人才是真实的，每个男人和女人都在特定情况下产生一种游戏心理。当皮鞋商人结合了他的游戏，夏冰冰又开始了她的游戏，怀着一个目的，她与皮鞋商人结束了热烈的性生活。尽管在性事中，她的身体尝到了一个男人压在她身体上的那种疯狂。

她被感动了，她开始害怕皮鞋商人对她产生的爱情。因为面对他的爱情，她感受到了自己的不安定，甚至是卑鄙。然而当她在那个早晨翻过身去面对曙色时，她知道，新的一天降临了。

他们在离开这座城市时，她把电话打开了，她发现电话上留下了韩林涛打来的几十个电话。于是在一座加油站旁边，她给韩林涛打了一个电话，当韩林涛听见她的声音时急切地问道："冰冰，你与他发生亲密接触了吗？"

她愣了一下说："发生了，昨天晚上我们已经发生了，你满意了吧！"她站在加油站的高速公路旁边，可以看见一条笔直深远的道路向前延伸出去，一直延伸到她看不见的地方。

她很快就听见了他的笑声，不知道为什么，韩林涛的笑声让她很不舒服。她把电话挂断了，因为皮鞋商人在叫她上车，从那一时刻开始她的电话就一直关闭着，她不想听见韩林涛在电话中的笑声，一种让她感受到耻辱的笑声。

她上了车，皮鞋商人突然对她说：“是不是因为那份广告合同书……如果需要的话，我即刻就在上面签字，好吗？”皮鞋商人抓住了她的手说：“我签字，然后我们把合同书送回去，然后我们再继续旅行，好吗？”

她看着皮鞋商人，她弄不清楚这是怎么一回事，到底发生了怎么一回事，皮鞋商人是怎么发现了她箱子中携带的合同书，而且在她看来是如此艰难的事情，为什么这么容易就办成了，难道仅仅是因为她与皮鞋商人发生了亲密的接触吗？

当箱子启开之后，车子已经在高速公路旁的另一家加油站停下来了，这次不是为了加油，而是为了签订合同书。现在，夏冰冰已经来不及去追问皮鞋商为什么发现了她箱子中的合同书，这个问题已经显得不重要。

当她看见了皮鞋商人的手正在合同书上签字的那一刻，她的目的已经实现，她已经完成了韩林涛压在她身体上的重任，那石头般沉重的一刻终于结束了。这好像不是现实，而是一种虚幻。然而，他已经收藏好一份合同书，把另一份合同交给了她。

皮鞋商人突然掉转车身向着回去的路线驱着车，就像皮鞋商人刚才说的一样，他要把她送回去，难道他就那么肯定当她回到广告公司时，她还会跟随他把旅行生活继续下去吗？他好像对这个问题一点也不怀疑，难道是因为爱吗？

快要接近那座城市时，已近暮色，她给韩林涛打电话让他在办公室等她，她要把签好的合同书交给他。她说话的语调颤抖着，不知道是因为喜悦还是因为忧伤。

车子已经停在广告公司的办公大楼下面，此刻皮鞋商人看了她一眼对她说："去吧，我就在车上等你。"她本已下了车突然又打开车门对他说："你相信我会回来吗？"皮鞋商人点点头说："我相信。"

她的箱子依然留在车上，她只带走了那份已经签订好的合同书。她乘着电梯上楼，她的身体好像触了电，身体是那么灼热，当她奔向韩林涛的办公室时，韩林涛拥抱了她一下，打开了那份合同书。韩林涛眯着双眼笑了笑说："这就是亲密接触的结果，下一次，你依然要尽快地利用自己的身体……"

夏冰冰笑了笑说："没有下一次了，这是第一次，也是最后一次，我要走了。从此刻开始，我决定辞职……"韩林涛突然捧起她的脸说："你在开玩笑对吧……"她轻柔地把他的双手拿开，然后又笑了一下，她的笑从未这样神秘莫测，这使韩林涛突然想走上前去抓住她。

然而，她已经走出了办公室进了电梯，电梯在下降，继续下降，她看见了打开的车门，她钻进车厢，这是皮鞋商人的车，他旋转着方向盘，把车驶出了大楼下的停车场。

此刻，夏冰冰已经到了真正的无忧无虑的时刻，不过，她还是对皮鞋商人说："跟我去山上看看父母的墓地，好吗？"皮鞋商人把车开到了一家花店，然后下车去抱来了一束菊花放在她怀里。她嗅着菊花的香味，半小时后他们已经来到了墓地上，在一座旧墓和一座新墓之间，她跪在了潮湿的泥土上。

不久之后，他牵着她的手来到了车上，对于一个已经无家可归的女人来说，旅途也许是一个全新的开端；而对于一个背叛过去生活的女人来说，总是在想着路上的不可捉摸的未知的故事。在车上，在进入一座旅馆之前，她与皮鞋商人情不自禁地接了一个长吻。这个令人窒息的吻，将她和他真正的亲密接触上升到一种爱情境界。夏冰冰的心跳动着，她爱上了一个男人，融入了另一支旋律之中。这是真的吗？